Nanda Roep

Bitter en glamour

BOEKERIJ

ISBN 978-90-225-5487-6
NUR 301

Omslagontwerp: HildenDesign, München
Omslagbeeld: iStock en Shutterstock
Foto auteur: Merlijn Doomernik
Zetwerk: Mat-Zet bv, Soest

1

Hoe is het mogelijk; het is 'm gelukt, hij staat op één. Nummerrrr 1!

Michiel draait zich verrukt naar Manouk om, en zij knikt hem enthousiast toe. Het is echt waar, het is zíjn clip die op televisie te zien is. Hij zet de radio zacht; ze hebben er al de hele dag naar geluisterd, intussen tellend hoe vaak per uur zijn nummer werd gedraaid (één keer) en hoe vaak het werd genoemd (vier keer). Na al die jaren is het zover: Michiel heeft eindelijk zijn hit.

De clip is nog maar net begonnen als de telefoon gaat.

'Joris!'

Glunderend hoort Michiel zijn manager aan, zijn ogen gericht op het plasmascherm waar hijzelf beeldvullend op te zien is. 'Goed hè,' zegt hij. 'Ja man, superblij. Manouk ook. Ja, dat gaat hartstikke goed. Om de vijf, zes minuten nu.'

Manouk puft en steunt: 'Daar komt er weer een.' Ze zit op haar knieën voor de bank en legt haar hoofd op de zitting.

Michiel hangt op en loopt zingend naar haar toe.

Ik heb je lief, nou ja, ik heb je, ik had je…
Maar jij wilt allang niet meer met mij

Ze glimlacht gepijnigd terwijl ze haar best doet om de weeën weg te puffen. Michiel wrijft over haar rug en leest intussen binnenkomende sms'jes.

Opnieuw gaat zijn telefoon, de felicitaties blijven maar komen.

'Wie is het, wie is het?' vraagt Manouk, maar Michiel zit al in het gesprek en reageert niet meer op haar.

De wereld ligt aan hun voeten, met een nummer 1-hit en de geboorte van hun tweede kind op dezelfde dag. Manouk glimlacht door haar pijn heen. Na al die jaren buffelen heeft Michiel het succes gekregen dat hij verdient.

♥

Als het donker was, zou ze licht geven, zo gloeit Manouk van trots. Op haar kleine Lieve die het zo goed doet, en op grote zus Ava niet te vergeten. En succesvolle Michiel.

Stralend kijkt ze naar haar vriendin Kim, die de baby in haar armen wiegt.

'Wat is ze mooi, hè?'

Kim aait de minivingers van Lieve. Ze knipoogt: 'Gelukkig lijkt ze niet op haar vader.'

'O!' Manouk proest het uit en grijpt naar haar lege buik. Niet te hard lachen nog, ze zou er een baarmoederverzakking van krijgen. Ze heeft niet veel last – als je dat kan zeggen na een bevalling – maar ze wil geen druk zetten op de hechtingen.

Michiel heeft Kims opmerking niet gehoord; hij staat in de keuken beschuit met muisjes te maken. En te bellen. Joris heeft ieder uur wel een nieuw verzoek voor gastoptredens in televisieprogramma's, en als ze hem moeten geloven, stromen de interviewaanvragen binnen.

Er zijn natuurlijk ook allerlei mensen die rechtstreeks bellen; de hele vrienden- en kennissenkring, en zelfs mensen die ze in geen jaren hebben gesproken. Iedereen krijgt meteen het nieuws van Lieves geboorte mee, waardoor de sfeer in huis dubbel zo feestelijk is. Manouk glundert als een jarig kind.

Omdat Michiel zo druk is, heeft ze Kim lekker voor zichzelf. Zo heeft ze het 't liefst, en nu helemaal omdat het niet zo klikt tussen Kim en Michiel. Eigenlijk klikt híj wel met háár, maar zíj niet met hém; in zijn bijzijn is ze beleefd, maar achter zijn rug kan Kim nogal kritisch uit de hoek komen. Manouk heeft geen idee waarom. Vandaag houdt ze zich gelukkig in. Dat kan ook niet anders, want als je naar Lieve kijkt, dan moet je wel smelten.

'En Ava?'

'Die vond het prachtig. Ze wees Lieves oogjes aan, en haar neus en mond.'

'Lief, zeg.'

'Ze is nu bij opa en oma Van Toledo, Michiel heeft haar net gebracht en ze hadden zowaar de tijd om even iets leuks met haar te doen. Later vandaag komen ze bij Lieve kijken.'

'En zo heeft hij zijn handen vrij voor alle telefoontjes, natuurlijk.'

'Hm?'

'Michiel.'

'Ja, dat natuurlijk ook.'

'Anders had hij misschien zélf iets leuks kunnen doen met Ava.'

Oké, het is misschien niet altijd leuk als je vriendin de negatieve dingen van je man benadrukt. Maar Kim is Manouks oudste vriendin en ze hebben samen veel doorstaan.

Na de geboorte van Ava heeft Kim enorm geholpen. En toen ze zelf per ongeluk zwanger raakte, vroeg ze Manouk om bij de bevalling te zijn – Storm is inmiddels drie en zit rustig te spelen in de speelgoedhoek. (Toen ze er net waren deed hij op een koddige manier heel stoer voor Lieve, maar die reageerde daar helaas niet op, dus dat was algauw niet meer leuk.) Als je veel meemaakt met elkaar, smeedt dat een sterke band, ook al ben je in de loop der jaren misschien wat uit elkaar gegroeid.

'Jouw papa is een beroemde zanger, ja, papa is beroemd,' zegt Kim.

Manouk glimlacht. Michiel komt binnen met twee bordjes met beschuit, zet ze neer en neemt Lieve over van Kim.

'Zo, kleine meid,' zegt hij. 'Je bent precies op tijd geboren. Papa kan vanaf nu altijd veel eten voor je kopen.' Hij kust het zachte wangetje. 'En jurkjes, en strikjes, wat je maar wilt.'

'Als de bel gaat zegt Kim: 'Ik doe wel even open.'

Michiel en Manouk kijken elkaar tevreden aan; heerlijk, zo'n ijverige kraamvisite!

'Hoe is het, hoe is het!' Manouks moeder, Yvonne, stapt voorzichtig binnen en lacht haar zenuwachtige lach. Yvonne houdt een slap bosje tulpen vast en Manouk stelt vast dat het de goedkoopste bos bij de supermarkt moet zijn geweest.

'Jij ook gefeliciteerd,' grapt Manouk.

Michiel kust zijn schoonmoeder gedag en gaat met Lieve in zijn armen naast haar staan zodat ze eens goed naar haar kan kijken.

'Wat een schatjes zijn het toch altijd, hè.' Haar moeder durft Lieve niet aan te nemen. 'Eerst moeten ze wat groter zijn,' zegt ze verontschuldigend. 'Ik ben altijd bang dat ik ze laat vallen.'

'Het is er maar eentje, hoor,' zegt Manouk. Sinds het overlijden van haar vader, veertien jaar geleden, is de band tussen Manouk en haar moeder niet bepaald verbeterd.

'Trouwens, wij gaan,' zegt Kim. 'Anders wordt het zo druk.' Ze heeft haar jas al aangetrokken en ritst die van Storm dicht.

'O. Oké, dag lieverds,' knikt Manouk.

'Enneh, succes met de hit, hè?' zegt Kim bij wijze van groet tegen Michiel.

'Ja!' Manouks moeder zegt het iets te hard. 'Wat is dat goed, hè!'

Michiel knikt trots.

'Volgens mijn buurvrouw was je op de radio, bij die jongen, ach kom, hoe heet hij toch.'

'Rob Stenders. Klopt.' Hij gaat er eens lekker voor zitten naast zijn schoonmoeder op de bank. 'En zeg maar tegen je buurvrouw dat ik morgen in *Koffietijd* zit.'

'Echt waar? Ik vind die Loretta Schrijver toch zo'n léúk mens.'

Zo charmant als Michiel is tegen Yvonne, zo geprikkeld is Manouk. Het is kinderachtig, dat weet ze wel, en gelukkig kan ze het aan de hormonen wijten, maar ze vraagt zich af waar het cadeau voor Lieve eigenlijk blijft – heeft ze dat niet al weken op de plank liggen?

Haar moeder hoort bezorgd en betrokken te zijn. Bij Ava deed ze dat ook al zo slecht. Moeders die oma worden horen zich te bekommeren om hun volwassen dochters en kleinkinderen, dat is het beeld van grootouders dat hardnekkig wordt gepromoot. Maar de werkelijkheid steekt er soms schraal bij af. Yvonne zou een lekker kopje thee moeten maken en daarna haar pas bevallen dochter in bed leggen en geruststellen. Ze zou niet bang moeten zijn om de baby vast te houden, maar haar juist moeten overnemen en allerlei handige tips uit haar mouw schudden. 'Kijk, die luier vouw je zó om baby's billen en dan blijft ze de hele dag droog,' – zulke tips. Waar is het pannetje tomatensoep of stamppot; zelfs de restjes van gisteren zouden meer dan welkom zijn. Er is namelijk net een baby geboren!

Bij de geboorte van Ava koesterde Manouk nog allerlei romantische wensgedachten over de moeder-dochterband, en wat de komst van een baby daaraan zou versterken. Destijds viel het al zo tegen dat Yvonne passief bleef. Dáár had Manouk haar verwachtingen dit keer op moeten afstemmen... Diep in haar hart weet Manouk dat ze flauw is en dat Yvonne heus haar best doet. Maar het is en blijft ontzettend irritant om een moeder te hebben tegen wie je niet kunt opkijken en van wie je geen steun krijgt.

'Ik zal Loretta de groeten van je doen,' grapt Michiel tegen Yvonne. Die veert meteen op.

'Maar bij omroep MAX heeft ze het niet gered, hè? Ik las dat ze daar met die andere vrouw gaan werken, ach kom, die vrouw met die lach!'

'Klopt, je bedoelt Myrna Goossen.'

'Ik vind haar altijd zo leuk, maar ze is nooit echt uit de verf gekomen, hè?'

Lieve begint te kermen op de arm van haar vader.

'Ze krijgt honger,' zegt Manouk, en ze neemt Lieve over van Michiel. 'Maar we hebben je nog niet eens beschuit met muisjes aangeboden.'

'Geeft niks, hoor.' Manouks moeder blijft zitten. 'Ik kan wel even wachten.'

Meneer en mevrouw Van Toledo stormen binnen alsof ze de baby zojuist hebben geholpen bij haar geboorte – op de snelweg.

'Waar is ze, waar is ze?'

'Hé, Ava,' roept Manouk bemoedigend tegen haar Grote Zusdochter, die al bijna vier wordt. 'Was het leuk bij opa en oma?'

'Natuurlijk was het leuk,' antwoordt haar schoonmoeder voordat

Ava haar mond kan opendoen. 'Laat de kleine eens zien.' Ze grist Lieve uit Manouks armen, en eventjes hoopt Manouk dat Lieve haar oma onderspuugt. Haar schoonvader staat over de dames heen gebogen en slaakt een zucht.

'Wat is ze mooi, hè?'

Michiels moeder kijkt Manouk verwijtend aan. 'Het is echt wat voor jou om te bevallen op de dag dat Michiel een nummer 1-hit scoort.'

2

Lieve is pas drie weken oud op de dag dat Ava vier wordt. Viér! Hun dochters zijn lentekindjes; in de tuin komen steeds meer knoppen aan de rozenstruiken en hun appelboompje staat al aardig in de bloesem.

's Ochtends vroeg sluipen Michiel en Manouk met Lieve in de armen glimlachend de kamer van hun dochter binnen. Ze zingen zachtjes: 'Lang zal ze leven, lang zal ze leven...'

Ava gaat rechtop zitten. Ze heeft een soort warrig vogelnestje op haar verslapen hoofd en wrijft met haar knuistje in haar ogen. Manouk legt Lieve naast haar grote zus in bed zodat ze haar handen vrij heeft om Ava stevig te knuffelen.

'Wat ben je toch al groot,' zucht ze.

'Gefeliciteerd, grote meid.' Michiel neemt de jarige in zijn armen en drukt een kus op haar haren.

Ava beantwoordt de kus met lekker natte zoenen. 'Nu mag ik naar school.' Ongeduldig scheurt ze het papier van haar cadeau: een poppenbad met een douche die het echt doet, als je maar lang genoeg op de knop drukt. Ook krijgt ze een prachtig houten paard, groot genoeg om op te zitten. En van Lieve een voorleesboek voor het slapengaan.

'Heb je zin in school?' vraagt Manouk terwijl ze de gang in duikt om een dienblad met taartjes te pakken dat ze daar heeft klaargezet. Ze schuift het op Ava's bed.

Ava steekt haar vinger in de slagroom en likt die af. 'Ja.'

Om tijd te besparen stappen Manouk en Michiel samen onder de douche en maken daar kleine grapjes bij. 'Zozo, dat is lang geleden.' En: 'Ken ik u?'

Ze omhelst zijn natte lijf, hij wrijft met zijn handen over haar naakte rug. Warme stralen lopen langs hun lichaam, over hun hoofd. Het zou een plaatje uit een film zijn, als je Manouks dikke buik en gigantische tepelhoven even wegdenkt; als ze niet zo duidelijk aan het ontzwangeren was. Michiel kust Manouk op haar mond en stapt onder de douche vandaan.

Over een half uur begint Ava echt op de basisschool. Wat een mijlpaal. Hierdoor krijgt Manouk bovendien ruimte om in alle rust voor Lieve te zorgen en straks, wanneer ze een beetje is bijgekomen van de bevalling en de drukte eromheen, om ook nog wat te kunnen werken. Het belangrijkste is nu dat Ava het naar haar zin krijgt in groep 1.

'Goeiemorgen, juf,' zegt Manouk monter. 'Dit is Ava.'

Juf Astrid is een energieke dame van een jaar of vijftig. Ze feliciteert Manouk en zakt door haar knieën om Ava een handje te geven.

'Je bent jarig, gefeliciteerd!'

Ava knikt, maar ze laat haar moeders been niet los.

'We vinden het zo leuk dat je bij ons in de groep komt. Ga je mee?'

Ze begeleidt Ava met Manouk en Lieve, die rustig in de kinderwagen ligt, naar binnen. Manouk doet alsof ze niet op Michiel hoeven te wachten. Hij staat buiten te bellen; Joris belde net toen ze de school in wilden gaan.

'Ga jij maar gauw,' zei hij terwijl hij opnam. 'Ik kom zo.' Maar op deze manier mist hij het allemaal. Onderweg had hij ook al iemand aan de lijn gehad, al had dat maar kort geduurd.

En hij komt niet 'zo', hij komt helemaal niet.

In de klas staan twee moeders wat samenzweerderig te lachen. Het is bijna niet te missen wat ze tegen elkaar zeggen: 'Jawel, het is hem echt, Michiel van Toledo. Kijk dan!'

Manouk glimlacht naar hen, ook al slaan ze geen acht op haar. Door het raam ziet ze haar man staan, bellend op het plein, ijsberend langs de frisgroene struiken. Hij heeft een goed figuur en een lekker kapsel;

veel dertigers hebben dat al niet meer, maar Michiel wel, en hij beweegt met flair.

Hij heeft nu precies de sterrenstatus waarvan ze altijd gedroomd hebben. Als een komeet is 'Wereldwonder' de hitlijsten in geschoten, en stiekem droomt hij ervan om prijzen te winnen. Een TMF of 3FM Award, of een Zilveren of zelfs Gouden Harp voor het beste Nederlandse lied. De publieksprijs zou prachtig zijn en misschien wel haalbaar. Een publieks- én een juryprijs is natuurlijk het summum…

Met zo'n hit komt het winnen van prijzen zeker dichterbij en het zou zijn artiestenstatus meer solide maken. Voor je het weet is hij alweer ingehaald door een andere nieuwkomer en blijkt hij een *one hit wonder* te zijn geweest, dat zou vreselijk zijn. Nee, hij moet ervoor zorgen dat zijn publiek hem niet te gauw kan vergeten.

Ze hebben al jaren geïnvesteerd in zijn zangcarrière en daarbij trouwens flink gesappeld. Er waren dagen waarop ze moesten kiezen tussen nieuwe verf voor Manouks schilderijen en prenten, of benzine voor de auto om naar Michiels optredens te rijden. Natuurlijk kozen ze dan voor benzine. Daarna gebruikten ze de tientjes die Michiel had verdiend – meer betaalden de meeste kroegjes niet – voor de materialen die Manouk nodig had om prenten te maken voor haar kinderboeken.

Het kostte geen moeite om hun kostje bij elkaar te schrapen. Welnee, ze vond het juist altijd heerlijk. Ze genoot altijd erg van de avondjes met optredens in cafés, met aaneengeschoven tafels als podium. In het prille begin was Manouk zelfs degene die de geluidsband bediende; tegenwoordig heeft Michiel een heel bataljon technici voor zichzelf.

Nu moet hij zien vast te houden wat hij heeft veroverd. Deze status, deze geweldige verkoopcijfers, deze grote toekomstverwachting. Voor Manouk – en al haar vriendinnen, en voor álle tienermeiden – was het een jeugddroom om de vriendin te zijn van een beroemdheid. Die droom leek overigens meer op een Assepoester-achtig sprookje, waarbij hij als een blok valt voor haar onschuldige schoonheid, zo anders dan de duizenden andere meisjes die naar zijn gunsten dingen.

Voor zo'n droomscène zijn ze helaas al te lang samen; je moet niet alles willen als je de dertig bent gepasseerd...

Haar borsten doen pijn, haar tepels prikken. Over een klein uur is de volgende voeding van Lieve. Hopelijk slaapt ze tot die tijd rustig door. Michiel staat nog steeds te bellen op het schoolplein. Manouk bijt op haar lip van ergernis. Hij mist een belangrijk moment in het leven van Ava én van zichzelf en haar! En trouwens ook van Lieve, want dit is haar eerste dagje uit sinds haar geboorte. Het liefst zou ze naar buiten lopen en Michiel manen het gesprek te beëindigen en weer even vader te zijn. Maar dat wil, oké, dúrft ze niet. Sinds de hit is ze zich ervan bewust dat iedereen nu op hem let, en als gevolg daarvan ook op haar. Ze ziet de foto al voor zich in een of ander roddelblad: DE KENAU VAN MICHIEL. Dat zou natuurlijk boven het artikel staan en heel Nederland zou over haar heen vallen.

" VAN DE REDACTIE: **Michiel van Toledo** bezingt de liefde voor een vrouw. Maar over welke vrouw heeft hij het dan eigenlijk? Het is haast onmogelijk dat deze dikke, bleke, onverzorgde **ma Flodder** – ZIE FOTO – het hart van Neerlands jongste womanizer sneller doet slaan...**"**

Dat gebeurt natuurlijk niet, dat weet ze wel. Maar toch zucht ze in zichzelf en ze veinst een glimlach, alsof het allemaal precies verloopt zoals de bedoeling is.

De juf heeft Ava op een stoel gezet. Ze mag erop staan en heeft een prachtige oranje en rode verjaardagsmuts gekregen. De juf heeft hem op maat geniet. AVA 4 JAAR, staat er in handgeschreven zilveren letters op. Beretrots blijft Ava op de stoel staan en Manouk neemt zich heilig voor om dit knutselwerk voor eeuwig te bewaren, als souvenir van de mijlpaal.

Het lukt juf Astrid in een mum van tijd om alle kinderen, het hele apenhok, in een kring te laten zitten. Een paar jongens stompen elkaar, maar dat negeert ze. Met zijn allen zingen ze '*Happy Birthday to you!*' gevolgd door een stuk of twintig varianten op het lied.

Wel gefeliciteerd
En je neus staat verkeerd
En je oren staan van voren
Wel gefeliciteerd!

Vanuit de kinderwagen klinkt het gehuil van Lieve. Manouk voelt het bloed naar haar hoofd stijgen. Als ze het nog maar even volhoudt, hoopt Manouk; ze kan moeilijk midden in de klas gaan zitten voeden – al zullen de meisjes dat misschien nog schattig vinden ook. Als Lieve het in godsnaam maar niet op een krijsen zet. Het plan was dat Michiel bij Ava zou blijven als Manouk onverhoopt weg moest. Waar blijft hij toch?

Wat lekkers, wat lekkers,
Wat lekkers hoort erbij
Want Ava die is jarig, want Ava die is jarig
Wat lekkers, wat lekkers
Wat lekkers hoort erbij...

O ja, lekkers! Manouk tilt de huilende Lieve uit de wagen en twijfelt wat haar volgende stap moet zijn. De uitdeelzakjes chips liggen in het mandje onder de wagen. Onder het extra dekentje, de luiertas en de nieuwe schooltas van Ava, die ze straks nog even op de gang moet zetten.

Eh, hoe zal ze dit doen? Lieve is met haar drie weken te klein om uit handen te geven; ze kan nog niet eens zitten. Manouk kijkt naar buiten en ziet een leeg schoolplein. Betekent het dat Michiel onderweg is naar de klas?

Lieve moet maar even terug in de wagen, het is niet anders. Maar zodra ze weer ligt, zet de kleine prinses het op een kríjsen – haar gezichtje loopt donkerrood aan. Manouk moet gauw het lekkers pakken, de klas wacht. Ze voelt haar slapen bonzen en kan niet helder denken.

Ze wil de twee uitdeelzakken snel uit het onderstel trekken, maar eerst moet die *&%-rugzak eruit. Het ding blijft steken achter een van de moeren waarmee je de kinderwagen in een later stadium tot terreinbuggy kan omtoveren. Ze trekt eraan, maar die stomme hengsels buigen voor geen meter en geven niet mee.

Haar hoofd voelt al tijden aan als een wattendeken. De nachtvoedingen breken haar op. Ze denkt niet helder, ze zweet en haar kleren zitten ook niet lekker.

Het extra dekentje van Lieve trekt ze half uit het onderstel, maar daar wint ze niets mee, dus laat ze het dekentje los en begint in plaats daarvan aan de plastic zakken te sjorren.

'Heeft ze niks lekkers?' vragen de kleuters aan de juf.

'Jawel,' kreunt Manouk op haar knieën.

Ze geeft een fikse ruk en – pats – een van de zakken scheurt open. Ze graait de kleine zakjes bij elkaar en komt met een verhit gezicht overeind. Lieve krijst de longen uit haar lijf.

'Kijk eens, Ava!' hijgt Manouk.

Tevreden neemt Ava een paar zakjes uit haar moeders armen en deelt ze uit.

'Wat lekker!' zegt juf Astrid. En tegen Manouk: 'Eigenlijk vragen we iedereen om het uitdelen bij verjaardagen zo veel mogelijk gezond te houden.'

'O, ja,' zegt Manouk. Ze blaast een pluk haar uit haar gezicht.

Als Ava twee zakjes chips komt terugbrengen die over zijn, stormt Michiel eindelijk binnen.

'Sorry, sorry!' Hij geeft juf Astrid een hand – 'Het spijt me, het was belangrijk' – en de juf doet vriendelijk neutraal, maar begint toch te blozen. Gelukkig, denkt Manouk, nu vergeet ze ons de chips en mijn gestuntel wel. Hij neemt Ava op schoot en opent haar zakje. 'Mmm, paprika, dat is mijn lievelings.'

'Mijne ook,' zegt een kleutertje dat zijn zakje omhooghoudt zodat Michiel het kan openen. Steeds meer kleuters drommen om Michiel heen, en hij maakt voor allemaal even geduldig hun chipszakje open. Manouks frustratie zakt weer weg: kijk hem nou, zo schattig met die kleintjes.

Ze kussen Ava gedag en Michiel houdt de deur voor Manouk open.

'Dag schat, dag.'

Ava zwaait. 'Dag!'

Op het plein staat een groepje vrouwen met elkaar te praten. Ze vallen stil wanneer Manouk en Michiel langslopen. Na een meter of tien kijkt Manouk om en ziet dat de vrouwen hen met grote ogen nastaren.

3

Vandaag gaan ze voor het eerst samen over de rode loper. Met Lieve erbij. Ja, dat durft ze best aan. Michiel vroeg dat zo aan Manouk en daar plaagt ze hem sindsdien mee. 'Durf je dat wel aan?! Misschien niet. En jij, dúrf jij het?'

Ze hebben geen vaste oppas. Vanavond kon Ava gelukkig bij Kim logeren en dat vonden ze allemaal heel spannend. Maar Lieve niet, die is met haar twee maanden echt te klein om uit te besteden. Normaalgesproken vraag je in zo'n geval aan opa en oma of ze kunnen komen, maar hun ouders, nou ja, daar hebben ze niet altijd zo veel aan als je zou willen.

Toch wilde Manouk graag ingaan op de uitnodiging voor vandaag: de première van *Mamma Mia!* met Meryl Streep en Colin Firth – die in *Love Actually* ook al zo lekker was. *Tout* bekend Nederland komt, plus Michiel en Manouk. En Lieve dus ook; die kan gewoon mee, want die heeft toch nog geen enkel ritme. Ja, dat durft ze wel aan. Sterker nog: ze wil het voor geen goud missen!

Met Lieve in de kinderwagen heeft ze zich helemaal een ongeluk gelopen in de stad. Nieuwe jurk, nieuwe schoenen. Voeden bij de HEMA en daarna weer door, op zoek naar oorbellen en make-up. God, wat doet zo'n zwangerschap veel met je, bedacht ze.

Het zijn niet alleen de kilo's. Die kilo's vallen eigenlijk wel mee, er zitten er nog maar vier te veel aan. Nee, het zit hem wat Manouk betreft in andere dingen, zoals:

a) te moe om leuke kleding te combineren en je om diezelfde reden meteen ergeren aan ongeïnteresseerde verkoopsters;

b) te druk om je nog op te maken, bovendien loopt de mascara toch maar uit als je de hele dag vermoeid in je ogen wrijft;

c) geen gelegenheid zien om naar de kapper te gaan, en bovendien trekt je baby toch maar de hele tijd aan de gestylede lokken…

Voor je het weet ben je zo tien niveaus afgegleden. Van topvrouw naar slobvrouw, zoiets. In de weerspiegeling van de winkelruiten ziet Manouk een zweterige moeder met het haar in een staart en een half opgegeten croissant in de hand. Eén wang staat bol van een hap.

Maarrr… in haar tas zit een superleuke jurk van Daite, met open schouders en een tropische print van palmbomen, groene bladeren en stukjes van gouden kettingen, die helemaal bij de sfeer van de film past. Zó, dacht ze toen ze de jurk afrekende, dan weet Michiel ook meteen dat de sexy vrouw van vroeger terug is. Superhoge hakken erbij. In de *Glossy* had ze geweldige pumps gezien, dus die heeft ze maar gewoon gekocht.

Ze heeft er het geld niet voor, aangezien ze natuurlijk niks verdient tijdens haar verlof; ze is tenslotte een zelfstandige, een zzp'er. Het is wel de bedoeling om binnenkort weer te starten, maar ze kan nog niet zo goed een moment vinden. Gelukkig zei Michiel dat ze zichzelf maar eens moest 'verwennen' op zijn kosten. Eigenlijk heeft ze er een hekel aan als een man zoiets tegen zijn vrouw zegt, maar ja, hij is trots dat hij haar eindelijk zo veel kan geven en ondanks enkele bedenkingen geniet ze er wel van.

Meestal verdienden ze ongeveer evenveel. Of even weinig, het is maar hoe je het bekijkt. Voor het eerst bevinden ze zich nu in een situatie waarbij hun inkomens ongelijk worden. Hm, misschien is het verstandig om eens te overleggen hoe ze ermee zullen omgaan, want ze voelt zich bezwaard om van zijn geld te leven. Maar als hij meer luxe wil, dan zal ze wel moeten, want dat kan zij van haar prentenboeken echt niet betalen. Naar een officiële première kun je toch ook niet in je outfit van The Sting?

Nadat ze de Daite-jurk had gekocht, vond ze op internet een Hawaïaans bloemenjurkje voor Lieve, dus die gaat in stijl met hen mee. Een kwestie van goed googelen. Hartstikke leuk toch?

Daar gaat ze. Hand in hand met haar beroemde man. Joris en zijn vrouw hebben Lieve onder hun hoede, plus de luiertas. Ze lopen direct achter hen.

Michiel is beroemd, maar nog niet zo'n A-ster dat ze met een limousine vanaf de hoek naar Tuschinski worden gereden. Ze zijn met hun eigen auto gekomen, hebben die geparkeerd bij het Waterlooplein en wandelen nu in de richting van de rode loper. Manouk loopt op wolken: haar eerste première!

Om bij Tuschinski te komen, moet je je eerst door een menigte heen worstelen die staat te dringen om een glimp op te vangen van alle beroemdheden die worden verwacht. Manouk kan niet geloven dat ze er straks tussen zal staan, dat ze erbíj hoort. De Engelse ster Colin Firth zal er vandaag ook zijn; dat geeft de première extra glans.

Manouk is ook benieuwd om mensen zoals Katja Römer-Schuurman 'in het echt' te zien, liefst mét Thijs. Jeroen van der Boom hoopt ze ook eens te ontmoeten, en als hij inderdaad komt, dan kan Michiel een gesprekje met hem aanknopen, want ze hebben elkaar wel eens ontmoet in het circuit. Marco Borsato zou ook gaaf zijn, met Leontine en de kinderen. Of Dinand Woesthoff, Xander de Buisonjé, Guus Meeuwis… Eigenlijk zou ieder bekend gezicht haar dag al goedmaken, en dan zijn dit alleen nog maar de zangers waar ze nu even op kan komen.

Ze moet uitkijken voor de tramrails op de Reguliersbreestraat. Als ze daar met haar nieuwe hoge hakken in blijft steken ligt ze languit op straat en is ze voer voor de roddelbladen.

'Lukt het?' vraagt Manouk aan Joris, achter hen.

De vrouw van Joris knikt. 'Ze slaapt nog lekker door.' Ze hebben de kinderwagen gewoon maar meegenomen, ja, wat maakt het uit. Als ze in Tuschinski de trappen op moeten, zien ze dat straks wel weer. Het is even ingewikkeld, maar met een beetje creativiteit komen ze een heel eind. De wagen is versierd met een slinger van plastic bloemen, dat ziet er hartstikke leuk uit.

Sommige mensen reageren op Michiel en roepen zijn naam. Hij kijkt dan even vriendelijk om en knikt. Hij houdt Manouks hand stevig vast. Hij is eindeloos knap in zijn gloednieuwe maatpak. Zijn haren zitten zo lekker, je krijgt onwillekeurig zin erdoorheen te kroelen. Hij ruikt ook zo goed, dat was al zo voor hij beroemd werd. Ze naderen het hek waar je langs de beveiliging moet om op de rode loper te komen.

'Daar is Michiel! Michiel van Toledo!' De groupies langs het hek beginnen te joelen en te zingen, al lijkt het meer op scanderen: 'Ik heb je lief, nou ja, ik heb je…'

Aan de overkant van de rode loper, aan de niet-straatkant, staat de pers opgesteld. Manouk weet niet wat ze ziet: zo veel camera's, zo veel microfoons. Als prentenboekenmaker heeft ze zelf wel eens interviews gegeven aan journalisten van lokale krantjes. Die zijn aardig en ontspannen, en vooral heel gewoon, maar deze pers is anders, hier staan ze gedreven te vragen, en kijken ze tijdens het antwoord al uit naar andere gezichten om te 'pakken'. Er is geen tijd om even aan elkaar te wennen, daarvoor is het te druk, je moet meteen knallen in zo'n kort gesprek. Manouk wordt er zenuwachtig van, en dat terwijl ze zelf niet eens aan het woord komt!

Michiel toont de toegangskaartjes aan een beveiligingsbeambte en knipoogt naar Manouk.

'Spannend?' vraagt hij.

Ze knikt.

Hij geeft een kneep in haar hand. Ze voelt haar hart overslaan en zet haar voet op de rode loper. Ja, het is vanmiddag net een sprookje.

'Michiel, Michiel!' roept een verslaggever. Hij duwt zijn microfoon onder Michiels neus. 'Heb je er zin in?'

Michiel lacht: 'Ik heb er zin in! Gezellig met mijn vrouw. Ik ben zo druk geweest, en nu kunnen we eindelijk weer iets samen doen.'

Achteraan in de rij beginnen de beambten te roepen. 'Doorlopen, doorlopen!'

Manouk kijkt om. Is dat tegen haar en Michiel bedoeld? Maar hij wordt net geïnterviewd.

'Wat verwacht je van de film?' vraagt de reporter.

'Ik moet eerlijk zeggen dat ik vooral ben gekomen omdat mijn vrouw zo graag wilde.' Hij lacht. 'Het is onze eerste première en zij is dol op Colin Firth. Ik denk dat we een heerlijke avond gaan hebben.'

Joris legt zijn hand op Manouks schouder en fluistert: 'We moeten doorlopen.'

'Wij?' fluistert ze terug. 'Maar Michiel dan?'

'Loop nou maar gauw door.'

Manouk hoopt dat haar vertwijfeling niet als achtergrondmateriaal op de beelden van *Shownieuws* te zien zal zijn, en alsof het de normaalste zaak van de wereld is dat ze haar man halverwege de rode loper achterlaat, stapt ze door. 'Maar hij heeft de kaartjes,' sist ze.

'Dat zien we dan wel weer,' zegt Joris.

Een norse beveiliger met bodybuildfiguur haast zich langs de rij mensen op de rode loper. 'Doorlopen, doorlopen,' roept hij weer. Hij duwt Manouk vooruit, samen met nog meer mensen die kennelijk een opstopping veroorzaken. Zangeres EliZe ziet het geheel even glimlachend aan, en gaat alweer ontspannen door met haar antwoord aan een cameraploeg. En kijk, daar staat *Het Blok*-presentator Erik van der Hoff te poseren in een zomerse blouse met een print van witte en oranje bloemen.

'Ik denk dat de sterren van vanavond in aantocht zijn,' knikt Joris, 'die hebben alle ruimte nodig.'

'Bedoel je Colin Firth?'

Joris knikt. 'En René Mioch natuurlijk.'

Manouk schuifelt in de richting van een bataljon fotografen. Al wachtend vormen ze een haag, als een blinde muur waar je tegen op zou botsen als je niet rechts af zou slaan, naar de entree. Automatisch houdt ze haar buik in en checkt ze of de jurk niet tussen haar billen klemt, of dat haar haren niet lelijk in haar gezicht hangen…

Opnieuw die opgefokte beveiligingsbeambten. En portiers die over haar heen kijken. Kennelijk zijn de sterren bijna gearriveerd. Manouk krijgt een duw in haar rug en valt bijna om. Nu ze haar evenwicht zoekt, voelt ze ineens hoe erg haar tenen branden in de hoge pumps.

'Ga daar maar even staan,' zegt iemand die kennelijk bij de organisatie hoort, en hij trekt haar aan haar elleboog de hoek in. Joris volgt met de meisjes. Hij doet alsof hij er niks geks aan vindt.

'Michiels fans weten heus wel dat hij getrouwd is,' zegt Joris toe-geeflijk, 'maar daarom hoeven ze nog niet met mevrouw Van Toledo te worden geconfronteerd.'

'O.' Ze zoekt steun bij de stang van de wandelwagen.

'Katja!' roepen de fotografen, gevolgd door een stortvloed van flit-sen. Zo meteen is Manouk drie dagen blind.

'Thijs!' gillen ze. Thijs blijft met een brede glimlach staan. Op-nieuw geflits. Het bataljon en Thijs knikken naar elkaar, en dan loopt hij door.

'Michiel, hier!' roepen ze.

Michiel kijkt vriendelijk. Zijn mond zegt 'ah' als hij Manouk en de rest ziet. Hij steekt zijn arm uit en legt zijn hand op Manouks rug. Flits!

'Ben je op de foto gegaan?' vraagt hij.

'Ik geloof het niet, hoezo?'

Hij lacht besmuikt. Zijn blik glijdt omlaag en blijft hangen bij haar decolleté.

'Wat is er?' vraagt ze.

'Kijk zelf maar.'

Ze stappen naar binnen en krijgen kleurige cocktails in hun han-den gedrukt. Manouk gluurt even omlaag en dan valt haar mond open: haar borsten hebben gelekt. ARGH! In een reflex wil ze in haar decolleté duiken en de kompressen ter plekke vervangen, maar waar laat ze zo gauw de cocktail? Haar borsten. Gelekt. Pas in tweede in-stantie bedenkt ze dat de drukke tropische print hierbij gunstig kan uitpakken. Als iemand erover begint, zegt ze dat die vlekken zo horen. En straks, op de wc, zal ze de kompressen boven haar jurk uitwringen om zo nog meer vlekken in haar jurk te maken, zodat het overdui-delijk is dat het zo hoort. Zo. Wie beweert dat ze niet stressbestendig is?

♥

Kijk, dat is dus de keerzijde van de roem, bedenkt Manouk zich later. Heel leuk, hoor, dat er eerst nog een voorprogramma was met een speech en een interview. (Dus dat is René Mioch in het echt – wat is hij eigenlijk klein.) Bij iedere stoel lag een zak Mamma Mia-chips en een fles water. Manouk voelde zich zeer verwend en begon meteen te smullen. Het was ook leuk om Colin Firth eens in het echt te zien, ook al was hij ongeschoren en nauwelijks te verstaan.

Prima ook dat de film door alle drukte ruim een half uur na de aanvangstijd begon. Met 'aanvang' bedoelen ze bij premières dus het moment waarop iedereen gaat zitten en de praatjes beginnen, heeft ze ontdekt.

Het geeft niet, want het was toch leuk om weer eens met Michiel in een bioscoop te zitten. Lieve had een eigen stoel, en daar kon Manouk met behulp van de luiertas en een vestje een ligplekje maken waar ze kon slapen. Dus het was hartstikke leuk.

Afgezien van het feit dat al die praatjes het voedingsschema van Lieve helemaal in de war stuurden. Ze had het juist precies zo uitgekiend dat ze de hele film konden uitzitten. Toen er meer en meer mensen het podium op werden geroepen, was dat schema het enige waar ze nog aan kon denken. Ze was graag even opgestaan om het programma te onderbreken en tegen René Mioch, de producenten, de distributeur en desnoods de Engelse ster te zeggen: 'Jongens, ik zit hier met een baby en dus op een klok, ja?!'

Ze kon het drinkmoment nog even uitstellen met een speentje en Lieve sabbelde ook nog een tijdje op haar pink. Totdat het onhoudbaar werd.

Dus nu zit Manouk te voeden. In een besmeurde tropische jurk, waarvan de mouwen op haar vetrollen hangen. Op de wc van Tuschinski. Wc's met een vergulde rand, dat wel.

4

In de ene hand houdt Manouk een schilderskwast waarmee ze nog niets heeft gedaan. Ze had heel veel zin om eindelijk weer eens aan de slag te gaan, ze had zelfs een paar dagen naar deze ochtend uitgekeken. Om weer even de oude Manouk te zijn, net als vroeger. Geïnspireerd tot op het bot, opgaand in het gekras van de schetspennen en de geur van de verf. De kwast voelt ongelooflijk vertrouwd, maar tot nu toe heeft ze hem alleen nog maar een beetje in haar hand laten draaien als een majorettestok.

Met de telefoon die ze in haar andere hand houdt, heeft ze des te meer gedaan. Het ding is warm van het lange gesprek met Kim, over duizend-en-een dingen, van alles en nog wat – maar vooral over het feit dat ze niets doet terwijl ze nou juist zo veel had willen doen.

'Als een man zijn vrouw geen ruimte geeft om te werken, kan zij natuurlijk nooit carrière maken.'

Manouk knikt instemmend. 'Hij wil me wel ruimte geven, hoor, maar hij heeft het gewoon heel erg druk.'

Voor Kim is dat nog steeds geen excuus. 'Dan moet hij maar dingen afzeggen.'

'Hm.' Manouk draait de kwast linksom en jongleert hem dan weer rechtsom.

'Jij bent belangrijker dan zijn werk. Laat hem dat maar bewijzen.'

'Hij vindt mij ook belangrijk.'

'Kennelijk niet genoeg.'

In de bijkeuken – herstel: in het atelier – loeit een elektrische kachel. Manouk laat zuchtend haar hoofd op het tafelblad zakken. De werktafel zit onder de verfspatten, zoals het hoort in een atelier. Aan de muur hangen schetsen en de schilderingen die ze maakte als proef voor haar vorige prentenboek, over kusjes, een superlief boek.

Over een paar maanden is de deadline voor het nieuwe boek. De schrijfster (Sanne Wiarda is haar vaste schrijfster) heeft een tekst geschreven waarbij ze zich lekker kan uitleven: over een olifantje dat zich prachtig voelt maar van iedereen te horen krijgt dat het te dik is. Nou, daar moet Manouk zich na de afgelopen dikteperiode toch in kunnen herkennen, zou je zeggen.

Na de zwangerschap, de bevalling en de eerste zware maanden met de baby, heeft Manouk eindelijk een ochtend de kans om weer eens aan de slag te gaan. Maar er komt niks. Ja, vermoeidheid. Van haar kruin tot haar tenen. Ze is niet geïnspireerd, ze is moe.

Moe, moe, moe…

Kim probeert mee te denken: 'Misschien moet je het rustig opbouwen. Eerst een kleurenpalet kiezen voor het boek.'

'Al gedaan. Grijs.'

'Spannend!' Kim lacht om Manouks cynisme, en dat werkt voor Manouk aanstekelijk.

'Ja, hè, de olifant wordt grijs, hoor je het prijzengeld al rinkelen? Laten we die vrouw een expositie geven! In het Stedelijk! Een grijze olifant, hoe verzint ze het!'

Natuurlijk geniet Manouk van het prentenboeken maken, heel erg zelfs. Het zijn altijd van die vriendelijke, lieve en vrolijke projecten. Ze maakt er elk jaar één en heeft er nu vier gepubliceerd. Deze olifant wordt haar vijfde boek, ze hoopt ermee te bouwen aan een oeuvre en er natuurlijk wat naamsbekendheid mee te verwerven. Het zou mooi zijn als er een bestseller tussen zat, dan schoot het tenminste wat op. *Kusje!* neigt zeker die kant op, het wordt binnenkort in vertaling uitgebracht in Frankrijk en Duitsland.

Diep in haar hart zou ze graag autonoom kunstenaar zijn. Maar ja, dat betekent dat je bovengemiddeld goed moet zijn en ze durft nauwelijks hardop over die wens te spreken. In Nederland ben je dan algauw onbescheiden, ze zou niet durven. Maar toch… ieder jaar een prentenboek én een expositie van haar eigen werk, dat zou perfect zijn. Na vier prentenboeken heeft ze nog geen expositie gehad. Ja, wel kleintjes in thuisgalerietjes, maar geen echte. Waar aanzienlijke pers op afkomt, die gedreven en gefocust notities maakt en haar bekendheid verleent. Ooit komt het goed, houdt ze zichzelf voor.

'Even zonder gekheid,' zegt ze tegen Kim, 'ik zie het beestje al helemaal voor me. Ze wordt superleuk, maar ik kom er niet toe.'

'Ach joh, de ochtend is pas net voorbij en…?"

'FUCK! Hoe laat is het, hoelaatishet!' Ze springt op alsof ze monsters ziet en krijst 'Ik moet gaan!' en kwakt de telefoon op tafel.

Vijf voor twaalf. Vijf minuten nog. Ava! Ze hijgt. Haar hart klopt in haar keel. Wat moet ze allemaal meenemen? Sleutels, mobiel. LIEVE. Lieve ligt nog in haar wieg, dat kan niet, ze moet mee, stel dat er brand uitbreekt terwijl ze weg is. Ava… Ze druk visioenen van een eenzaam kind (huilend) op het schoolplein weg. Lieve, Lieve. Ze stormt de trap op – de tredes voelen als stroop, waarom helpen die haar niet sneller naar boven? 'Lieve, meisje!'

Lieve schrikt wakker en begint te huilen.

'O, tut tut, sus maar.'

Ze wiegt het kind en voelt intussen aan haar luier. Dat kan nog wel even. Ze vouwt de kleine armpjes in een overslagshirtje. Lieve gaat vandaag in pyjamabroek haar grote zus ophalen. Of had ze haar toch in bed moeten laten?

Nee, dat kan echt niet!

Stel je voor dat ze wakker wordt en in paniek raakt omdat er niemand is. Of dat ze onderweg naar school een ongeluk krijgt en niemand Lieve uit bed haalt, en dat ze pas na maanden wordt gevonden. Verhongerd en uitgedroogd in haar wiegje.

'Jasje aan,' hijgt Manouk.

Lieve huilt onverstoorbaar door.

'Niet leuk, hè, maar het moet eventjes, schat.'

In haar haast om de trap af te komen, spreekt ze zichzelf bezwerend toe – 'Rustig van de tredes stappen, niet uitglijden met Lieve op je arm' – en ze vouwt de dekentjes van de kinderwagen open.

'Je moet even liggen, pop.'

Lieve huilt nog harder.

'Hier is een speentje, kijk, wil je dat?' Ze propt haar laarzen aan. Trekt een jas van de kapstok. Zoekt tastend naar haar huissleutels en draait aan het schaapjesmobile dat in de kap van de kinderwagen hangt.

In een haastige draf duwt ze de kinderwagen met de nog altijd huilende Lieve over de stoep voort. Het is buiten veel zonniger dan ze dacht. Ze had gewoon in slippers kunnen schieten, en Lieve had niet per se in haar jasje hoeven te worden gewrongen. Een zonnebril had ze ook wel kunnen gebruiken vandaag. Puffend gaat ze naar school, puffend van de hitte en de stress.

Vroeger was Michiel ook overdag thuis, meestal bezig met repeteren of liedteksten schrijven, en ging hij alleen 's avonds weg om op te treden. Maar tegenwoordig heeft hij allerlei besprekingen met producenten en omroepen – eerlijk gezegd houdt ze niet precies bij waar het allemaal over gaat, daar heeft ze domweg geen tijd voor. Ze weet alleen maar dat hij daardoor veel meer van huis is dan toen ze enkel nog Ava hadden.

O god, zie je wel: daar staat juf Astrid met Ava aan de hand. Wat erg, het hele plein is leeg. Eén andere moeder is blijven wachten met haar dochter, zodat Ava niet helemaal alleen achter hoefde te blijven. Dat meisje heeft Manouk vaker samen met Ava gezien. Hoe heet ze ook alweer? Lola, dat was het. Schattig kind met lieve hertenogen.

'Sorry, sorry!' roept Manouk over het plein.

Lola's moeder kijkt Manouk bevreemd aan. De juf glimlacht ietwat gepijnigd.

'Het spijt me, ik was de tijd vergeten.' Ze gaat door haar knieën en geeft Ava een stevige knuffel. 'Sorry, schat.'

Ava kijkt haar met haar grote blauwe ogen beteuterd aan en zegt: 'Mijn moeder komt mij niet ophalen.'

Manouk geeft haar een dikke, dikke knuffel. 'Jawel, lieverd, ik kom jou altijd ophalen.' Ze gaat staan en kijkt de juf schuldbewust aan. 'Het spijt me, ik probeerde weer wat te gaan werken, maar…'

'Gelukkig ben je er nu,' onderbreekt de juf haar. Ze aait Ava over haar bol. 'Mama is er, hè?'

'Sorry,' herhaalt Manouk ook tegen de moeder van Lola.

'Ik ben maar even blijven wachten.'

'Bedankt, hartstikke fijn. Ik ben Manouk.'

'Ik ben Jacky.' Jacky heeft steil, donker haar, en een kapsel dat lijkt op een futloze zwabber. Ze heeft haar gezicht geplooid in een vriendelijke glimlach, maar Manouk ziet een vreemde blik in haar ogen. Is ze boos? Of niet boos, maar verdrietig? Kennelijk is Manouk de eerste moeder in de geschiedenis van de mensheid die tien minuten te laat op school komt. Misschien een kwartier.

Ava rent achter Lola aan. Ze lijkt er geen geestelijke schade van te hebben opgelopen. Dat ligt anders bij Lieve; als die niet snel een schone luier krijgt en wordt gevoed, duikt ze in een krijsbui die alle ramen in de wijde omtrek doet breken.

'Ik, eh, moet weer gaan,' stamelt Manouk met een verontschuldigende hoofdknik in de richting van de kinderwagen.

'Ga maar gauw,' zegt juf Astrid moederlijk.

'Ava, kom!'

Goddank huppelt Ava meteen met haar mee. Ze had er niet aan moeten denken dat ze zich aan de boom zou vastklampen omdat ze NU een cavia wilde aaien – om maar een van de grillige eisen van een vierjarige te noemen. En zie haar dan nog maar eens mee te krijgen…

Ze voelt de ogen van Jacky en juf Astrid in haar rug priemen. In gedachten ziet ze voor zich hoe ze elkaar veelbetekenend en hoofdschuddend aankijken. Nou, toevallig hebben ze geen idee hoe druk het leven is als je man zo'n succes heeft!

5

Het vórige leven van Manouk zag er zo uit:

7.00 uur. Ava wordt wakker en stommelt hun slaapkamer binnen. Michiel zet een kinderfilm aan op zijn laptop. Michiel en Manouk blijven dutten, hand in hand of lepeltje lepeltje, genietend van de kleine prinses aan het voeteneinde.

10.00 uur. Ze gaan met z'n drietjes naar beneden. Koffie. Krantje. En een boterham met een appeltje voor Ava. Nog een kopje koffie, cappuccino, ja graag.

11.00 uur. Douchen, en Ava speelt in het kinderbadje dat ze op de grond hebben gezet. Manouk kleedt zichzelf en Ava op haar gemak aan, spelend met de kleren: 'Waar is de mouw? Ik zie niks, waar is-ie? Jij hebt hem zeker verstopt, hè. Waar heb je de mouw gelaten, Ava, vertel maar, want anders moet ik je... kietelen!'

Michiel hoeft maar kort te repeteren, want hij kent de liedjes allang en in een café of discotheek maakt het weinig uit of je wel netjes de juiste toon treft. Voordat hij zich in zijn werkkamer opsluit, vraagt hij of hij straks heerlijk belegde broodjes zal halen voor de lunch en krijgen zijn meisjes talloze kusjes.

11.30 uur. In de bijkeuken – het atelier – alvast bekijken wat ze die dag wil doen, daarna zingen met Ava, boekje lezen, spelletje doen, staartjes maken.

12.00 uur. Lunch.

14.00 uur. Michiel neemt Ava mee de stad in, of naar een bespreking met Joris. Manouk gaat aan de slag, schetsen afronden voor een nieuw prentenboek, of de prenten al opzetten met verfstreken. Radio aan. Cappuccino erbij.

Michiel treedt veel op, het liefst vijf avonden per week; Kim vraagt zich wel eens af hoe Manouk het volhoudt met een man die zo weinig thuis is. Kim zelf bereidt zich voor op haar toekomst als single mama. Ze profiteert graag van de omstandigheid dat een vriendin die rond etenstijd beschikbaar is, dus ze eten geregeld samen. Maar Manouk ís niet alleen; haar man is juist veel thuis, maar dan overdag.

18.00 uur. Als Kim niet komt, geniet Manouk ervan om samen met haar dochter te eten.

20.00 uur. Zodra Ava op bed ligt, werkt ze aan een nieuwe prent tot Michiel weer thuiskomt, ergens na middernacht.

0.00 uur. Dan schenken ze nog een glaasje in en vertelt Michiel wat hij die avond allemaal naar zijn hoofd heeft gekregen – op het gebied van zowel woorden als materialen.

Er gebeuren opmerkelijke dingen tijdens optredens. De eerste keer dat hij vertelde dat twee meiden hun shirt hadden opgetild om hun borsten te laten zien, kon ze het niet geloven. Maar het bleef gebeuren. In de praktijk zet hij elke avond wel een handtekening op een redelijk intiem lichaamsdeel.

Pas wanneer ze zijn uitgepraat en -gegiecheld, gaan ze naar bed om in het gunstigste geval te vrijen, en tevreden in slaap te vallen.

Het leven dáárvoor, zonder kind, ging ongeveer zo:

'Schatje, moeten we niet eens aan het werk?'

Manouk, naakt, rekt zich nog eens uit. 'Hm? Volgens mij moet jij eerst koffie voor mij maken.'

'Zo doen we dat niet, hè, dametje!' Michiel zet de kieteldood in.

'Ha ha, niet doen, niet doen!'

En nóg verder terug, een levensfase of drie geleden, ging het ongeveer zo:

'Auw, mijn hoofd – wie ben jij?'

'Goedemorgen schoonheid, wil je een kopje thee?'

Manouk trok dan haastig haar kleren aan. Deze fase lijkt niet alleen lichtjaren geleden, maar bovendien pure fictie – ze kan zich niet meer voorstellen dat ze ooit een vrouw was die aan onenightstands deed, zo ver is ze bij haar vandaan gegroeid.

En dit is Manouks húídige bestaan:

7.00 uur. De wekker gaat.

'Eurgh, ik ben er twee keer uit geweest vannacht. Nu moet jij.'

'Schat, ik heb de halve nacht gewerkt…'

'Ava, ik kom zo, even wachten nog.'

'Ze moet naar school.'

'Arme ik…'

7.15 uur. Ze staat zuchtend onder de douche, met een stram lijf. Lieve ligt te huilen in haar bedje, Ava staat op de badkamerdeur te kloppen en roept dat Lieve huilt.

Hoofdschuddend droogt Manouk zich af: dit is niet de relaxte sfeer die ze voor ogen had toen ze kunstenares werd. Het gekrijs wordt steeds dwingender, Lieve heeft gauw een kusje en een knuffel nodig. Maar toch doet ze eerst haar ondergoed aan; of moet ze soms in haar blootje naar de baby rennen? In een kleurloze onderbroek en niet-bijpassende bh pakt ze uiteindelijk Lieve uit de wieg. Als ze bij de commode staat en weer een beetje opfleurt door Lieves lachjes, ziet ze de natte plek in Ava's pyjama.

'Heb je nog je nachtluier aan?'

Ava knikt.

'Je broek is nat.'

Ava kijkt en haalt haar schouders op.

Manouk verschoont Lieve en zegt tegen Ava dat ze in de badkamer vast haar pyjamabroek en luier moet uittrekken.

'Maar ik ben niet vies, hoor.'

'We moeten je billen wassen, schat.' Manouk tilt Lieve op en loopt achter Ava aan naar de badkamer. Het lijkt eindeloos te duren voor Ava eindelijk haar pyjama uittrekt en Manouk moet haar minstens vier keer aansporen om ermee dóór te gaan. Ze zet Lieve in een wip-stoeltje en maakt een washandje nat.

'Maar niet te koud,' zegt Ava. 'Koud. Dat is te koud!'

'Blijf nou gewoon even staan!'

7.48 uur. Als Ava eindelijk ook is aangekleed, zit Manouk met een rood aangelopen hoofd, nog steeds in haar ondergoed, op de grond in de kinderkamer. De gezellige Disney-klok vertelt haar dat het kwart voor acht is. Koud uit bed, ben je alweer bijna te laat. Ze haast zich naar haar eigen kledingkast.

'Jezus, jullie maken me wakker,' kreunt Michiel.

'Godsamme, Michiel.'

'Ja, verdorie...' Hij slaapt alweer.

Ze legt Lieve naast haar vader op het grote bed en plukt een spijkerbroek en een zwart shirt van de stoel, die volhangt met te vaak gedragen kleren. Met Lieve op haar arm en Ava aan de hand, loopt ze voorzichtig de trap af. Halverwege bedenkt ze zich dat ze haar haren niet heeft gekamd, maar als ze er een elastiek in draait, zie je daar nauwelijks iets van. Ze heeft geen dagcrème op haar gezicht gesmeerd, make-up is naar het Land van Ooit verdreven. Ze heeft hartkloppingen.

7.54 uur. Ze zet het koffieapparaat aan. Inmiddels drukt het besef dat ze over twintig minuten de deur uit moet om net op tijd op school te zijn, zwaar op haar schouders. Ze trekt de broodlade open. Loopt naar de vriezer om een nieuw brood te pakken, want het oude blijkt natuurlijk bijna op. (Ze ziet de kruimels op het bord liggen van een nachtelijke eetbui van Michiel.) Legt losse boterhammen in de magnetron, smeert jam op het klef geworden brood. Lieve heeft om vijf uur vannacht gedronken en krijgt een nieuwe voeding als ze straks terug zijn van school. Ava heeft de beker melk die vlug voor haar is neergezet, net zo snel weer omgestoten.

'Hè, verdorie!' roept Manouk boos.

Ava kijkt haar sip aan. 'Ik kan er niks aan doen, ik zag hem niet.'

'Je moet kijken, kíjken!'

Haar haren beginnen te jeuken, ze schreeuwen bijna om een lekkere wasbeurt met haarmasker en een zachte borstel. Haastig sleept ze een vaatdoekje over de vloer. Kwakt het ding onuitgewrongen in de gootsteen.

'Ik ga nog even gauw naar boven,' zegt ze.

'Ik wil geen jam.'

'Dit is wat je krijgt, en dit is wat je eet,' zegt Manouk bits terwijl ze Lieve weer vastzet in het wipstoeltje. Gauw gaat ze naar boven. Toch even een normale borstel door haar haren. Dagcrème op haar gezicht, en haar ogen. Want ja, dit is toch ook háár begin van de dag?

'Máháám!'

'Eet! Je! Brood!' gilt ze terug. Het kan haar niet schelen of Michiel er wakker van wordt.

'Ik heb geknoeid!'

Manouk sist voor zich uit: 'Alweer?!' Met woeste gebaren smeert ze de laatste restjes crème uit. Op de weg naar beneden gaat ze via de kamer van Ava, waar ze schone kleren uit de kast pakt.

'Hoe kan dat nou, Ava?'

'Ik deed niks verkeerd.' Van haar stoel druipt de melk nog af.

'Kom dan op zijn minst van die stoel áf.'

Ze pakt het meisje bij de pols en hurkt naast haar. 'Eerst die broek uit.' Natuurlijk is de onderbroek óók zeiknat geworden. Ze zegt Ava dat ze haar onderbroek uit moet doen, en sjeest weer naar boven.

8.16 uur. De tijd heeft 's ochtends kennelijk al net zo veel haast als zij. Hardhandig sjort ze Ava in haar schone kleren. 'We gaan.'

Vroeger kon ze bij haastige spoed nog gauw in haar jas schieten, maar dat is er tegenwoordig niet meer bij.

'Waar zijn je schoenen?'

Ava haalt haar schouders op. 'Ik weet het niet, ik heb ze al heel lang niet meer gezien.'

'Jawel, natuurlijk wel!' Manouk gaat weer naar boven, inmiddels stampvoetend. Waar zijn die dingen? Eén schoen ligt onder Ava's bed. De andere slingert tussen de verkleedkleren, die Manouk over haar schouder door de kamer werpt. Ze racet omlaag. 'Zitten. Dan kan ik je schoenen aandoen.'

'Waar?' Ava kijkt om zich heen, maar ziet geen stoeltje.

'Gewoon. Even. Op. De. Grond.'

'Jij doet boos tegen mij.'

'Ik doe niet boos.' Ze wringt het kleine voetje in de schoen en komt met een verhit gezicht overeind. 'We gaan.'

'Oké.'

Ze wil Lieves Maxi-Cosi oppakken, en bedenkt dat Lieve er nog niet inzit! Het kind moet een jasje aan, misschien kan ze op deze zonnige ochtend wel zonder jas, of krijgt ze daar longontsteking van? Er is geen tijd! Ze holt de woonkamer in en pakt Lieve met wipstoel en al op. In de haast zegt ze streng tegen zichzelf dat ze niet mag uitglijden op de trap, en ze stormt de slaapkamer in.

'Michiel!' Ze zet Lieve naast het bed neer. 'Hier is Lieve.' Ze stormt de kamer weer uit en grijpt haastig naar haar jas.

8.28 uur. Ze gaan eindelijk de deur uit. Aan koffie heeft ze niet meer gedacht.

6

De zomervakantie breekt eigenlijk nog vrij plotseling aan. Ineens valt de ochtendstress weg, wat heerlijk!

's Ochtends zit Manouk met haar neus in de richting van het zonnetje en de krant in haar handen. Lieve probeert te rollen in de box: met haar hele lijfje zet ze kracht, haar gezicht loopt rood aan en pas nadat ze klagerige kreetjes heeft gegeven, is het ineens gelukt. Knappe Lieve! Het koddige is dat ze begint te huilen als ze vervolgens op haar buik ligt, omdat ze nog niet terug kan rollen. Manouk helpt haar lachend terug – waarna alles opnieuw begint.

Het is gezellig; Ava speelt in haar blootje in de tuin met water en gietertjes, en papa Michiel heeft elke dag wel even tijd om met haar te 'voetballen'. Omdat ze een tweede kindje verwachtten, hadden ze geen vakantieplannen gemaakt. Ze geloofden afgelopen winter nog dat ze waarschijnlijk geen geld zouden hebben voor een vakantie, ze hadden geen idee dat Michiel zes maanden later een bn'er zou zijn.

Michiel heeft vanwege de zomerperiode wat minder optredens, hij speelt alleen op een paar festivals en dat is juist hartstikke leuk. Trouwens, er zijn ook nog twee bruiloften waar hij moet zingen; die waren al besproken vóór de hit, dus die echtparen kunnen hun geluk niet op dat ze nu een beroemdheid op hun huwelijk hebben.

Toen Michiel ging optreden op het festival Hollandse Hits Zomer in Winterswijk heeft Manouk een huisje gehuurd op de Veluwe, in de buurt van Apeldoorn. Vanaf het bungalowpark kon Michiel gemakkelijk in een uur naar het optreden en dat leek misschien lang, maar als je dagelijks door het hele land crost, is het een peulenschil.

Op de kunstacademie zou Manouk hebben gezworen dat ze nog niet dood gevonden zou willen worden in een vakantiepark als Rabbit Hill, maar toen ze er eenmaal met zijn viertjes aan het uitrusten waren, had ze niet geweten waar het leuker zou zijn geweest. Het was perfect.

Ze picknickten die week in het bos en Ava leefde zich uit in de Koningin Julianatoren – toch nog een kleine vakantie dus. Wat bestaan er eigenlijk veel leuke attracties om met je gezin naartoe te gaan. Het gezinsleven is een wereld waarvan de contouren zich langzamerhand steeds scherper aftekenen, ze weten er steeds beter raad mee.

Zes weken zomervakantie lijkt lang, maar van Manouk hadden het wel zes maanden mogen zijn. Op een avond zit Manouk in hun tuintje, na een heerlijke dag waarin Ava vrolijk speelde, Lieve tevreden haar slaapjes deed, Manouk uitgebreid kookte en Michiel de meisjes gezellig naar bed bracht.

'Weet je waar ik zin in heb?' zegt Manouk nu hij op blote voeten de tuin in stapt. Alles aan Michiels houding verraadt dat hij elke wens van haar wil vervullen, ze ziet het aan de lieve glimlach op zijn gezicht en de warme blik in zijn ogen. Ze kijkt hem aan: 'Een wijntje.'

'Ik kijk wel even.' Als hij even later terugkomt zegt hij: 'We hebben alleen champagne.'

'Champagne? Hoe komen we daar nou aan?'

'Kijk.' Hij staat wat lacherig met flessen in zijn hand die hij na optredens heeft gekregen. In de drukte hadden ze geen tijd genomen om ze uit te pakken.

'Alleen champagne?' Manouk giechelt. 'Dat lust ik niet eens.'

Michiel ploft naast haar neer op de tuinbank. Tevreden staren ze voor zich uit. Nu ze zo lekker kan blijven zitten, voelt Manouk haar voetzolen en de palmen van haar handen tintelen van de vermoeidheid die loskomt.

Michiel drukt een kus op haar wang en zegt: 'Blijf lekker zitten, ik ga een wijntje halen.'

'Nu nog?'

Glimlachend schiet hij in een spijkerjack. 'Als mijn meisje wijn wil, dan zorg ik dat er wijn is.' Hij draait zich om en gaat erop uit – wat beweegt hij toch lekker.

Een half uur later komt Michiel terug, Manouk zit inmiddels met een kopje thee in de tuin, maar dat zet ze meteen weg. 'Is het gelukt?'

'Hm.' Michiel knikt geheimzinnig.

'Waar dan?'

'De Brugwachter.' Hij zet twee flessen op tafel. De Brugwachter is het iets te dure restaurant waar ze graag komen.

'Néé! Hoeveel heb je wel niet betaald?'

'Jij wilde toch een wijntje?' Hij zet nootjes en chips voor haar neer en zegt: 'Ik ben ook nog even langs het pompstation gegaan.'

'Hmm.' Manouk voelt ze weer: de vlinders. Ze kan het niet bij zichzelf controleren, maar meent de glinsteringen in haar ogen te kunnen vóélen.

'En bij het tankstation werd ik geattendeerd op… dít.' Grinnikend kwakt hij een stapeltje bladen op tafel. De *Story*, *Privé* en *Weekend*.

'Wat? Nee toch!' Giechelig begint Manouk in de *Story* te bladeren.

'Bladzijde 20.' Michiel stapt naar binnen om wijnglazen en een kurkentrekker te halen.

Dan ziet Manouk een halve pagina met de kop: UIT DE ARMOEDE ONTSNAPT. Haar mond valt open. Ze komt overeind en haar ogen schieten heen en weer tussen tekst en foto. Ze houdt haar hand voor haar mond en zegt lacherig: 'Wat érg!'

Wanneer is die foto gemaakt? Manouk heeft een joggingbroek en een vest aan, het ziet er niet uit, het was duidelijk een stresskeuze op een haastige ochtend geweest, met de bedoeling om het later op de dag te verbeteren (maar het is de vraag of dat ook is gelukt). Op deze foto lijkt het alsof Ava met een soort *Trailer Park*-kapsel naar buiten moet. Kennelijk was een deel van haar dagelijkse vogelnestje niet goed gekamd. Lieve ligt veilig in de kinderwagen, die is niet te zien, in tegenstelling tot de fikse spuugvlek op haar dekentje. 'Oho,' stoot Manouk uit. 'Ha ha!'

'Erg, hè?' Michiel ontkurkt de fles en schenkt twee glazen vol. Hij geeft Manouk haar glas en houdt het zijne omhoog om te proosten. 'Op onze bekendheid.'

Manouk klinkt met hem maar kan haar ogen nauwelijks van het artikel houden. 'Die joggingbroek…' zegt ze beschaamd.

Wat staat er nou, dat ze eerst een armoedig leven hadden? …

"Michiel van Toledo leefde vóór 'Wereldwonder' **letterlijk van een appel en een ei.** Deze hit had hij nódig, weet STORY uit betrouwbare bron, om niet in armoede te vervallen. Jarenlang heeft Michiel voor zijn succes gestreden door op te treden voor niet meer dan een paar tientjes. Maar daarvan konden hij en zijn gezin helemaal niet rondkomen…**"**

Michiel kijkt haar geamuseerd aan. 'Nu weet je ook eens hoe het is om hierin te staan.' Hij knikt naar van het blad.

'Ja.' Manouk geniet van zijn gezicht zo dichtbij, van zijn lijf, van hém… 'Het is eigenlijk heel grappig, hè.'

'Kom maar eens fijn bij deze armoedzaaier.' Michiel verschuift op de tuinbank; hij doet zijn arm om haar heen en legt zijn voeten op tafel.

'Heb je wel je vlooien geplukt?'

'Dat mag jij nog doen,' lacht hij. Zo zitten ze samen, op een zwoele zomeravond, te flirten en te zoenen in hun eigen tuin. De eerste schooldag van het nieuwe jaar komt alweer veel te snel in zicht, ze komen net zo lekker even op adem…

7

Manouk ontwijkt Jacky, de moeder van Lola, als ze om kwart voor negen eindelijk de klas in stuift. Ze schaamt zich omdat ze alweer te laat is. Ze wou dat Jacky dat niet had gezien. Maar eerlijk gezegd zou ze haar ook als ze wel op tijd was hebben ontweken. De andere moeders ontwijkt ze trouwens ook; het is weer een jaar vol nieuwe kinderen en nieuwe ouders. Ava begint nu pas 'echt' in groep 1. Haar vriendinnetje Lola, die van januari is en dus ook nog lekker doorkleutert in de eerste groep, zit erbij.

'Goedemorgen, juf Astrid.'

'Hallo, dag Ava. Gezellig dat je er bent.'

'Sorry dat we te laat zijn.'

'Geeft niks, hoor.'

Ze is behoorlijk geschrokken van de lijsten op de deur van de klas.

We hebben niet voldoende hulpouders voor het overblijven, vul je naam in op de datum waarop je kunt bijspringen.

AANSTAANDE WOENSDAG PLEIN VEGEN, 11.00 UUR!

Beste ouders, graag willen we met groep 1 naar de Kinderboerderij. Wilt u rijden en hoeveel kinderen kunt u vervoeren?

Voor de herfsttafel hebben we kastanjes en eikenbladeren nodig. Welke moeders en vaders willen helpen om spinnen in het web te maken? Neem vóór woensdag je kastanjes mee!

Briefjes over hulp bij computerles, luizenmoeders, schoolplein vegen, speeltoestellen repareren, ouderraad… En dan op het whiteboard nog extra teksten, handgeschreven. Dat zijn de spoedklussen waarvoor geen stencils zijn gemaakt. In rood:

Wie helpt de klas te versieren voor de juffenverjaardag?

In blauw:

Wie heeft zin om hapjes te maken voor het herfstontbijt op school?

Iedereen let op haar, zo voelt het sinds de hit van Michiel. Nieuwe ouders weten gauw genoeg dat zij zíjn vrouw is. De meeste campings hebben de afgelopen zomer 'Wereldwonder' grijsgedraaid op hun bingo's/disco's/bonte avonden, dus het is volkomen begrijpelijk. Tegenwoordig wordt het gezin dagelijks nagekeken op straat, en Manouk zou daarom het liefste elke dag mooi opgemaakt over straat gaan. Ze heeft het een week of twee volgehouden, maar heeft daarna gestrest besloten dat het nou eenmaal niet lukt. Het is al een wereldwonder wanneer ze op tijd op school is.

Haastig vult ze hier en daar haar naam in. Ze wil niet ongeïnteresseerd overkomen. Ze hoort de mensen al praten op verjaardagen: 'Wij hebben het kind van die Michiel in de klas. Ja, Van Toledo. Leuke vent joh, maar zijn vrouw – o, die is zo uit de hoogte, die helpt nergens mee.'

Gauw geeft ze Ava een kus en haast zich naar huis. Die arme Michiel zit natuurlijk volkomen verkreukeld met een huilende baby op haar te wachten.

'Hai schat!' groet Michiel opgewekt wanneer Manouk zweterig en bleek het huis binnen stapt. In zijn telefoon zegt hij: 'Manouk.'

Voor hem ligt de krant, op tafel staat een bord boterhammen met kaas. Lieve zit in haar wipstoeltje op de grond naast hem en kauwt rustig op een bijtring.

Michiel houdt de telefoon in haar richting. Hij knikt: 'Mijn moeder.'

Met opgetrokken wenkbrauwen neemt ze de telefoon aan. Ze heeft niet eens tijd gehad om haar jas uit te doen. 'Hallo.'

'Ja, Manouk, ik hoor van Michiel dat je nog niet bij zijn show bent geweest.'

'Jawel, maar…'

'Hij zegt van niet. Is het zo of niet?'

'Niet sinds Lieve geboren is, nee.'

'Kind, dat is toch veel te lang? Je bent meer dan alleen maar moeder. Je bent ook zijn vrouw.'

'En tekenaar.'

'Het is niet de bedoeling dat je als een theemuts op je kroost gaat zitten, hoor. Zo'n vrouw kan Michiel niet gebruiken. Je moet er voor hem zijn. Hem steunen.'

'Dat doe ik ook.'

'Nou, daar merkt hij anders niks van.'

Manouk draait met haar ogen. Michiel glimlacht en mimet dat zijn moeder het goed bedoelt. Hij staat op, fluistert 'Ben zo terug,' en roept: 'Doei mam' naar de hoorn.

'Gaat hij weg?' vraagt mevrouw Van Toledo.

'Ja.' Ze wrijft over haar voorhoofd. 'Ik weet niet waarheen.'

'Je bent zijn vrouw, je hoort dat te weten.'

'Conny, ik moet echt ophangen.'

'Nee, nog even. Ons buurmeisje komt vanavond bij jou oppassen. Ze heet Sharon. Ik heb het maar alvast geregeld zodat je geen "nee" meer kunt zeggen, want ik hoor van Michiel dat je geen oppasjes met je kinderen vertrouwt…'

'Lieve is nog zo klein, en de meeste meisjes die willen oppassen, zijn wat mij betreft te jong.'

'Ja ja, nou goed. Sharon is vijftien en zij kan dat prima. Ze komt uit een goed nest, daar sta ik voor in. Dan kun jij dus mee naar het feest van Michiels agentschap. Daar vertelde hij me over en het klinkt als een belangrijke avond.'

'O. Nou. Dat lijkt me leuk.' Het liefste zou ze Conny toebijten dat ze zich nergens mee moet bemoeien, maar een avondje uit… daar is ze best aan toe.

'Michiel verdient een vrouw die hem steunt. Hij kan toch niet overal alleen aankomen? Hij is nu een ster.'

'Ja, maar ja. Hij is ook vader.'

'Luister, heb je iets om aan te trekken?'

'Ja, dat denk ik…'

'Voor de zekerheid neem ik wel wat mee uit de winkel. Wanneer ga je die kilo's eigenlijk eens aanpakken? Nou ja, ik neem wel een paar grotere maten mee.'

Als haar schoonmoeder klaar is en eindelijk heeft opgehangen, voelt Manouk pas echt hoe doodmoe ze is. Ze trekt haar jas uit en drinkt haar eerste koffie van de dag. Ongewassen is ze, en onuitgeslapen. Ze wacht tot Michiel thuiskomt zodat ze even lekker kan douchen. Ze belt hem op zijn mobiel. Hij neemt niet op. Wat is hij eigenlijk aan het doen?

Ergens verwachtte ze dat hij echt 'zo' terug zou zijn, maar haar koffie is al op en die drinkt ze toch echt niet snel. Straks blijft hij zo lang weg dat ze Ava alweer moet ophalen, terwijl ze eindelijk eens rustig had willen douchen. Shit, ze had zich er zo op verheugd om even de tijd te hebben en geen verantwoordelijkheid.

Zuchtend pakt ze het wipstoeltje op en neemt het gevaarte, inclusief Lieve, mee de trap op. 'We gaan naar boven. Vind je dat leuk, schatje?'

De kleine dame zit te kirren en kijkt met grote ogen om zich heen als Manouk het stoeltje op de overloop op de grond zet.

Ze kleedt zich uit en houdt haar shirt voor Lieves gezichtje. 'Kiekeboe.'

Lieve lacht en trappelt zo hard met haar beentjes dat de wipstoel op en neer veert. Manouk glimlacht en laat de lange mouwen van haar shirt over Lieves gezichtje glijden. 'Lekker hè?'

Terwijl ze haar joggingbroek uitdoet, trekt ze een gek gezicht voor

Lieve. 'Kind toch, wat een kilo's draag ik met me mee! Wanneer ga ik daar nou eens wat aan doen? Ja, wanneer doe ik dat nou eindelijk?'

'Ahproe,' antwoordt Lieve.

Manouk lacht hardop mee. De douche is warm, maar de badkamer blijft koud omdat ze de deur openlaat zodat Lieve haar kan zien.

'Is papa daar al?' vraagt ze af en toe. 'Michiel?'

Maar hij is nog niet terug. Hij komt niet om Lieve mee te nemen en de deur van de badkamer dicht te doen zodat Manouk haar ogen zou kunnen sluiten en het warme water over haar gezicht laten stromen. Haar haren wassen met crèmespoeling en een masker na. Haar benen epileren en haar oksels – die scheert ze nu even vlug.

'Daar zijn we al,' zegt Conny van Toledo. 'Hopelijk heb je je niet uit-gesloofd om het huis voor ons aan kant te maken?'

Michiel geeft zijn moeder een warme zoen.

'O nee, dat is niet gebeurd, zie ik.' Mevrouw Van Toledo knipoogt naar haar zoon. Over haar arm houdt ze een kledingzak, waar een paar hangers uit steken. Naast haar staat een vriendelijk uitziend tienermeisje. Dat moet Sharon zijn. Ze heeft de hangerige, passieve lichaamstaal van een vijftienjarige, maar ze kijkt tenminste redelijk helder uit haar ogen.

'Sharon, Manouk, Manouk, Sharon.' Conny van Toledo heeft dui-delijk haast om over te gaan op belangrijker zaken: het uiterlijk. Ze geeft de kledingzak aan Manouk.

'Hier. Ik heb dezelfde jurk in drie maten bij me. Kijk maar in welke je het beste past, ik zal straks niet spieken welke maat je nodig had.'

'Ik ben al aangekleed, maar bedankt.' Manouk knikt vriendelijk. Het kost haar eigenlijk niet eens zo veel moeite om de constante stroom onvriendelijkheid te negeren. Als Conny nou echt iets kon, dan was het misschien anders. Maar goede sier maken met kleding van de baas, nee, daar voelt Manouk zich niet door geïmponeerd.

'Wil je een kopje koffie?'

'Koffie, ach, dat is zo slecht voor de kleur van je tanden.'

'Thee dan maar?'

'Kind, hoe vaak wil je me op de wc hebben…'

'Weet je wat, in de koelkast staat genoeg. Pak gewoon lekker waar je zin in hebt.'

Van tevoren heeft ze met Michiel afgesproken dat híj doorneemt wat er met Lieve moet gebeuren, zodat zij zich even normaal kan optutten voor vertrek, en vooral ook zodat ze ruimte krijgt zijn ouders te ontvluchten. En dat doet hij ook netjes. 'Sharon, rond tienen wordt Lieve wakker, dan moet ze een flesje. Dat flesje hebben we al klaargezet op het aanrecht, zie je hier? Je zet het 30 seconden in de magnetron en dan doe je een paar druppels op de binnenkant van je pols. Kijk mam, het is ook handig voor jou om te weten, voor het geval Sharon hulp nodig heeft.'

Manouk loopt met de kledingzak naar de trap en zegt: 'Ik begrijp van Michiel dat jij degene bent die Sharon belt als ze hulp nodig heeft, dat is toch de afspraak?'

Met een blik op haar zoon zegt Conny: 'Schat, denk je dat ik niet weet hoe je een flesje moet maken? Hoe ben jij zo groot gekomen, denk je?'

'Michiel wil het je toch graag nog eens helemaal uitleggen,' flapt Manouk eruit, al halverwege de trap. Ze zwijgt een ogenblik, maar zegt dan toch: 'Het is tenslotte al zooo lang geleden.'

Met een tevreden glimlach gaat ze gauw naar boven. Ze gluurt door een kier van de deur van Lieves kamer die rustig in haar wiegje ligt te slapen. Daarna sluipt ze Ava's kamertje in. Ze aait haar slapende grote dochter over haar haar en drukt een kus op haar wang. Ze fluistert: 'Lekker slapen, schatje, je mama gaat weer eens naar een feest!'

Ze heeft er zin in. Het is geen belangrijke avond in de zin van dat er veel pers komt, maar gewoon een intern jubileum. Het agentschap bestaat twintig jaar. Alleen de artiesten en alle medewerkers komen. Geen fans of andere types die Michiel bij haar zouden weghouden. Ze heeft hem helemaal voor zichzelf. En tegelijkertijd kan ze zich Assepoester op het bal wanen, tussen zo veel beroemdheden.

8

Bij binnenkomst komt Joris met uitgespreide armen op hen af lopen. Het jubileum wordt gevierd in een fantastische zaal van een restaurant. Er is eigen barpersoneel, veel kunst en een langgerekte open haard langs de wand. Joris kust Manouk gedag – hier lijkt ze er nog helemaal bij te horen. Hij neemt Michiel mee naar 'wat mensen' die hij even moet zien.

Als eerste gaan ze kennismaken met iemand van de promotieafdeling van de platenmaatschappij. Abe heet hij. Joris klopt hem op de schouder en Michiel schudt hem de hand. Manouk staat op dat moment nog glimlachend naast haar man, in de verwachting dat a) Joris zal zeggen 'en dit is zijn vrouw, de kunstenaar Manouk', b) Michiel zijn arm om haar heen zal leggen en zeggen 'dit is mijn vrouw, Manouk, de basis onder mijn succes' of desnoods c) Abe zich tot haar zal richten en zeggen 'sorry, ik ben Abe, ik heb je naam niet verstaan?'

Geen van deze drie dingen gebeurt echter. Het duurt zeker tien minuten voor ze doorheeft dat haar glimlach krampachtig is geworden. Het doet pijn aan haar kaken.

'Ik ga even een drankje halen,' zegt ze dan maar. 'Willen jullie ook wat?'

Waarna de mannen 'een biertje graag' en 'doe maar een colaatje' zeggen zonder te beseffen dat ze haar zojuist tot serveerster hebben gebombardeerd.

Ze glimlacht verontschuldigend tegen iedereen aan wie ze onderweg vraagt of ze er even langs mag. Er zijn best veel bekende gezichten. Zo ziet ze twee jongens van de Ashton Brothers lopen en Ivo de Wijs herkent ze natuurlijk meteen. Acda en De Munnik zijn er ook, die hangen redelijk allenig aan een bartafel. Maar de ruimte is gevuld met een nog veel groter aantal onbekende mensen, waarschijnlijk de krachten achter de schermen: regisseurs, technici, verkoopmedewerkers en decorontwerpers bijvoorbeeld. Iedereen lijkt elkaar hier al eeuwen te kennen. Overal staan mensen te lachen of instemmend tegen elkaar te grinniken. Ook de vrouwen. De vrouwen, ach, die zien er allemaal even adembenemend uit. Hun tailles zijn slank, hun haren lang en hun jurken vallen flatteus langs de heupen.

'Nee, maar dat lichtplan is zo uitgekiend, zoiets heeft in Nederland nog niemand gezien,' hoort ze de man zeggen wiens elleboog in Manouks zij drukt terwijl ze haar drankjes bestelt.

Joep van Deudekom ziet het en zegt: 'Laat de dame er even bij, Rob.'

Manouk begint al te blozen voordat de man omkijkt en ruimte voor haar maakt. Schuchter glimlacht ze een bedankje.

Op de terugweg komt ze Michiel tegen.

'Even naar het toilet.' Van enthousiasme loopt hij snel. 'Het is gezellig, hè?'

Manouk knikt, ze krijgt een vluchtige kus op haar wang. Ze aarzelt een moment; moet ze het wel zeggen? Maar dan roept ze hem toch nog even terug. 'Niemand heeft die Abe aan mij voorgesteld,' zegt ze en ze baalt dat ze niets leukers te melden heeft.

'O. Ach, daar heeft Joris gewoon niet aan gedacht.'

'Ja, maar jíj ook niet.' Het liefst zou ze haar wijsvinger in zijn buik prikken, zodat hij zich ook even ongemakkelijk voelt. In plaats daarvan steekt ze haar handen in zijn richting. Voorzichtig, want in de ene houdt ze twee biertjes, en in de andere een cola en een rode wijn. Ze heeft haar vingers in een ingenieuze vorm moeten spreiden om het allemaal mee te krijgen.

'Ik zal eraan denken,' zegt hij. 'Maar nu moet ik echt even naar de wc.'

Manouk loopt door. Ze geeft Joris een biertje en Abe zijn cola.

'Bedankt.' De mannen knikken beleefd naar haar en hopen kennelijk dat ze hiermee voldoende dankbaarheid tonen om geen horken te zijn. Ze glimlacht zo vriendelijk mogelijk en draait zich half weg. Michiels biertje heeft ze nog vast. Ze is een wachtende muurbloem als hij haar te lang op deze manier laat staan, maar dat doet hij vast niet.

Ze heeft nu wel mooi de tijd om eens rustig om zich heen te kijken. Dit is een feest waar ook de mannen er goed uitzien. Mooi in pak of met goed gesneden blouses. Op de uitgeversborrels waar Manouk haar kinderboekencollega's eens per jaar ziet, gaat het er stukken minder chic aan toe.

Michiel verzorgt zich ook altijd goed. Hij houdt van mooie kleding en weet die te dragen. Als hij eerder heeft gedoucht dan zij, in het weekend of tijdens vakantie, dan komt hij altijd fris geparfumeerd nog even de slaapkamer in. Om naakt naast haar te kruipen en zich tegen haar nog ongewassen lichaam te nestelen. Zijn haren zitten goed, hij gaat geregeld naar de kapper – ah, daar komt hij weer aan. Hij wordt onderweg aangesproken door een ouder echtpaar en blijft daar nog even staan.

Ach, wat kan mij het schelen, besluit Manouk, en ze loopt naar Michiel toe.

'Daar is mijn vrouw.' Hij steekt zijn arm uit.

'Hallo,' knikt ze welwillend – en opgelucht dat hij haar niet opnieuw laat bungelen.

'Manouk is tekenaar,' zegt Michiel. 'Kinderboeken.' Hij neemt het biertje van Manouk aan.

'Echt waar?' De vrouwelijke helft van het stel reageert enthousiast.

'En autonoom werk,' voegt Manouk eraan toe. 'Maar daarvoor lijk ik steeds minder tijd te hebben.'

'Ja, zo gaat dat,' lacht de vrouw. Ze is een dame zoals Manouk ook hoopt te worden als ze op leeftijd raakt: met een open blik en charmant in de make-up.

De man van de vrouw vraagt of ze nog iets wil, en ze zegt dat ze wel een witte wijn zou lusten. Hij verdwijnt in de richting van de bar.

Manouk knikt naar de vrouw en zegt: 'U bent zo enthousiast, tekent u soms ook?'

De dame schudt glimlachend haar hoofd. 'Dat laat ik aan de kunstenaars over. Schilderen, bedoel ik dan. Maar wij hebben wel een galerie waar ze komen exposeren.'

'Echt waar?' Manouk moet zich bedwingen om de vrouw niet te bespringen en te smeken om een expositie van haar werk. Met een heuse deadline, een feestelijke opening en pers. En kopers.

'Excuus,' zegt Michiel en hij draait zich met zijn mobiel aan zijn oor half om.

'Ik zou heel graag je werk eens zien,' zegt de vrouw.

'Wat leuk,' stamelt Manouk. 'Ik, eh, heb altijd gedacht dat ik vrij kunstenaar zou worden. Maar omdat het zo moeilijk is om ervan te leven…'

Is dit Manouks wonderlijke geluksdag? Ze heeft geen idee wat ze nu moet zeggen. Meteen een afspraak maken, of komt dat te wanhopig over?

De vrouw knikt. 'Ik weet er alles van en echt, iedereen worstelt ermee.'

'Daarom ben ik kinderboeken gaan illustreren. Prentenboeken. Het is hartstikke leuk om te doen. Ik werk met Sanne Wiarda, misschien kent u haar?'

De vrouw schudt haar hoofd. 'Wij hebben geen kinderen.'

'Manouk.' Michiel heeft opgehangen. 'Dat was mijn moeder.'

Manouk leest het van zijn gezicht af: hij gaat haar naar huis sturen. Niet nu, denkt ze. Niet nu. Deze vrouw is té aardig, we hebben een klik, ze heeft een galerie en ik heb originelen om te exposeren…

'Sharon heeft haar gebeld toen Lieve erg bleef hoesten en huilen na het flesje. Nu zit Lieve volgens mijn moeder niet meer lekker in haar velletje.'

Hoesten na de fles? Niet lekker in haar velletje? Alsof Conny van Toledo iets begrijpt van lekker in je vel zitten! Lieve hoest zo vaak bij het drinken. Dat doen baby's gewoon, het hoort erbij!

'Ze denkt dat Lieve bij haar eigen moeder wil zijn.' Michiel laat een stilte vallen. 'Ik breng je wel even naar huis.'

'Hoe heet uw galerie?' vraagt Manouk vlug.

'Ga maar gauw,' zegt de vrouw sussend.

Conny doet met een bezorgd gezicht de deur open. 'Gelukkig, daar zijn jullie.' Ze gaat Michiel en Manouk voor alsof zij de gastvrouw is die hier woont. Sharon staat in de gang. 'Ze miste jullie ontzettend, je kon het gewoon voelen.'

'O ja? Voel jij het aan als mensen een bepaald gevoel hebben?'

Conny knikt ernstig, Manouks sarcasme ontgaat haar blijkbaar volkomen. Ze opent de deur van de babykamer, waar Lieve rustig ligt te slapen. Conny legt haar hand op de rand van het ledikant en zucht. 'Ze zal zo blij zijn dat haar ouders weer thuis zijn.'

'Is dit het kind dat haar ouders zó erg miste dat we moesten terugkomen van een feest?'

Voordat Manouk haar schoonmoeder in de haren kan vliegen, zegt Michiel: 'Haar moeder is nu tenminste thuis, maar ík moet eigenlijk echt nog even terug om mijn gezicht te laten zien.'

Voordat Manouk hém in de haren kan vliegen, zegt zijn moeder: 'Ja, natuurlijk, dat snappen we allemaal, schat.'

Manouk kijkt haar aan. 'Jíj had toch wel samen met Sharon wat langer hier kunnen blijven?'

'Jawel, schat, maar ik ben zo ontzettend druk. We krijgen morgen mensen te eten, dus ik moet echt op tijd naar bed, anders ben ik morgen niks waard.' Ze laat een korte stilte vallen en zegt dan: 'Nu ben je tenminste toch eventjes met Michiel ergens geweest, hè?'

'Precies, dat was heel fijn, mam.' Michiel kust Manouk. 'Tot straks, schat.' Ook zijn moeder krijgt een zoen op haar wang. 'Bedankt, mam.'

Als de dames zijn achtergelaten, valt er even een stilte. Dan zegt Manouk: 'Ik zal jullie jassen meteen even pakken.'

9

Doodop wandelt Manouk de volgende ochtend met Lieve in de kinderwagen het schoolplein af. Het was een hele klus om op te staan na vier uur slaap. Van ellende heeft ze na het mislukte feest wijn zitten drinken tot Michiel thuiskwam. Dat was misschien niet zo slim. 'Michiel?' probeerde ze nog toen de wekker ging, maar die gromde hooguit wat. En hij móét vanavond fit zijn. Zij kan na achten instorten en uitgeput op de bank hangen, maar hij moet honderden mensen vermaken met zijn liedjes. Hem uit bed schoppen zou barbaars zijn.

Er is maar één persoon die ze op het idiote tijdstip van 8.53 uur kan bellen om haar ellende te spuien: Kim. Haar Storm is met zijn twee jaar nog te klein om een hele film uit te kijken terwijl zijn moeder nog wat slaapt.

'Kim, ik word niet goed.'

'Wat is het vroeg, hè?'

'Dit hebben ze ons niet geleerd op de kunstacademie.'

'Nee, schat, dat hebben ze ons mooi niet geleerd.'

'Heb je koffie?'

'Ik ga het nu meteen maken.'

Kim heeft ook de richting schilderen gedaan – zo kennen ze elkaar – en zij laat zich tegenwoordig inhuren als 'levend buffet'. Zelf vindt ze het artistiek zeer verantwoord. Manouk vindt het vooral hilarisch. Op feestelijke avonden kunnen gasten stukjes fruit of sushi van Kims benen en buik pakken. Ze kan doodstil liggen en schiet nooit in de lach, het eten valt nooit van haar af. Ze hoeft maar twee keer per maand een opdracht te krijgen om net genoeg te verdienen voor haarzelf en Storm. Nou ja, het is maar wat je onder 'genoeg' verstaat natuurlijk, want Kim leeft nog als een studente; haar huis is ingericht met meubels die ze cadeau heeft gekregen of bij het grofvuil heeft gevonden. Haar spijkerbroek draagt ze twee jaar onafgebroken tot die tot op de laatste draad is versleten. Haar trui, vest of t-shirt (afhankelijk van het weer draagt ze een van deze kledingstukken) is altijd zwart en versleten. Met gaten in de boorden, waar ze haar duimen doorheen steekt. Maar goed, tevreden is tevreden, en dat is Kim wel met haar situatie. Manouk vindt dat haar vriendin talent heeft om het gezellig te maken met minimale middelen.

'Schat, hoe was het?'

'Leuk.'

'Jee, wat zie je eruit!'

'Ik ben moe, Kim, zó moe.'

'Kom binnen.'

Kim neemt Lieve uit de wagen en zet haar op het kleed in de kamer.

'Hé, Storm!' roept Manouk. Het jochie rijdt een lawaaiig speelgoedautootje over de muur.

Het was een stormachtige nacht toen Storm is verwekt, vandaar zijn naam. Stormachtig vanwege de gebeurtenissen, niet vanwege het weer. Kim was in de kroeg een leuke vent tegen het lijf gelopen van wie ze zich de naam de volgende ochtend niet meer kon herinneren. Eerst schrok ze zich natuurlijk kapot toen ze zwanger bleek te zijn, maar omdat ze zag hoe leuk Manouk het met Ava had, besloot ze het kindje te houden. Als ze de vader had kunnen achterhalen, dan had ze het hem zeker laten weten, hoor, zo is ze ook wel weer – maar ja, die alcohol…

Manouk pakt een mobile met speeltjes en zet dat naast Lieve.

'Ze kruipt al goed,' zegt Kim.

'Gisteren raakte ik in gesprek met een galeriehouder,' begint Manouk.

'Néé!'

Maar Manouk schudt het hoofd. 'Mijn schoonmoeder had een oppas geregeld, dus ze dwong me nota bene om naar dat feest te gaan, en toen ik net met die galeriehouder had kennisgemaakt, een superleuke vrouw, belde Conny dat ik weer naar huis moest. Weet je waarom? Omdat ze het gevoel had dat Lieve niet lekker in haar velletje zat, ik zweer het je!'

'Jezus.'

'Ik weet zeker dat ze me een expositie zou hebben gegeven als ik tenminste langer de tijd met haar had gehad.'

'Natuurlijk, schat.' Kim zet de koffie voor Manouk op de leuning van de bank neer zodat Lieve er niet bij kan.

'Ze heeft kort grijs haar en een bril met een rood montuur. Zegt jou dat iets?'

Kim schudt haar hoofd. 'Er zijn zo veel galeries.'

'Ja, da's waar.'

'En in de kunst hebben alle vrouwen een rood montuur.'

Manouk gnuift. 'Is ook zo.'

'Maar het is wel balen.'

Ze knikt. 'Michiel is teruggegaan naar het feest, maar hij heeft die vrouw niet meer gesproken.'

'Heeft hij je alleen thuis gelaten na zoiets? Jezus, dat is ook niet aardig.'

'Het was een belangrijke avond, zei hij.'

'Ja, alles is belangrijk.'

Manouk wrijft over haar bleke gezicht. 'Ik kan niet meer.'

'Weet je wat jij moet doen? Laat Lieve maar even bij ons en ga lekker de stad in.'

'Echt waar?'

'Als Michiel je die ruimte niet geeft, dan doe ik het. Je ziet er echt niet uit.'

Manouk grijnst. 'Ik weet het.'

'Wil je het? Je moet meteen beslissen, want het is half tien geweest, over tweeënhalf uur moet je alweer op het schoolplein staan.'

'Mjah...'

'Of neemt Michiel dat wel van je over?'

Manouk schudt haar hoofd.

'Ga maar, ga. Hoe laat krijgt Lieve haar flesje?'

'Om elf uur.' Gelukkig had ze voor de zekerheid naast luiers ook een flesje en poeder standaard in de wagen mee. 'En leg haar dan maar in de kinderwagen te slapen.'

'Gezellig, Storm, we doen net alsof we er een klein zusje bij hebben.'

'Zeker weten?'

'Tuurlijk schat, ga maar lekker.'

De winkelruiten weerspiegelen hoe slecht Manouk eruitziet. Grijze huid, futloos haar waar geen model meer in zit, en een kleurloze trui onder een vormeloze jas. En dan die schoenen, allemachtig, wanneer had ze bedacht dat die vooral *comfortabel* moeten zijn?

Ligt het aan de ruiten, of heeft ze echt zo veel lijnen in haar gezicht gekregen? Kraaienpoten, kringen onder haar ogen, een lijn bij haar mondhoek, en dat alles zonder make-up. Ze schrikt gewoon van zichzelf. Ze is pas eenendertig; deze etalagevrouw heeft toch zeker niks met de echte Manouk van de Berg te maken?

Nee hoor, hier gaat ze iets aan doen. Ze gaat de eerste de beste luxe winkel binnen die ze tegenkomt, vast van plan om zichzelf te verwennen. Van Buiningen heet de winkel. Voor alle kakkers en andere rijke stinkerds van de stad. Tot die laatste categorie behoort zij nu, de rijke stinkerds, want rijk word je wel van een hit.

De verkoopster neemt Manouk van top tot teen op en besluit dan niet van haar stoel bij de kassa te komen. In plaats daarvan drinkt ze rustig haar caffé latte machiato frappé – of welke mix het ook is – zonder Manouk nog een blik waardig te keuren.

Ziet ze er dan zó belabberd uit? Deze vrouw, die met haar salaris de spullen in deze winkel waarschijnlijk zelf niet eens kan betalen, vindt kennelijk dat een doodvermoeide tekenaar slash moeder met misprijzen behandeld mag worden. Door haar. Ze heeft dezelfde irritante arrogantie als Conny van Toledo.

Het liefst zou ze haar een stevige preek geven. Over normen en waarden en over hoe de medemens (in dit geval: zij) te allen tijde behandeld dient te worden, ongeacht de kans dat je een product aan ze kunt slijten. Het woord 'bitch' zou misschien vallen, of iets als 'hypo-criete trut'. Hoe dan ook zou de terechtwijzing eindigen met een snif-fende verkoopster en een onvermurwbaar kijkende Manouk.

In plaats daarvan neemt Manouk een kleurige jurk van het rek en kijkt zo onopvallend mogelijk naar het prijskaartje. Ze schrikt zich dood van de prijs. Tweehonderdvijftig euro, dat betaalt een normaal mens toch niet voor kleding? Herstel: voor één kledingstuk?

Maar ze eet nog liever haar verstandige schoenen op voor ze laat merken dat ze de jurk te duur vindt. Ze trekt zich terug in de kleed-kamer, zonder nog een blik op de verkoopster te werpen, want die moet hoe dan ook voelen dat Manouk háár meer minacht dan an-dersom. In de veiligheid van de kleedkamer laat ze het prijskaartje op-nieuw door haar handen gaan. Het staat er echt: tweehonderdvijftig. Ongelooflijk, dat het bestaat. Een kunstenaar draagt normaal gespro-ken natuurlijk geen dure kleding, maar tweedehandsjes die vies mo-gen worden van de verf, de klei, of gewoon van het gras waar ze in rol-len terwijl ze spelen met hun kinderen. Maar ja, wat draagt de kunstenaar die getrouwd is met een hitwonder?

Michiel wordt omringd door knappe vrouwen die er allemaal nog hipper en, hoe heet dat, *fashionable*'er uitzien dan zijn collega-pop-sterren. Terwijl zijn vrouw thuis zit en met de dag onooglijker wordt, liggen de knapste meiden aan zijn voeten. Manouk begrijpt dat het zo niet langer kan, ze moet iets doen.

Ze trekt de jurk aan die ze van de inkomsten uit haar prentenboe-ken nooit van haar leven kan betalen. O, wat valt hij ongelooflijk prachtig langs haar lichaam. Haar taille lijkt weer terug en haar bor-sten komen er zo pront in uit. Ze giechelt in zichzelf: zulke prónte borsten, hoe lang geleden heeft ze die gezien? Haar buik is weg, foet-sie, opgelost in de daadkrachtige plooien van de prachtige stof.

Michiel kan deze jurk voor haar betalen, dat doet hij vast. Ze leven trouwens in gemeenschap van goederen, dus ze kan hem nota bene zelf betalen, maar ja, dan moet je natuurlijk wel bij het geld kunnen komen. Omdat ze hun eigen rekeningen hebben gehouden, komt het grote geld bij hem binnen, terwijl zij voor de meiden zorgt en niks kan verdienen. Hij had natuurlijk zelf al lang moeten voorstellen om maandelijks een bedrag naar haar rekening over te maken en dat wil hij ook wel, maar door de drukte vergeet hij het steeds te doen. En ze heeft ook geen zin om hem er steeds aan te herinneren. Eenmalige cadeautjes zoals voor die filmpremière zijn gewoon niet genoeg. Zij betaalt alle boodschappen plus de meeste kleding voor de meisjes, en als Ava een speeltje leuk vindt, koopt zij dat met haar karige inkomen. Al een paar keer heeft ze zich aan Michiels laksheid op financieel gebied geërgerd en een rotopmerking ingeslikt.

Nogmaals: ze is moe. Hij zal begrijpen dat zíj er ook mooier bij moet lopen nu híj beroemd is geworden. Ze vergezelt hem naar premières en andere publieke gelegenheden. Dan kan ze niet in haar kunstenaarskloffie aankomen, dat snapt hij wel – het geld interesseert hem niet eens, zo'n lieverd is hij, als hij het nou maar zou overmaken. Ze stapt de kleedkamer uit en legt de jurk op de toonbank.

'Deze graag,' zegt ze vastberaden, maar ze weigert nog steeds om dat mens achter de toonbank in de ogen te kijken.

10

Eerlijk is eerlijk: Manouk voelt zich heel bevoorrecht om hier te mogen lopen, op de set van het populaire spelprogramma *Liefde voor Muziek*. De presentator is die lekkere Ruben Nicolai, en toen hij haar een hand gaf, begon Manouk zelfs te blozen, maar dat viel gelukkig niemand op.

Vandaag is Michiel een van de gasten; ze zijn er allebei opgetogen over en ondanks de intense vermoeidheid heeft Manouk ontzettend veel zin in deze dag. Voor Michiel is het natuurlijk leuk omdat hij door aan spelshows mee te doen nog bekender kan worden. Als hij langer dan een paar maanden een beroemdheid wil zijn, moet hij nu zo veel hij kan in de schijnwerpers staan. Voor Manouk is het gewoon leuk om dit eens mee te maken: de wereld van glitter en glamour. Sharon is bij de meisjes en Manouk geniet van iedere minuut waarin ze haar handen vrij heeft. Nu Lieve helemaal over is op de fles en in een wipstoeltje eindeloos op bijtringen zit te kauwen, is de stress van het eerste half jaar sowieso een beetje achter de rug. Ja, ze voelt zich echt goed, ze voelt zich zowaar weer eens een 'leuke meid'.

Haar dure jurk is mooi, en Michiel was het daar helemaal mee eens toen ze hem liet zien. Over de prijs hebben ze het nooit gehad. Ze doet vandaag absoluut niet onder voor alle mooie meiden die voor het programma blijken te werken. Van die modellentypes zijn het, met lange haren die ook nog eens zoet ruiken. Ze lachen allerliefst naar werkelijk iedereen die aanwezig is en voor Michiel halen ze constant koffie en water.

Ze had gedacht de middag door te brengen met Michiel, die lekkere Ruben, en de andere kandidaat: Remco Veldhuis van het cabaretduo Veldhuis & Kemper, bekend van hun hit 'Ik wou dat ik jou was'. (Hij is superaardig.) Maar van een gezamenlijke middag komt niets terecht, want voordat de opnames kunnen beginnen, moet er ongelooflijk veel werk worden verzet. Daar sta je niet bij stil als je lekker onderuitgezakt op je bank naar het relaxed uitziende eindresultaat ligt te kijken.

Michiel en Remco hebben al op hun plaatsen gezeten in het decor, zodat de belichting kon worden geperfectioneerd en de ploeg nog wat camerastandpunten kon doornemen. Langs het decor lopen dikke kabels over de vloer voor alle camera's en de computers van de redactrices, die in verbinding staan met de *autocue*. Van de microfoonhengels lopen draden over de grond en er liggen kabels door de gang naar achteren en zelfs naar buiten. Daar staat een vrachtwagen waarin straks de regisseur zit met zijn schakeltechnici. Er is zo veel techniek aanwezig dat het Manouk duizelt.

Eindelijk, denkt Manouk als ze op een gegeven moment iemand 'koffie!' hoort roepen. Ze lacht en knikt naar iedereen die aan tafel schuift, het worden er steeds meer. Iemand van de productie vraagt of ze koffie wil en beleefd knikt ze dat ze wel een cappuccino zou lusten. Op tafel staan schalen met fruit en broodjes. Niemand eet ervan, ook al zien ze er heerlijk uit. De redactrices praten en lachen met elkaar – wat zijn ze jong, het lijken wel tieners!

Een man die er iets volwassener uitziet, een veertiger, legt een clipboard op tafel en leunt ontspannen achterover. Hij zegt: 'Het wordt een supergoeie uitzending, ik voel het.'

Een van de redactrices knikt hevig en zegt: 'Ja, dankzij die lekkere Michiel.'

Geschrokken kijkt Manouk op. Zei ze nu 'die lekkere Michiel'?

De andere meiden beginnen te giechelen en de veertiger lacht besmuikt mee.

'Ja?' vraagt hij. 'Vinden jullie hem zo knap?'

Nu beginnen de bakvissen hysterisch te lachen.

Niemand kijkt Manouk vreemd aan. Ze beseffen helemaal niet dat ze met de vrouw van die lekkere Michiel aan tafel zitten! Over die lekkere Michiel gesproken, waar is hij eigenlijk?

De man grijpt een broodje van de stapel en propt de helft in één hap in zijn mond.

Manouk schuift ongemakkelijk heen en weer op haar stoel, ze voelt zich ineens helemaal niet meer op haar gemak. Ze zit hier als vrouwvan, een naamloze gast die wel wordt geduld, maar aan wie verder niemand een boodschap heeft. (Of iets aan aanbiedt: zijn die broodjes ook voor haar bedoeld?) Misschien weten die meiden trouwens best dat zij bij Michiel hoort, en is ze zelfs een gast van wie gewoon niemand zich iets aantrekt. Waarom zouden ze ook, ze heeft hier tenslotte niets te zoeken.

Nou, wat zit ze zichzelf nou naar beneden te halen! Daar heeft niemand iets aan! Ze is gewoon met Michiel meegekomen en – ah, daar komt hij al aan, gelukkig.

'Hai, schat,' zegt ze zacht.

Michiel legt zijn hand op haar schouder en buigt over haar heen naar de schaal met broodjes. Aan de veertiger vraagt hij: 'Loopt het verder lekker, Marcel?'

Marcel knikt met volle mond. Hij wijst naar zijn clipboard met de planning en Michiel loopt naar hem toe. De meiden stoten elkaar aan en wisselen stiekeme blikken uit. Niemand heeft in de gaten dat Manouk het allemaal ziet, want ze letten er alleen maar op dat Michiel niets merkt.

'Ik, eh, ga even naar de kleedkamer,' zegt Manouk.

'Hm?' De 'lekkere Michiel' kijkt vluchtig op. 'Ja, is goed, ik zie je zo.'

Ze belt Kim.

'Ik bel je vanaf de opnames.'

'Spannend! Heb je die lekkere Ruben al gezien?'

'Ja, maar de meiden hier noemen Michiel ook zo.'

'Hm?' Kim steekt iets in haar mond, een dropje waarschijnlijk.

'"Die lekkere Michiel", zeggen ze. En hij kijkt niet naar me om.'

'Zitten die sletten achter hem aan?'

Manouk glimlacht. 'Ze werken hier.'

'Kutwijven.'

'Ik ben maar even naar de kleedkamer gegaan.'

'Michiel moet wel bij jou blijven, hoor. Hij hoort jou voorop te zetten.'

'Dat doet hij ook wel.'

'Maar niet genoeg.'

'Misschien.'

'Jij bent zijn vrouw én een lekker wijf. Niet vergeten, hoor.'

Uren later zit ze in de kleedkamer te schetsen. De kleedkamer is ruim en schoon. Er staan een tweepersoonsbank en een salontafel waarop naast een fruitschaal met mini-Marsjes, ook wat tijdschriften uitgespreid liggen. Voor Michiel staat er een kledingrek dat helemaal vol hangt; hij mag straks uitkiezen wat hij wil dragen voor de opnames.

Manouk heeft een tijdje wachtend in de tijdschriften gebladerd, maar toen het steeds langer duurde en Michiel niet kwam, is ze met een oogpotloodje gaan schetsen op het draaiboek dat ze hier vond. Tekeningen van een zanger op een podium. Van een swingende menigte. Van camera's die gericht zijn op een man.

'Ah, daar ben je,' zegt Michiel wanneer hij eindelijk binnenkomt. Hij trekt meteen zijn shirt uit en bespuit zijn bovenlijf royaal met deodorant. 'We gaan bijna beginnen.'

'Hm,' mompelt Manouk.

Hij schuift de kledingstukken heen en weer. 'Wat zal ik aantrekken?'

'Wat je mooi vindt.' Ze stopt niet met schetsen. Een vrouw op een bank in een lege ruimte.

'Is er iets?'

'Hoezo?'

Michiel kijkt haar wantrouwend aan. 'Manouk.'

'Wat!'

'Niet doen hoor. Je gaat niet chagrijnig zitten doen vlak voor de opnames.'

'Doe ik helemaal niet.' Ze legt de papieren met de schetsen weg en neemt de tijd om de dop op het potlood te doen. 'Ik dacht alleen dat ik je wat meer zou zien vandaag.'

Hij maakt een moedeloos gebaar. 'We zijn hier voor de opnames.'

'Weet ik.'

Michiel laat zijn schouders hangen. 'Manouk…'

'Stil, de opnames beginnen.' Ze is irritant, ze weet het.

'Hoe moet ik nou een leuke show draaien als jij zo doet.'

'Ik doe niet zó.'

'Dat doe je wel.'

'Niet.'

'Hoe denk je dat het voor mij is, dat mijn vrouw in haar eentje in de kleedkamer gaat zitten en nergens gezellig bij blijft?'

'Bedoel je bij die meisjes die zo gezellig op je geilen terwijl jij verderop aan het werk bent?'

Hij begint weer door de kleren te zoeken. 'Hier heb ik geen zin in.'

'Ja, sorry hoor.' Ze zucht. 'Je hebt gelijk, ik zal er niet over zeuren.' Ze stapt op het kledingrek af. 'Doe deze maar, dit zal je goed staan.'

'Nee, ik kies deze.'

'Ja. Nu doe je het dus zelf.'

'Ik doe niks, ik wil gewoon deze aan.'

Hij hangt een kleurige blouse opzij en draait zich om. 'Heb je mijn tas gezien?' De rugzak staat onder de tafel die onder de rij spiegels tegen de muur is geplaatst. Hij pakt er zijn tandenborstel uit en begint te poetsen. Vroeger vond ze het fijn dat hij zo fris was. Of vroeger, ze bedoelt natuurlijk: ze vond het altijd fijn dat hij zo fris was. Liever gezegd: ze vindt het nog steeds fijn dat hij fris is. Michiel stinkt niet (als je de dode musjes die 's ochtends uit zijn mond rollen niet meerekent) en is een goed verzorgde man met een mooie lach en lieve ogen. Precies zoals vrouwen het graag zien. Het is niet voor niets dat vrouwen en meiden naar hem omkijken. Dat was voor de hit ook al zo, alleen werkte hij toen niet met ze.

'Je ziet er lekker uit, schat.' Manouk knipoogt naar hem. 'Het is dat de opnames beginnen, want anders…'

'Ze kunnen nog wel even op me wachten, hoor.' Hij kijkt haar guitig aan en zegt: 'Die paar minuutjes.'

'Ha ha. Ga nou maar.'

'Kom je mee om te kijken?'

'Natuurlijk kom ik naar je kijken. Gek.'

'Fijn.' Hij houdt de deur van de kleedkamer voor haar open en terwijl ze de gang in stapt, wrijft hij even zachtjes over haar bil. Ze blijft staan om hem een knuffel te geven.

Michiel is een leuke gast voor het programma. Hij vertelt honderduit en als hij een verkeerd antwoord geeft, lacht hij zijn prachtige lach. Manouk zit niet in het publiek, maar staat bij de redactrices, achter de cameramannen.

De meiden staan soms met elkaar te fluisteren, dan weer rennen ze naar het redactielokaal om gauw iets te halen wat bij de opnames nodig is, en een andere keer zitten ze ingespannen de opnames te volgen. Een van de meiden laat de autocue lopen, die ze bedient vanaf een laptop. Het is een apart slag jonge vrouw, als je het Manouk vraagt. Dit type kent ze helemaal niet van de kunstacademie, het zijn eerder de typische havomeisjes die ze zich van de middelbare school herinnert.

De presentator, die lekkere Ruben (heeft hij eigenlijk een vrouw en/of kind? Als dat zo is, zal ze hem nooit meer 'die lekkere Ruben' noemen) nou goed, de presentator dus, heeft Michiel net gevraagd of hij weet waarom hij eigenlijk pas zo laat is doorgebroken. Hij is tenslotte al drieëndertig.

Michiel zegt dat hij geen idee heeft waar het 'm in zit en dat hij wel eens heeft getwijfeld of hij wel moest doorzetten, vooral nadat er kinderen kwamen. Maar nu is het, zegt hij, wel heerlijk dat hij al zo'n fijne thuisbasis heeft en geen jong broekie meer is, omdat het toch allemaal gekkenwerk is, zo'n hit.

Ja, denkt Manouk, maar het was nóg beter geweest als de hit nog een jaar of vijf op zich had laten wachten, tot Lieve naar school was en Ava bijna alles zelf kon. Dan hadden ze de eerste zware jaren met de kinderen tenminste samen kunnen doen, zoals gepland. Dan wandelde zij niet elke ochtend als een levend lijk naar het schoolplein, en zat ze als ze thuis was niet wezenloos naar haar tekenvellen te staren, te moe om zelfs maar te onthouden wat ze ook alweer zou gaan tekenen. Toch grinnikt ze in zichzelf om deze gedachten – ze beseft goed wat een geluksvogels ze zijn; ze hebben alles wat ze zich maar wensen.

'Je bent gek op je dochters, hè?' vraagt Lekkere Ruben.

'O ja!' Michiel begint te stralen. 'Ik vind het heerlijk om er voor ze te zijn. Het liefst ben ik zo veel mogelijk thuis.'

Manouk schiet in de lach, maar herstelt zich snel.

'Dus je bent een echte huisvader.'

'O ja, elke vrije minuut ben ik met ze bezig. Lekker stoeien en grapjes maken, heerlijk.'

Achter de rij camera's beginnen de redactrices verliefd te zuchten. Manouk trekt haar wenkbrauwen op en heeft zin om hardop schamper te lachen. Waarom vertelt hij er niet bij dat er helemaal geen vrije minuten zijn?

11

Mmm, wat is zo'n babylijfje in je armen toch lekker. In het zwembad klemt Lieve zich stevig om haar hals. Manouk is blij dat ze zich voor het babyzwemmen heeft ingeschreven. Zelfs met Ava op school komt er van werken toch niets met zo'n kleine kruipkont.

Ze houdt Lieve bij haar oksels vast en trekt haar op aanraden van de juf zachtjes door het warme water. '*Whoesh* Lieve, *whoesh*.'

Lieve draagt een op en top meisjesachtig roze badpakje met bloemenprint en ruches. Ze heeft donkerblonde krullen gekregen en een lach als een zonnestraal. Eerst lijkt ze te schrikken van de golfjes die ze maakt, maar als Manouk even een gek gezicht naar haar dochter trekt, dan begint ze toch te lachen, met haar ogen dichtgeknepen tegen al dat gekke water – en Manouk lacht hardop mee.

Manouk heeft zichzelf ook weer eens in een badpak gehesen. (Niet in bikini naar het babyzwemmen gaan; de helft van de tijd sta je maar tot je knieën in het water.) Goddank heeft ze er in de haast aan gedacht haar bikinilijn te scheren, al is het zo slordig gebeurd dat ze de hele tijd nieuwe haartjes ontdekt die er niet horen. Onderbenen, bovenbenen, bikinilijn en oksels; alles zou eens stevig geharst moeten worden door een pittige schoonheidsspecialiste. Binnenkort hoopt ze er een afspraak voor te kunnen maken, het is geen overbodige luxe als je met je kind in het ondiepe water moet rondstappen.

Als de juf hun vraagt om een kring te maken, gaan alle moeders en vaders gedwee zitten met hun dreumesen op schoot. Manouk voelt hoe ze gloeit van geluk. Ze aait Lieve over haar bolle buikje en luistert goed naar de volgende opdracht.

'We gaan bellen blazen in het water. Kijk eens Lieve, zo doe je dat.' Manouk legt haar kin in het water en blaast bubbels. 'Nu jij.' Maar Lieve vindt het nog eng om haar kin in het water te doen. Ze probeert het heel braaf en knippert dapper met haar ogen terwijl ze een centenbakkie trekt – zonder overigens het water te raken. Manouk schiet in de lach en trekt haar tegen zich aan.

Als het babyzwemmen is afgelopen, is het pas half elf. Vroeger kwam ze rond deze tijd pas uit bed, tegenwoordig heeft ze op dit tijdstip al een complete dag achter de rug. Hun beider haren zijn netjes gekamd en Manouk bestelt een cappuccino terwijl Lieve op een Evergreen knabbelt. Ze sluit aan bij het kringetje van andere moeders die net hebben gezwommen; een van hen schuift haar vriendelijk een stoel toe.

'Vond ze het leuk?' vraagt de vrouw met een knik naar Lieve.

'O ja, prachtig,' antwoordt Manouk.

'Hoe oud is ze nu?'

'Zeven maanden. En die van jullie?'

'Romy is tien maanden. We zijn al gaan zwemmen toen ze drie maanden was, ze vindt het heerlijk.'

Het kan Manouk eerlijk gezegd weinig schelen hoe graag Romy zwemt. Het boeit haar zelfs in het geheel niet. Maar de cappuccino erbij en de wetenschap dat Lieve straks heerlijk zal slapen zodat ze haar handen vrij heeft voor Ava, doen wonderen. Bijna een uur lang kan ze blijven zitten. Een uur! Sommige moeders zijn naar huis gejeesd om schoon te maken, hét onderwerp van gesprek in de kleedkamer. Wie ging er wel of niet schoonmaken en zo ja, wat dan precies; en het liefst bekenden ze elkaar ook hoe lang geleden er voor het laatst was gesopt. Anderen vertelden nutteloze dingen zoals dat ze precies genoeg tijd hadden om boodschappen te doen voordat de oudsten van school kwamen, en dat ze die spullen gemakkelijk in hun fietstassen konden vervoeren – of juist niet; Manouk heeft niet erg geconcentreerd geluisterd.

Manouk doet vandaag geen boodschappen. Ze bestelt ze ook niet online, want tot haar verdriet hebben ze die service niet in hun stadje. Ze heeft er geen behoefte aan om met andere vrouwen te bespreken wat haar beste boodschappentijd is, of te horen waar boodschappen doen het beste past in de planning van andere moeders. Maar deze zinloze gesprekjes hebben toch iets waarvan ze geniet...

Het fijne is, merkt ze, dat ze allemaal moeder zijn. En allemaal gevangen in de ratrace waar je niet aan ontkomt. Vroeger was Manouk een kunstzinnig 'type' en daarna kinderboekenillustrator, terwijl het gros van de vrouwen in haar omgeving kapster of administratief medewerkster was, of op de afdeling personeelszaken zat. Ook in de kringen van haar ouders bevonden zich geen kunstenaars, laat staan tv-persoonlijkheden.

Manouk ging niet naar kantoor en had geen werkkleding; ze had zelfs geen werktijden. Ook Michiel was door zijn optredens altijd anders dan de anderen wat werk betreft. Alleen Kim, met haar kunstzinnige fratsen, begreep haar en had tijd voor een afspraak als de rest van de wereld aan het werk was. Dat heeft hen door de jaren heen nog dichter bij elkaar gebracht, ja, zelfs wat tot elkaar veroordeeld.

Maar nu, in deze vermoeiende levensfase, begrijpen álle moeders haar. Ze is onderdeel van een enorme groep vrouwen geworden. Ze had al min of meer geaccepteerd dat ze nou eenmaal een solistisch mens was, maar het tegendeel blijkt waar te zijn.

'Waar heb je dat leuke badpakje voor je dochter gekocht?' vraagt ze aan een moeder die haar aardig lijkt. Alleen al het stellen van de vraag geeft haar een prettig gevoel.

Een uur later voelt ze op het schoolplein dezelfde tevredenheid. Kijk ze eens staan, haar medemoeders, de vrouwen bij wie Ava in de nabije toekomst middagjes zal spelen, en wier kinderen zij op haar beurt zal meenemen naar haar eigen huis.

Een enkeling staat er opgetut bij, op hoge hakken, maar de meeste vrouwen hier zijn onopgemaakt, ongeknipt, onmodieus gekleed en waarschijnlijk – net als Manouk – onuitgeslapen. Allemachtig, ze zien er met z'n allen niet uit! Een paar vrouwen dragen windjacks en sommigen hebben bergschoenen aan. Een enkeling draagt een hardloopbroek met gympen en daar een lange flodderige jas overheen.

Manouk doet het zelf niet veel beter: haar natte haren zijn in een fantasieloze staart naar achteren gebonden. Ze voelt haar huid trekken door de afwezigheid van een lekkere dagcrème. Ze ruikt naar chloor omdat je je eigen lucht altijd urenlang blijft ruiken, maar ook omdat ze haar deodorant en parfum niet in de zwemtas had gestopt.

Lieve ligt, zoals gepland, rustig te slapen in de wandelwagen. Manouk wiegt de wagen zachtjes heen en weer. Over vijf minuutjes rent Ava naar buiten met haar rugzakje hobbelend op haar rug. Dan gaan ze naar huis, lekker niks doen. Lieve slaapt nog wel een tijdje en Manouk gaat Ava voor deze keer met een broodje voor de middagfilm zetten. En dan zelf languit op de bank.

De bank blijkt bezet. Door een kerel in maatpak, die opstaat en Manouk de hand schudt, alsof ze een buitenlandse prinses is die haar langverwachte bezoek aflegt. Hij is vast belangrijk in de showbizz. Shit, als ze dat geweten had, zou ze mooiere kleren hebben aangetrokken en zich hebben opgemaakt na het zwemmen.

Zijn naam heeft ze niet verstaan, maar ze heeft het maar zo gelaten en vriendelijk gevraagd of hij en Michiel koffie wilden. Nou, dat wilden ze allebei wel.

Wanneer ze de koffie met een allerliefste glimlach op de salontafel heeft neergezet, vraagt ze met suikerzoete stem of Michiel even met haar wil meekomen, zodat ze iets kan overleggen.

'Wie is dat nou weer!' fluistert ze geïrriteerd zodra ze op de gang staan.

'De manager van een productiebedrijf.' Hij kijkt haar aan alsof ze dat had moeten weten. 'Hij kan mij in allerlei programma's plaatsen.'

'Had dat even gezegd, man, ik zie er niet uit!'

'Ik heb er niet aan gedacht, en het geeft toch ook niet? Je mag gewoon zijn wie je bent. Je ziet er prima uit, hoor, wat mij betreft.'

'Ik ben moe en ik wilde eindelijk gaan uitrusten op de bank. En de kinderen moeten middageten.'

'Kun je ze niet even meenemen?'

'Meenemen? Waarnaartoe dan?!' Ze fronst haar wenkbrauwen diep, dieper, diepst.

'Gewoon, uit lunchen in de stad. Vinden ze hartstikke leuk.'

'Ja, en wie betaalt dat? Ik heb daar allemaal geen geld voor. Sta er nou eens bij stil, Michiel; ik heb net een zwangerschapsverlof achter de rug waarin ik niks heb verdiend. Nada. En ik ben degene die kleren koopt voor de meiden en zorgt dat er eten is. Terwijl jij stinkend rijk wordt en je mij op een houtje laat bijten.' Ze priemt een bozige wijsvinger in zijn borst.

Michiel kijkt naar de gesloten deur waarachter zijn gast zit te wachten. Hij pakt zijn pinpas uit zijn portemonnee. 'Hier.'

'Ja, maar daar gaat het niet om,' sist ze.

Hij kijkt haar streng aan. 'Daar hebben we het later wel over.' Dan gaat hij terug naar zijn gast.

Manouk trekt geïrriteerd haar jas weer aan. Als ze niet met de meiden was, zou ze zich bij de poepchique lunchroom Van den Wilden helemaal volgegeten hebben. Maar Ava kan geen twee tellen stilzitten, dus dat heeft weinig zin. Het zal de HEMA moeten worden, of een andere plek met een knutseltafel.

Als de koffie en het kaasbroodje op zijn, en de Jip & Janneke-doosjes met yoghurtrozijnen leeg, is het nog te vroeg om al naar huis te gaan. Op zich heeft Ava wel nieuwe *basics* nodig: witte, bruine, zwarte en roze shirts met lange en korte mouw. Die kosten lopen altijd zo op, ze kan die net zo goed van Michiels pas betalen.

En ja, Lieve kan wel wat extra flesjes gebruiken en o, ze moet nog een paar leren schoentjes hebben, met een bloem erop, die zijn altijd zo schattig.

En zo gaat het door – Ava ziet een prachtige grote pop van haar favoriete serie, en ja, vandaag is zo'n dag dat ze die dus mag kopen – en uiteindelijk heeft Manouk meer plastic tassen bij zich dan ze kan dragen.

Maar wanneer ze in een etalage een superleuke jurk ziet hangen, wil ze toch nog even naar binnen. Het is het laatste wat ze nu in de stad zal doen, belooft ze zichzelf.

De hippe winkelmeiden groeten haar vriendelijk en Manouk ziet de etalagejurk meteen in een rek hangen.

'Mama, gaan we weer?' vraagt Ava.

'Bijna,' zegt ze, 'mama gaat heel even deze jurk passen. Vind je hem leuk?'

Ava schudt haar hoofd. 'Ik wil naar huis.'

'Even wachten nog. We hebben net allerlei dingen voor jullie gekocht, nu wil mama even voor zichzelf kijken.'

'Ik heb het heet.'

Manouk hangt de jurk in het pashok en zet daarna de kinderwagen in een hoek van het pashokkengangetje, zo veel mogelijk uit de loop. Ava zet ze ernaast en ze drukt haar op het hart dat ze bij de wagen blijft wachten. Terwijl ze haar kleren uitdoet, voelt ze dat het inderdaad erg warm is in de winkel, waardoor de vermoeidheid extra op haar begint te drukken. Ze had op de bank willen hangen en een rustige middag willen hebben. Eigenlijk was dat ook het verstandigst geweest.

'Ava, ben je nog bij Lieve?' vraagt ze door de deur van het hokje.

'Ja.'

Manouk wurmt zich in de nieuwe jurk. Mm, hij valt glad langs haar lichaam; het lijkt erop dat hij echt heel leuk is. Ze stapt het hokje uit om zichzelf in de spiegel te bewonderen en ziet dat Ava haar zusje wakker aan het maken is met de nieuwe pop.

'Niet doen, Ava,' sist ze.

'De pop wil haar een kusje geven.'

'Ava, niet doen!' Maar het is al te laat. Lieve beweegt haar kleine hoofdje van links naar rechts en veegt met haar knuistjes in haar ogen. 'Uh, uh,' kermt ze. En dan zet ze het toch op een brullen!

'Nou heb je haar wakker gemaakt,' moppert Manouk.

'Dat deed ik niet.'

'Nee, wie dan?'

'Dat deed pop.'

Manouk klemt haar kaken op elkaar en stormt het pashok in. Ze rukt de jurk van haar lijf en trekt haar gewone kleren weer aan. De gemakkelijke, handige zwembadkleren die wel vies/nat/kwijt mochten raken. Verdorie, denkt ze, met een krijsende Lieve durf ik die jurk niet af te rekenen.

Meteen daarna denkt ze: fuck it, ik wil hem wél afrekenen.

Met een rood hoofd van de stress, een dreumes die krijst van de honger en een kleuter die dreint van vermoeidheid, moet Manouk naar huis zien te komen. Met zes tassen aan de kinderwagen, waarvan er een paar pijnlijk tegen haar knieën botsen. Het is geen wandelen meer wat ze doet, het is officieel ploeteren geworden. Ze is blij dat ze niemand tegenkomt die ze kent, maar dan hoort ze toch plotseling haar naam: 'Manouk!'

Ze kijkt op en ziet een flits. Een fotograaf zegt nog brutaal 'bedankt' en gaat dan weer gauw in zijn auto zitten. Wat een zak. Ze dacht dat paparazzi allemaal zo knap als Edwin Smulders waren, maar wat een lelijke, dikke pad was dit. Terwijl zij de flits nog uit haar ogen probeert te knipperen, is hij alweer vertrokken.

Echt druk maakt ze zich er niet om. Ze heeft tenslotte al in joggingbroek in de *Story* gestaan en ze weet dat je de schok echt te boven komt. En Lieve zit zo hard te krijsen dat iedere lezer heus kan bedenken dat ze er als moeder op zo'n moment niet al te florissant bijloopt. Inmiddels is ze zo diep gezonken, dat ze hooguit hoopt dat iemand haar een helpende hand komt aanreiken als de lelijkerd deze foto geplaatst weet te krijgen!

Tegen de tijd dat ze thuiskomt, is ze op, óp. Ze stuurt de wagen de hal in en tilt Lieve eruit om haar aan haar vader te geven.

'Hai, schat.' Michiel drukt een kus op haar voorhoofd. 'Wat eten we?' Natuurlijk heeft ze maar weinig nodig; ze heeft het kookpunt al lang bereikt. En deze idiote, oubollige oude-mannenvraag duwt haar pas écht goed over het randje.

Ze hapt naar adem en zegt zo luchtig mogelijk: 'Eten? Jullie eten wat jíj hebt gekocht en voorbereid, schat. Je moet er snel mee zijn, want Lieve houdt het niet meer.' Ze grijpt de tas met de nieuwe jurk van de wandelwagen en ziet zichzelf de buitendeur opentrekken. Ze stapt naar buiten en laat hem achter zich dichtvallen.

Zo. Ze gaat ervandoor. Meneer zoekt het maar even lekker uit met zijn drukke bestaan. Zijn hit. Zijn managers. En zijn 'wat gaan we eten'.

Zonder om te kijken stapt ze door tot aan het einde van de straat. Dan pakt ze haar mobiel en belt Kim.

'Hai schat,' zegt die.

'Hé meis.' Manouk neemt een diepe ademteug. 'Heb je zin om op kosten van Michiel uit eten te gaan? Storm mag mee.'

♥

Als ze die avond om tien uur thuiskomt, is Michiel natuurlijk nog wakker. Het liefst zou ze tot diep in de nacht weg zijn gebleven, maar dat redt ze gewoon echt niet meer. Ze is doodmoe. Van de drukke dag, het vele klagen tegen Kim, en de drie wijntjes, waar ze tegenwoordig al van op haar kop staat. Ze weet niet hoe Michiel zal reageren, hij komt nu in ieder geval vrij neutraal op haar afgelopen.

Maar hij omhelst haar en houdt haar stevig vast. Zo staat ze het liefst, veilig in zijn gespierde armen. Ze laat haar hoofd tegen zijn borst liggen; als het te lang duurt, valt ze nog in slaap terwijl ze staat.

Michiel slaakt een diepe zucht. Dan zegt hij: 'Sorry dat ik zo aan je vroeg wat we gingen eten. Ik weet dat je het zwaar hebt en ik weet dat je niet aan je eigen werk toekomt.'

Dankbaar kijkt ze hem aan. Wanneer ze knikt, rolt een traan over haar wang. Ze zegt: 'Sorry dat ik zó boos werd.' Ze geeft hem een kus en gaat zwijgend naar boven, naar bed.

12

Met een mok basisschoolkoffie, te oud en te sterk, zit Manouk in de aula van de school 'iets' te doen. Officieel is ze aan het opletten en moet ze de kleintjes helpen. Maar die kleuters weten tegenwoordig hun weg wel met de computer; ze hoeft nauwelijks iets te doen en daar is ze eerlijk gezegd erg aan toe. Ze heeft kringen onder haar ogen alsof een landbouwwerktuig er geulen in heeft geploegd.

Ze zit op een tafel en bungelt met haar zere voeten. Lieve kruipt rond tussen de tafeltjes en maakt haar eigen onverstaanbare babbeltjes. De aanblik van de computerende kleintjes stemt Manouk mild. Ava schuift met haar kleuterkontje over de stoel, Manouk moet erom glimlachen.

Naast haar staat een kop koffie voor Jacky, de moeder van Lola. Zij loopt actief een rondje langs de kinderen die met bouwmaterialen aan de slag moeten, maar komt dan even een slok halen.

'Wat leuk zeg, dat je met Michiel van Toledo bent.'

Manouk knikt. Tegenwoordig zijn ze niet meer 'Manouk & Michiel', maar 'Michiel van Toledo & Manouk, zijn vrouw'.

'Hartstikke leuk,' zegt ze, 'om met Michiel van Toledo te zijn.'

Soms plaagt ze hem ermee dat iedereen hem bij voor- en achternaam noemt. Als hij uit bed komt, vraagt ze bijvoorbeeld: 'Goedemorgen, Michiel van Toledo. Heb je zin in een kopje koffie, Michiel van Toledo?' Hij knijpt haar dan in haar zij, totdat ze giechelig wegspringt.

'Is hij al lang zanger?' vraagt Jacky.

'O ja, al vijftien jaar.' Het kost Manouk geen moeite om de cliché-vragen vriendelijk te beantwoorden. Stiekem is het ook wel gemakkelijk: ze hoeft er niet bij na te denken, alleen maar te glimlachen, en toch vinden mensen het prettig om zo dicht in de buurt van een beroemdheid te zijn, ook al is het via zijn vrouw. Bovendien zit er sinds kort geen laatdunkende ondertoon meer bij, zo van: vijftien jaar?! En nog steeds zo'n onbekende, statusloze artiest? Nee, tegenwoordig voelt ze respect: vijftien jaar buffelen voor succes, dat verdient alle lof.

Een voordeel is ook dat ze die Jacky nu zelf geen beleefdheidsvragen hoeft te stellen. Haar dochter Lola is echt een innemend kind, maar allemachtig, wat kijkt die moeder schrikkerig uit haar ogen. Ze is ook te dun. In plaats van mooi slank is ze magertjes, je kunt haar zo omver blazen. Manouk heeft liever wat steviger vrouwen om zich heen. Het stoort haar: waarom heeft deze vrouw zo'n hulpeloze uitstraling?

'Jullie leven zal wel op zijn kop staan.'

'Klopt,' zegt Manouk lachend. 'Maar dat komt meer door deze dametjes dan door de muziek, hoor!'

Samen lachen ze, zoals Manouk al verwachtte, om dit kleine grapje.

'Heeft hij wel tijd om thuis te zijn?'

'Jawel...' maar nu stokt Manouks stem. Het lukt haar niet om het gangbare 'ja hoor, hij zorgt dat hij veel thuis is omdat hij zijn dochters niet kan missen' eruit te persen.

Ze kijkt naar Ava. Waarom brengt Michiel haar eigenlijk nooit naar school? Kan zij het helpen dat haar vader artiest is? Tegenwoordig is hij weg als ze uit school komt, en komt hij pas thuis als ze al lang slaapt. Ze zien elkaar nauwelijks nog.

Toen Ava nog een peuter was, ja, toen was hij een perfecte vader. Papa liet bijvoorbeeld geregeld zijn kleine meid een boterham voor hem smeren, gewoon, omdat er tijd voor was. Prachtig vond Ava dat, vooral omdat ze ook met hageltjes mocht strooien, of dikke klodders pindakaas uit de pot mocht scheppen. Nu mag dat nooit meer; er is geen tijd voor, want ze moeten naar school, school, school!

Aan het einde van de middag zwaaiden ze papa gedag en ging Manouk met Ava nog even bij Kim langs, of even winkelen, voordat ze het avondeten kookte. Of gewoon thuis niks doen. Heerlijk. In die tijd heeft ze zelfs geregeld met Ava zitten puzzelen. Zie je het voor je: puzzelen. Daar had ze tijd voor! En samen verven, heel gezellig was dat. Ava hoefde niet voor een film te worden gezet, want als ze 's avonds in haar bedje lag, had Manouk nog voldoende energie om lekker te werken.

In die tijd geloofden Manouk en Michiel nog dat ze een 'leuk stel' waren, dat niet saai was geworden vanwege de kinderen. Maar toen hadden ze dus nog geen dwingend regime dat bepaalde hoe laat ze moesten slapen en hoe laat de wekker moest gaan.

'Hm? Is hij lekker vaak thuis?'

'Jawel.' Manouk kijkt Jacky in haar angstige, vragende ogen. Waar bemoeit ze zich eigenlijk mee?

'Als je wilt, kan ik ze best een keer een middagje meenemen.' Jacky kijkt Manouk nog steeds zo irritant indringend aan. 'Dan neem ik Ava gezellig samen met Lola mee en dan hoef je Ava niet van school te halen.'

'Is niet nodig, hoor.' Manouk klinkt bits. Ze herstelt zich. 'Lieve gaat vanaf volgende week naar de kinderopvang. Dan heb ik af en toe mijn handen weer vrij om te werken, dat zal me goeddoen. Nu we het erover hebben merk ik dat het inderdaad best veel is geweest.'

Jacky glimlacht vriendelijk.

'Maar het is allemaal prima verlopen,' voegt Manouk er haastig aan toe. 'We zijn natuurlijk hartstikke blij dat Michiel nu zo'n grote hit heeft gescoord.'

Jacky knikt. Dan staat ze op om een paar kleuters uit elkaar te halen, die met het schoolmateriaal elkáár aan het verbouwen zijn.

♥

Die middag besluit ze Sanne Wiarda te bellen, om te laten weten dat ze vanaf volgende week hard aan het nieuwe boek gaat trekken, dat ze er zin in heeft en dat het hartstikke leuk gaat worden.

Lieve ligt in de box, en Ava en Lola winden het mobile voor haar op. Jacky bood wel tien keer aan om de meisjes bij haar te laten spelen, maar dat was Manouks eer te na. 'Een andere keer,' heeft ze geantwoord, en eigenlijk is dat een perfect vooruitzicht, want dan kan ze er in haar planning al rekening mee houden dat ze Ava niet van school hoeft te halen. Binnenkort gaat Manouk weer aan de slag met scholen bezoeken, wie weet komt het dan nog eens van pas als Ava met Jacky en Lola mee zou kunnen. Nu heeft ze knakworstjes opgewarmd en is het gezellig thuis, echt huiselijk.

'Hoi Sanne, met Manouk.'

'Eh… Hai! Hoe is het met jou? En de kleine spruit?'

Manouk glimlacht; Sanne is altijd zo vrolijk. 'Het gaat fantastisch met ons. De kleine spruit is alweer zeven maanden, ze gaat volgende week voor het eerst naar de opvang.'

'O, echt waar? Wat goed!'

'Ik dacht: ik bel je weer eens op. Ik wilde je laten weten dat ik gauw aan het nieuwe boek kan gaan werken.'

'Doe maar rustig aan, hoor! Alles op zijn tijd.'

'Na bijna een jaar babyverlof jeuken mijn handen.'

'Zou je het prettig vinden om bij de uitgeverij af te spreken om de plannen voor het boek te bespreken?' vraagt Sanne.

'Hoeft niet, ik hou goed contact met Liesbeth en ik heb veel ideeën voor dit manuscript. Ik vind het een heel leuke tekst.'

'Ja hè, bedankt. Ga je ook weer scholenbezoeken doen?'

'O ja, volgende week al. Ik moet wel, want mijn geld is op,' antwoordt Manouk.

Sanne lacht hartelijk.

'Ik doe twee groepen,' gaat Manouk verder. 'Anders kan ik niet op tijd terug zijn om de meiden op te halen.'

'Gaat de oudste ook naar de opvang? Hoe oud is die ook alweer?'

'Dat is Ava. Nee, die is al vier joh, die gaat naar school.'

'Ach, wat leuk. Hoe vindt ze het?'

'Ja, hartstikke leuk.' Manouk glimlacht van oor tot oor en is toch verlegen. Na zo veel jaar samenwerken kennen ze elkaar nog steeds nauwelijks.

'Mama, ik heb dorst,' zegt Ava.

Sanne vraagt: 'Die Michiel van Toledo, dat is toch jouw man?'

Ava dringt aan. 'Ik wil drinken en Lola ook!'

'Ja, dat klopt,' antwoordt Manouk. Ze legt haar vinger op haar lippen en kijkt Ava streng aan, maar dat wil niet echt helpen.

'En we willen ook een snoepje. Mogen we een snoepje?' Ava is naast haar komen staan. Zo dichtbij dat het nog net niet bovenóp haar is.

'Even wachten, schat,' zegt Manouk, en tegen Sanne: 'We zitten helemaal in de wereld van glitter en glamour.'

'Ja, dat geloof ik graag.'

Ava pakt een stoel en schuift hem in de richting van het aanrecht. 'Ik pak het wel even zelf, dat kan ik best.'

'Even wachten, Ava! Mijn dochter wil een snoepje.' Ze zegt het beheerst, maar ze voelt haar bloeddruk toch omhoogkruipen.

'O, ha ha, heb je de kleintjes thuis? Ik dacht pas nog dat jouw Michiel misschien onze volgende boekpresentatie kan opleuken. Zou dat geen mooie pers geven?'

Als Ava niet wacht, en daar lijkt het op, kukelt ze straks nog achterover van het aanrecht. Of ze laat de snoeppot uit haar handen vallen en dan heeft Manouk twee kleuters tussen de glasscherven. Ava móet wachten. Ze stapt op haar dochter af en grijpt haar bij de arm.

'Ja, dat denk ik wel. Goed idee van je, hij doet het vast.'

'Au, mama, je doet me pijn!'

Manouk schudt haar hoofd en fronst haar wenkbrauwen, maar dat kan Ava niet schelen. Zij is boos. 'Je hebt me pijn gedaan!'

Manouk lacht verontschuldigend in de hoorn. 'Ik moet nu echt ophangen, mijn dochter klimt op het aanrecht.'

'Ik klim helemaal niet.' Over Ava's wang lopen tranen van boosheid. 'Jij doet mij pijn.'

Lieve kijkt verbaasd door de spijlen van haar box – haar lipje begint al te trillen, het duurt niet lang meer voor ze het samen met haar grote zus op een krijsen zal zetten. Lola staat het van een afstandje gefascineerd te bekijken, je ziet dat ze zich afvraagt of ze nou wel of geen snoepje mogen.

'Oké, tot later!'

'Dag Sanne, dag!'

Manouks mond is een dunne streep als ze ophangt. 'Verdorie, Ava,' moppert ze, 'ik was even aan het bellen voor mijn werk.'

'Je doet me pijn, kijk maar.' Boos stroopt ze haar mouwtjes op om haar bovenarm te laten zien, die nauwelijks rood is.

Haar zusje begint op volle kracht te brullen.

Lola sabbelt op haar eigen vingers en vraagt aan Ava: 'Mag het van je moeder?'

Manouk schreeuwt: 'Ik. Pak. Wel. Een. Snoepje. Voor. Jullie!' Tenminste, ze wil het wel uitschreeuwen, maar ze onderdrukt haar frustratie uit alle macht. Uiteindelijk krijgt ze haar boosheid en haar stemvolume onder controle, maar ze voelt wel een zeurende hoofdpijn opkomen.

Met een geveinsde glimlach laat ze de meisjes een snoepje uit de pot kiezen. Ze denkt: mooi dat Michiel de uitgave van mijn boek mag promoten, dan doet hij er tenminste wat voor terug.

13

Lieve heeft het goed bij de kinderopvang, ook al huilt ze nog wel bij het afscheid. Manouk heeft er best moeite mee om haar dochtertje bij de leidsters achter te laten, maar ze weet dat het verdriet tijdelijk is. Belangrijker is, dat ze er op deze manier eindelijk weer eens een paar uur aan toekomt om haar eigen werk te doen.

Met haar tekenmap onder haar arm wandelt Manouk het plein op van de school die ze vandaag gaat bezoeken. Het is net pauze, dus het plein is vol spelende kinderen. Ze komt vandaag voor de kleuters, maar ze ziet al snel aan de grote kinderen dat die weten welke gast er vandaag op school komt. Eerst beginnen ze te smoezen met elkaar. Dan stapt er eentje uit de groep naar voren: 'Bent u Manouk van de Berg?'

Op deze momenten voelt Manouk zich altijd het mooie meisje uit de shampooreclame, dat met wapperend haar en een geweldige glimlach voorbijstapt. 'Ja, dat klopt.'

De kinderen duiken weer in een kringetje bij elkaar. 'Ze is het, ze is het!'

Daarna roepen ze een voor een: 'Hoi, Manouk van de Berg!' 'Hoi, Manouk van de Berg.'

'Hoi!'

Manouk heeft al talrijke gastlessen verzorgd op scholen door het hele land en is vertrouwd met schoolkinderen. Hun jassen zijn vaak slordig dichtgeknoopt of hard geworden van het vele spelen en knoeien, in de regen lopen en op de grond gaan liggen tot de vlekken er nooit meer uitgaan. Er is altijd het meisje met een kunstig vlechtwerk op haar hoofd, tegen wie Manouk kan zeggen dat ze zulke mooie haren heeft. En er is altijd de behulpzame jongen met vriendelijke ogen die wel wil helpen als ze de deur niet openkrijgt met die grote tekenmap in haar hand.

Manouk kijkt lief en minzaam naar ze. 'Tot straks,' zegt ze als ze de school binnenstapt, op zoek naar de juf die haar heeft ingehuurd voor het boekenproject.

De gangen van een basisschool ruiken overal hetzelfde: naar zand en modder, met een vleugje denkzweet. Een geheel eigen, vertrouwde, ietwat muffe lucht is het. Manouk snuift hem diep op. De school van vandaag heeft een aula annex zitkuil in het midden, en de klassen zijn er min of meer omheen gebouwd. De koffie is rond half tien ongetwijfeld al aardig oudbakken en zal wel achter het lage muurtje staan dat ze in de verte ziet; vertel Manouk wat over de basisschoolmodellen, ze heeft ze allemaal gezien. De juf die ze moet hebben, loopt ergens door de gang, wedden? Ze is waarschijnlijk bankjes aan het neerzetten in de gymzaal waar de kinderen naar Manouk komen kijken en luisteren. Of ze is bezig de televisiekar te zoeken die Manouk voor haar 'lezing' graag gebruikt, zodat ze ook de filmpjes kan laten zien die ze ooit voor een kinderprogramma heeft gemaakt.

Manouk is weer aan het werk, nu echt; ze heeft haar kleurrijkste kleding aangetrokken omdat kinderen daar nou eenmaal van houden, en ze voelt zich helemaal in haar element.

'Zou u misschien uw handtekening in ons exemplaar van uw laatste boek willen zetten?' De juf heeft de leeftijd van Manouks moeder en gedraagt zich extreem beleefd.

Met een grote lach zegt Manouk: 'U moet echt "je" tegen me zeggen, hoor!'

'Natuurlijk, sorry, maar we zijn niet gewend om zo'n beroemdheid in de klas te hebben, hè, kinderen?'

De kleuters beginnen enthousiast te klappen, Manouk wordt er verlegen van. Ze maakt een operabuiging en legt dan haar handen tegen elkaar om voor hén te klappen. Wat zijn kinderen toch altijd lief, en wat hebben ze een lieve juf!

'Mag ik een handtekening?' vraagt een van de kinderen – je kunt er vergif op innnemen.

Manouk aarzelt. 'Ik weet niet of daar tijd voor is, hoe laat komt de volgende groep?'

De juf kijkt op haar horloge. 'Nu meteen.'

'Weten jullie wat? Ik signeer nu eerst het boek voor de klas, en daarna maak ik één handtekening die de juf dan voor iedereen kan kopiëren.'

'JAAA!' roepen de kinderen.

De eerste slimmerik vraagt gauw: 'Mag ik dan de echte?'

Manouk lacht, en ze straalt. Wat een geluk heeft ze toch, met twee lieve dochters, een geweldige man en het leukste, vrolijkste werk van de hele wereld. Alle stress en vermoeidheid van de afgelopen maanden lijken als sneeuw voor de zon te zijn verdwenen. 'De juf mag kiezen wie de echte krijgt,' antwoordt ze geroutineerd.

Tegen het einde van haar scholenbezoek is Manouk helemaal opgeknapt. Hè hè, ze is moe, maar ze had nog wel vijf groepen willen doen! De kinderen waren weer lekker komisch, en het was ook prettig om te merken dat iedereen haar werk zo bijzonder vindt. Dat de begeleidende juf een echte fan van haar boeken bleek te zijn, maakte de dag natuurlijk extra leuk.

'We hebben nog iets voor je,' zegt de juf aan het eind van het laatste uur.

Manouk kijkt verrast naar de laatste groep kinderen, die haar hoopvol aankijken. 'Dat hoeft toch helemaal niet!'

'We hebben een slinger gemaakt met allemaal tekeningen van figuren uit uw boeken.'

'Ach jongens, ach wat mooi,' stamelt Manouk.

De kinderen klappen en Manouk bestudeert de tekeningen. Op sommige hebben de figuren nog harkarmen en -benen, maar op andere zijn zelfs decors bij de figuren getekend.

'Gaat u hem ophangen?'

Manouk knikt hevig. 'Jazeker, hij is zo mooi!'

'Waar hangt u hem op?'

'In mijn werkkamer, denk ik. Of misschien in de kamer van mijn dochter.' Opnieuw laat ze haar blik aandachtig over de tekeningen glijden; ze weet dat de kinderen nog de hele dag trots zullen zijn als ze hún kunsten serieus heeft bekeken.

'Hebt u dan kinderen?' Dat hadden ze kennelijk niet verwacht.

'Jazeker, twee meisjes. Dit is mijn allereerste scholenbezoek na de geboorte van de tweede.'

Even valt er een stilte. Dan zegt een van de meisjes: 'Ik wou dat mijn moeder ook beroemd was.'

Manouk lacht nu hardop. 'Nou, ik ben thuis anders niet degene die echt beroemd is, hoor, ha ha!'

'O nee?' De juf doet een stapje naar voren.

'Kennen jullie Michiel van Toledo?'

'Is hij uw man?' De juf slaat haar handen voor haar mond van verrukking.

Onbewust dwalen Manouks gedachten naar de roddelbladen: als de juf de gezinsfoto in joggingbroek maar niet heeft gezien... En stel je voor dat de foto die pas geleden zo brutaal is gemaakt ooit wordt geplaatst – hoe lang worden dergelijke afbeeldingen eigenlijk bewaard? Als deze aardige juf haar zo zou zien, gestrest achter een volgepakte kinderwagen met een krijsend kind, zou ze dan nog zo bewonderend naast haar blijven staan?

'Jullie kennen haar man wel,' zegt de juf met rode konen tegen de klas, en ze neuriet wat regeltjes van het refrein. De kinderogen beginnen te glinsteren; omdat ze herkennen wat ze horen, en alsof ze het hebben afgesproken, beginnen de kinderen tegelijk te zingen: 'Ik heb je lief, ik heb je, ik heb je lief...' Er klopt niets van de tekst die ze zingen, maar dat maakt het dubbel vrolijk.

'Is het echt waar?' vraagt de juf in het kabaal.

'Echt waar.' Manouk glimt van trots. Op zichzelf omdat ze zulk leuk werk heeft en op haar lieve Michiel over wie iedereen enthousiast is, van groot tot klein.

Ze vouwt de slinger netjes op en stopt alles in haar tekenmap. Ze loopt het schoolplein af alsof het uit wolkjes bestaat. Bij het hek blijft ze nog even zwaaien.

'Dag allemaal!' roept ze, en ze lacht om de kinderen die met hun neuzen tegen het raam staan gedrukt.

'Groetjes aan je man!' gilt een van de jongens door het raam.

Manouk lacht en steekt haar duim op ten teken dat ze het zal doen. Ze kan er voorlopig weer tegenaan en is vast van plan nooit meer zo diep weg te zakken in de stress en vermoeidheid.

14

Zie je, langzaam krijgt ze het gezinsritme toch wel te pakken. Manouk kloddert deze ochtend heel ontspannen met haar verf tot ze een goede, warme grijstint te pakken heeft. De radio staat aan en Lieve kruipt brabbelend door de woonkamer. Buiten regent het stormachtig, maar binnen is het warm.

De dagen worden kort en donker. In de stad beginnen Sinterklaas en de Kerstman elkaar te verdringen in de etalages. Dit jaar heeft Manouk voor het eerst speelgoedfolders opgehaald bij de winkels zodat Ava kan omcirkelen en uitknippen wat op haar verlanglijstje komt.

De kamer is helemaal baby-*proof*; er liggen geen losse spullen op de vensterbank, want die gooit Lieve er toch maar af. Ze laten geen huissleutels bij de telefoon liggen, want daar zijn ze vervolgens drie dagen naar op zoek, om uiteindelijk de reservesleutels maar bij te laten maken. Een maand of twee later – als ze eindelijk weer eens stofzuigen omdat het echt niet langer kan – duiken beide sleutelsets natuurlijk op van onder de kussens van de bank.

Ze branden 's avonds nooit meer kaarsen, want die grijpt Lieve de volgende ochtend uit de standaards en begint eraan te knabbelen. De fruitschaal staat hoog in de boekenkast zodat Lieve 1) niet uit alle appels en peren kleine hapjes neemt en 2) niet kan stikken in een van de noten. Er staan geen versieringen op tafel en de bossen bloemen die Michiel bij zijn optredens krijgt, staan op het aanrecht, waar Lieve de vazen niet kan omtrekken. Gezellig is anders, maar elke dag dweilen en scherven opruimen is nog veel ongezelliger.

Lieve kan haar handje niet in de dvd-speler steken, want die koppelen ze elke avond los en zetten hem omgekeerd in de kast. De cd-speler is net vervangen en ze proberen met 'nee!' en 'mag niet!' Lieve ervan te weerhouden net zo lang op de knopjes te drukken tot de cd-houder naar buiten schuift, waarna ze zich eraan optrekt en hem afbreekt.

Maar vanmorgen maakt Manouk zich niet druk om dit soort dingen. Ze geniet van het geluid van de regen die tegen de ramen klettert en is op de grond gaan zitten met haar enorme vellen papier. Ze heeft een peuterspeeltje met muziekjes op het kleed gelegd voor Lieve. Het is gelukt; ze vindt het een uiterst interessant ding en Manouk zit net als vroeger met haar benen languit op de grond te schilderen. Tegen de tijd dat Lieve op haar muziekvlindertje is uitgekeken, is Michiel hopelijk al uit bed. Het is zo heerlijk rustig dat ze besluit om de rinkelende telefoon niet op te nemen.

Het antwoordapparaat springt aan en Manouk glimlacht als ze de stem van Kim hoort. 'Hé, meisie, met mij!' Kim laat een seconde stilte vallen om te luisteren of er alsnog wordt opgenomen, maar vandaag is dat niet het geval. Manouk houdt haar oren gespitst terwijl ze de streken van haar penseel steeds boller trekt tot er een grote, gezellige, dansende meisjesolifant ontstaat.

'Luister, schat,' gaat Kim verder, 'ik heb een gek voorstel misschien, maar ik kan via via een atelierruimte krijgen. En nou weet ik niet zo goed wat ik zal doen, want ik heb voor mijn levende buffet geen ruimte nodig, maarrr... ik zou natuurlijk wel weer meer kunnen gaan beeldhouwen. Op zich is het goed betaalbaar, het is eigenlijk echt een goeie deal, maar geld is toch geld. Daarom dacht ik: ik bel jou even om te horen of jij denkt...'

'DOEN!' roept Manouk. Ze hijst zichzelf omhoog en hupt met stramme sprongen naar de telefoon. Het zou fantastisch zijn als Kim weer wat meer zou beeldhouwen en wat minder in haar bikini op feestelijk gedekte tafels zou liggen. Ze grijpt de hoorn en roept: 'Doen!'

'Hé!' Kim lacht.

'Ik zat te werken.'

'Ah, vandaar. Heb je gehoord wat ik heb ingesproken?'

'Niet alles,' liegt Manouk. 'Hoeveel kost het? En hoeveel vierkante meter is het?'

'Echt weinig, ik kan me aansluiten bij een maatschap. Ze hebben daar een kamer over van vier bij vijf meter en wilden die aanbieden aan een kunstenaar die het goed kan gebruiken. Het is via, eh, dingetje, Joost, uit onze oude klas, weet je wel.'

'Heb je daar nog contact mee?'

'We kwamen elkaar laatst tegen, en omdat we natuurlijk een paar maanden erg veel lol hebben gehad...'

'Dat meen je niet. En vindt hij je nog steeds leuk?'

'Dat weet ik niet, hoor, ik denk het niet, vast niet. Hij is getrouwd, hij heeft een kind.'

'Nou, jij tóch ook?'

'Ha ha, gek, ik ga niet in zijn huwelijk rommelen. Tenminste, nóg niet!'

Manouk lacht hardop mee, ze geniet er nog steeds van om samen met Kim pubergedrag te vertonen. 'Hij was tenslotte al eerder van jou dan van haar.'

'Precies!' Ze lacht weer en zegt dan: 'Zal ik het doen? Ze vragen maar honderd euro per maand.'

'Honderd euro? Zo weinig?'

'Omdat ze met z'n allen dat pand huren. Het is een beetje zo'n kunstenaarsding geworden.'

'Wat leuk, zeg.' Een steek van jaloezie schiet door Manouks maag. 'Dat zou ik ook graag hebben. Je moet het echt doen.'

'Dat moet ik dan wel extra zien te verdienen per maand.'

'Honderd euro per maand, dat lukt je toch wel?'

'Weet ik niet, hoor.'

'Natuurlijk! Je moet gewoon zorgen dat je elke maand een van je beelden voor honderd euro verkoopt. Dat is niks, dat lukt heus wel. Dan ga je tenminste in de goede richting en dan kun je een klantenkring opbouwen.'

Misschien moet Manouk dat zelf ook gaan doen, denkt ze: elke maand voor honderd euro aan eigen werk verkopen. Zodat ze ten-minste naar autonoom kunstenaarsschap toegroeit. En dat ze, als ze ooit nog een aardige galeriehouder tegenkomt, meteen een stapel werk kan laten zien om te exposeren. Wil dit zeggen dat het prenten-boekenmaken voor haar hetzelfde betekent als het levende buffet voor Kim?

Nee, toch?

'Je hebt gelijk, ik doe het.'

'Wauw, ik kan niet wachten om het te zien – LIEVE!'

'Wat gebeurt er?'

'Lieve, niet doen!'

'Wat doet ze?'

'Ik moet ophangen, ze zit in mijn werk.'

'Zit ze er ín?'

Manouk smijt de hoorn al neer. 'Lieve, nee, alsjeblieft…'

Ze heeft te lang niet opgelet. Lieve zit in haar kruippakje midden op de dansende olifant. Op haar handjes, ellebogen en zelfs haar voor-hoofd zitten streken grijze verf. En dit is natuurlijk niet dat handige uitwasbare kinderspul van de HEMA, maar echte olieverf; het zal we-ken moet slijten.

Het liefst zou ze het uitbrullen als een leeuw – een paar stevige vloeken, misschien een trap tegen de deur omdat niks gaat zoals zij het wil! – maar dat kan niet meer sinds ze moeder is.

'Schatje toch, mijn werk!'

Op dat moment gaat de deur van de woonkamer open en stapt Mi-chiel in zijn boxershort naar binnen. Zijn haren zijn nog warrig van het slapen en hij houdt een kaart in zijn hand. 'Wil je naar een diner vanavond?'

'Kijk nou!' roept Manouk. Ze tilt Lieve op en legt haar in zijn ar-men. Even voelt ze de neiging om haar tegen zijn gezicht te drukken, zodat ook hij wekenlang onder de verf zit, en ook hij haar frustratie eens voelt. Maar dat doet ze niet. Hij zou alles bovendien met terpen-tine afschrobben en stevig op haar mopperen. Wat zou ze daarmee bereiken…

'Hé, Lieve, heb je ook geverfd?'

'Nee, ze heeft mijn werk verkloot!' Nu Michiel er is, kan ze haar frustratie al een stuk beter laten gaan.

Michiel zegt precies het verkeerde: 'Je moet ook niet op de grond werken als de kleine rondkruipt.'

'O, dus het is míjn schuld dat jij zo lang in je nest ligt te rotten zodat er niemand is om haar even bij mijn werk weg te houden!'

'Zo. Jij bent lekker uit bed gekomen.'

'Nee, jíj bent goed bezig. Eindelijk kom jij ook eens uit bed, zak!'

Michiel heft zijn armen op. 'Waar slaat dit nou weer op?'

'Op jou! Dat je niks doet!'

Ze móét nu schreeuwen, het is sterker dan zijzelf, ook al beseft ze dat het inderdaad nergens op slaat.

'Niks?! Ik werk me helemaal gek.'

'Ja, applaus in ontvangst nemen, oef, wat zwaar.'

'Nou zeg, Manouk...'

Ze doet hem na met een chagrijnig gezicht en een kinderachtige stem: 'Nou zeg, Manouk.' Bah, en het was eerst nog wel zo'n leuke ochtend.

'Wat héb jij toch,' zegt hij – eerlijk is eerlijk, hij houdt zijn eigen ergernis over haar gedrag keurig in.

'Een man die er nooit is, dat heb ik,' spuugt ze.

'Ik ben er nu toch?'

'Ja, te laat, ja. Nadat Lieve al door mijn werk is gerold.'

Michiel heeft Lieve nog steeds op zijn arm. Zijn andere arm slaat hij om Manouks schouder en hij drukt haar tegen zich aan. 'Weet je wat wij doen? Wij gaan vanavond naar dat diner. En eerst neem ik Lieve mee in bad.' Tegen de kleine meid herhaalt hij: 'Ja, in badje, hè, lekker in bad!'

Lieve kraait en grijpt papa bij zijn neus.

Manouk haalt haar schouders op. 'Ik wil geen diner. Ik ga alleen mee als we tijd hebben om samen te kletsen. Als jij de hele avond met collega's gaat netwerken, dan blijf ik thuis.'

'Nee, nee, we kunnen samen eten, met zijn tweetjes. Beloofd.'

Ze voelt haar plotselinge woede weer wegebben. 'En jij regelt de oppas.'

'Doe ik, lieverd.' Hij drukt een kus op haar mond. 'Ik bel dat buurmeisje van mijn moeder wel, Sharon. De laatste twee keer ging het al steeds beter, zij kan wel komen.'

Die avond belt Sharon.

'Hé,' zegt Manouk verbaasd. Ze had gedacht dat Sharon al onderweg zou zijn naar hun huis.

'Ik, eh, kan niet vanavond,' begint ze.

'Hè?' Iets zinnigers krijgt Manouk er niet uit. Michiel komt kijken wat er aan de hand is. 'Sharon,' fluistert Manouk geluidloos. 'O?' doet hij verrast.

'Ja, het klinkt misschien stom,' begint het meisje. Manouk houdt haar adem in. 'Maar mijn beste vriendin is gedumpt en ze moet zo huilen, ik kan haar nu echt niet alleen laten.'

'O,' zegt Manouk. Ze voelt dat haar schouders hangen van vermoeidheid.

'Ze is mijn beste vriendin,' herhaalt Sharon.

'En ze is gedumpt.'

'Ja, zielig hè?'

Manouk zucht diep. 'Ze kan toch hier komen janken? Mag wel, hoor.'

'Ja, dat zei ik ook, maar dat durft ze niet.'

Manouk wrijft in haar ogen. Direct ziet ze de make-up glinsteren op haar vingers; uit moeheid vergeet ze tegenwoordig soms gewoon dat ze is opgemaakt. 'Dus je wilt niet komen?'

'Jawel, ik wil heel graag. Want afspraak is afspraak, daar ben ik zelf juist heel erg van.'

Manouk knijpt haar ogen dicht. Wat moet ze nou met zulke tienerlogica? Michiel vraagt of hij de hoorn moet overnemen, maar ze schudt van nee.

'Maar weet je, ze is mijn beste vriendin, al sinds de brugklas.' Sharon laat een stilte vallen.

'Oké, dag dan,' zegt Manouk met haar tanden op elkaar geklemd.

'Weet u het zeker?' Zo'n typische onnozele tienervraag.

'Dag Sharon.' Manouk verbreekt de verbinding en schreeuwt: 'Stomme trut!'

Michiel schrikt ervan. 'Komt ze niet?'

'NEE, ZE KOMT NIET!'

'Niet zo schreeuwen.' Michiel wijst naar boven, waar de meisjes op bed liggen.

'Verdomme!' Ze gooit de hoorn met kracht in de kast, naast het oplaadstation. Ze moet toch ergens heen met haar frustratie. Het kan haar niet schelen dat het ding stuk gaat, er moet iets stuk, iets.

Michiel legt zijn hand op haar schouder, maar zij duwt die boos weg. 'Ik ga mijn jurk uittrekken.' Als ze twee tredes op is gelopen, moppert ze erachteraan: 'Ik trek mijn joggingpak wel aan. Dan breng ik toch zó mijn leven door. Thuis en in joggingpak. Ook best.'

♥

'Gaat het weer een beetje?' Michiel pakt zijn glas wijn op en kijkt haar aan.

Manouk buigt over de tafel en geeft hem een kus. De kaarsen flakkeren en de cd is afgelopen, maar ze merken het niet eens. Een mooi gedekte tafel doet thuis ook wonderen, zo zie je maar. Wat een verrassing was dat, toen ze eenmaal in joggingpak beneden kwam.

Michiel is zelf ook tevreden dat zijn idee zo goed uitpakt. Met de blik van een suikeroom zegt hij: 'Als je wilt, mag je wel een weekendje uitrusten in een mooi hotel.'

Manouk schiet in de lach. 'Nou ja, zeg! Hoe bedoel je?'

'Dan zorg ik thuis dat alles goed draait en dat de meisjes goed worden verzorgd. Geen oppas die kan afbellen. Mag jij lekker uitrusten, dat heb je wel verdiend. Anders neem je Kim mee, vind je dat leuk? Neem Kim maar mee.'

'Die kan dat helemaal niet betalen.'

'Maar ik wel, wij wel. Mag zij met jou mee, op mijn kosten, maar dan moet ze daarna wel weer een paar keer oppassen.'

Manouk lacht. 'We moeten het er wel over hebben, over het geld. We leven nu op grotere voet, Michiel, en ik kan dat niet betalen.'

'Maar ik heb toch geld? Dat is ook van jou, jij bent mijn vrouw.'

'Hm, maar dat voelt toch gek, ook al snap ik wel dat ik het niet al te erg moet vinden. Het had net zo goed gekund dat mijn schilderijen ineens waren opgepikt en dan had ik zo veel verdiend.'

Michiel knikt instemmend.

'Maar dan moet ik wel een eigen pas hebben, anders moet ik er steeds om vragen en dat wil ik niet.'

Michiel knipoogt: 'Ik zal een pas op mijn rekening voor je regelen en ook een maandelijkse automatische overschrijving naar jouw rekening laten doen. Goed idee?'

'En je moet ook meer in het huishouden doen. Ik loop op mijn tandvlees, echt waar, ik red het niet.'

'We kunnen toch gemakkelijk een werkster betalen?' Hij kijkt haar aan alsof hij niet begrijpt wat het probleem is. Het steekt haar, maar ze zegt er niets van.

'Goed, zoek jij dan maar een werkster en die ga jij ook betalen.' Ze geeft hem opnieuw een kus. 'Dank je, schat.'

'Boek jij dan een leuk hotel voor jou en Kim?'

'Ja, maar pas na oud en nieuw, anders word ik echt gek.'

15

Manouk en Kim zitten op een koud, maar zonovergoten terras in Kijkduin – door de glazen wanden hebben ze geen last van de winterse wind. Alles is geregeld. Michiel heeft het Atlantic Hotel betaald en extra geld naar Manouk overgemaakt voor het eten. Storm logeert bij Ava op de kamer, en Michiel brengt iedereen op tijd naar bed en zorgt dat ze goed eten, heeft hij plechtig beloofd.

Nu ze eindelijk kan rusten, merkt Manouk dat het zo ook niet langer kon. Ze was al moe bij het opstaan en tegen de tijd dat de meisjes in bed lagen, was ze door de uitputting een wandelende tijdbom. Eén brok frustratie.

'Er zijn vrouwen bij wie hun moeder elke week komt helpen,' verzucht Manouk.

'Die weten niet hoe blij ze daarmee moeten zijn.'

'Precies, de bitches. Zullen we bitterballen bestellen?'

'Ja, en tortillachips,' zegt Kim verlekkerd.

'Mijn moeder doet helemaal niks. He-le-maal niks. Ja, ze vindt het reuze interessant om te horen welke verhalen uit de roddelbladen waar zijn. Vragen hoe het met Michiels carrière gaat. Maar ze heeft geen aandacht voor mij, ik besta gewoon niet meer. En ze heeft ook nog nooit iets leuks met de meisjes gedaan.'

'En zijn ouders?'

'Weet je nog die avond van het diner, toen Sharon afbelde?'

'Tuurlijk, dat is waar ik dit weekend aan te danken heb.' Kim wenkt een ober en geeft de bestelling door.

'Toen hebben we hun gevraagd om in te vallen. Weet je wat zijn moeder zei?'

'Nou?'

Manouk zet Conny's irritante stemmetje op: 'We zijn druk bezig met de voorbereidingen voor het etentje dat we morgen geven. Jullie moeten ons echt eerder bellen, hoor, als je wilt afspreken.'

Kim lacht.

Manouk maakt een geërgerd gebaar: 'Afspreken? Hélpen moet je, trut!' Ze neemt een flinke slok rosé. Dan lacht ze met Kim mee. 'Erg ben ik, hè? Sorry, hoor, dat ik de hele middag zo klaag.'

'Ben je gek, gooi je frustratie er maar uit. Daar ben ik voor.'

'Het valt ook zo tegen. De meisjes niet, hoor, die zijn lief, maar wat onze ouders uiteindelijk bijdragen. Ze wachten alleen maar tot ze zelf aandacht krijgen en verder niks. Dat is toch niet hoe een opa en oma horen te zijn? We hebben niks aan ze.'

'Ik ben toch niet zo?'

'Jij niet, gelukkig.' Ze legt haar hand op die van Kim. 'Wat moest ik zonder jou.'

Kim steekt een bitterbal in haar mond en zegt: 'Het is ook jammer dat Michiel maar zo weinig kan doen.'

'Hm? Ja, dat is ook een tegenvaller.'

'Maar al heeft hij nu die hit, hij mag niet vergeten dat hij daarnaast gewoon vader is. En dat jij ook je eigen dingen hebt.'

'Ja, maar ja. Het slokt al zijn tijd op.' Manouk buigt zich voorover en fluistert alsof ze een bekentenis doet: 'Laatst stelde hij voor dat ik tijdelijk zou stoppen met werken.'

'O!' Kims mond valt open.

'Echt waar.'

Eerlijk gezegd heeft ze diep in haar hart wel getwijfeld over Michiels voorstel. Hij verdient nu bakken met geld en wil met alle liefde de kosten voor het gezin dragen. Het zou alles wel even gemakkelijker maken als ze zou stoppen. Maar wat blijft er dan nog van haar over, en van alle geëmancipeerde ideeën die ze ooit heeft uitgedragen? Schilderen is de grote passie in haar leven, wie is ze nog als ze dat eraan geeft?

'Dat vind ik het ergste wat een man kan vragen.' Nu wordt Kim pas goed strijdlustig.

'Ja. Misschien.' Manouk is er nog niet helemaal uit. Want dat oeverloze stressen van de laatste maanden kan toch ook niet de bedoeling zijn?

'Dan kan hij lekker geld verdienen en succesvol zijn, en zodra hij miljonair is, ruilt hij jou in voor een jonger exemplaar en mag jij de bijstand in.'

Manouk lacht. 'Nou, zo'n vaart zal het niet...'

'O nee? Staat het huis op jouw naam of de zijne?'

'Zijn naam...'

'Zie je wel.'

Manouk glimlacht. 'Nu draaf je door.' Ze staat op. 'Kom, we halen een patatje en gaan lekker niks doen vanavond, oké? Want ik moet echt zorgen dat ik uitrust dit weekend.'

Wat is er heerlijker dan onderuitgezakt tv-kijken met een vriendin, een zak chips binnen handbereik? Manouk en Kim liggen in joggingbroek net als vroeger tegen elkaar aan in het hotelbed en staren naar de tv.

Ze hebben chips, drop, chocopinda's en zelfs toastjes met kaas, en eten alles door elkaar terwijl ze langs allerhande showrubrieken zappen en commentaar leveren op de beelden.

'Kijk, daar is die lekkere Ruben,' zegt Manouk met volle mond. Ze is alweer vergeten dat ze had afgezworen hem ooit nog zo te noemen.

'Mmm,' doet Kim. 'Hoe dicht ben jij toen eigenlijk bij hem geweest?'

'Niet dichtbij genoeg.' Manouk grinnikt en Kim geeft haar een elleboogstoot. In de late editie van *Shownieuws* volgt een verslag van de *Elle* Style Awards die vanavond zijn uitgereikt.

'Kijk de jurk die Chantal Janzen draagt!' zegt Kim. 'Die wil graag seks vanavond.'

De aankomst van alle BN'ers is vastgelegd door een cameraploeg en iedereen zegt braaf dat ze er zo veel zin in hebben.

Manouk giechelt. 'Moet je dat haar zien van – wie is dat eigenlijk?' Het maakt niet zo veel uit wat ze zegt, want gezellig is het toch wel, met zijn tweetjes in dat hotelbed.

'Ze zien er stuk voor stuk niet uit.'

'Mij is altijd geleerd dat je voor zo'n decolleté op z'n minst tieten moet hebben.'

Kim grabbelt in het bakje chocopinda's. 'Tenzij je zo'n diepe navel hebt als zij, kennelijk.'

'Ah. Die trekt natuurlijk alle aandacht van die tieten weg. Joehoe, kijk eens naar mijn navel!'

'Kijk, Victoria Koblenko heeft haar extensions ingevlochten.'

'Tja, ooit moeten die oren natuurlijk wat ruimte krijgen.'

De chipskruimels liggen op hun buik en borst, en daar blijven ze lekker liggen. Ze drinken cola en laten om beurten een boer. Elke moeder heeft recht op dergelijke avonden, vindt Manouk. Voortaan gaat ze elk jaar een avond boeren en slurpen en hangen met Kim. Nee, elk kwartaal. Elke week!

'Wat ziet Bridget Maasland er mooi uit!'

'Ik wil ook zo'n jurk!'

'Ik ook!'

De haren van de presentatrice golven werkelijk als zeemeerminnenhaar over haar schouders. Hoe heeft ze dat voor elkaar gekregen? Zeker met zo'n jongen als Leco van Zadelhoff? Bridget is de favoriet van Manouk en Kim: altijd stoer, maar toch vriendelijk en prachtig.

Manouk legt haar kin op haar borst en checkt haar liggende lijf. 'Shit, ik moet aan de lijn.'

'Niemand gaat hier aan de lijn,' zegt Kim streng. 'We vreten er juist nog wat pondjes bij!'

Glimlachend neemt Manouk een stuk chocolade aan. Ze proosten met hun blikjes cola.

Maar dan veert Manouk omhoog: 'Hè?!'

'Néé.' Kims ogen worden groter.

Daar staat Michiel, voor de cameraploeg, strak in het pak.

'Sst,' sist Manouk, 'stil!'

Met open monden horen ze hem zeggen dat hij zo van mode houdt en dat hij geregeld *Elle* leest omdat zijn vrouw altijd tijdschriften koopt. Hij hoopt op een heerlijke avond, zegt hij, en of hij even mag zwaaien naar zijn dochtertjes thuis.

Manouk voelt het bloed uit haar wangen trekken. Waarom weet ze niks van deze avond? Vanmorgen heeft hij haar als de vermoorde onschuld gedag gezegd en een fijn weekend gewenst. Waarom heeft hij niet gezegd dat hij erheen zou gaan?

'Ssst!' doet ze weer, tegen niemand in het bijzonder. Ze tast naar haar telefoon en belt Michiels nummer terwijl haar ogen aan het beeld blijven plakken, maar hij neemt niet op.

'Wie is die bimbo?' vraagt Kim.

'En wie is er bij de kinderen!' vraagt Manouk. Ze belt naar huis, maar dat nummer is in gesprek. Conny waarschijnlijk, zij zal het wel zijn, hij laat ze heus niet alleen – hij zal toch niet zomaar een of ander onbekend jong meisje bij de kinderen hebben achtergelaten? Manouk moet dit soort dingen weten, zoiets hoort Michiel met haar te overleggen!

Manouk voelt een storm in zichzelf opsteken. 'Ja! Dat is dus zo'n redactrice over wie ik vertelde. Zie je?' Ze zet een zeurstem op: '"Zit mijn haar goed, lach ik dom genoeg, zijn mijn tieten te zien?" Typisch!' Ze pijnigt haar hersenen: heeft ze deze vrouw toen gezien bij de opnames?

'O ja, ik ken dat type nog wel van de middelbare school.'

Manouk zegt boos: 'Netjes gestudeerd, en dan gezellig mensen bij elkaar vragen bij wijze van werk.'

'Lekker representatief zijn voor het land,' knikt Kim.

'Lekker met de beroemde man van iemand anders naar de *Elle* Style Awards.'

'Heeft Michiel hier echt niks van gezegd, weet je het zeker?'

'Ja, waarom zou ik hier anders zo zitten?' Shit, die chipskruimels op haar borst zien er ineens niet meer zo grappig uit. Manouk springt uit bed. Haar hart bonkt in haar keel. Die klootzak denkt zeker dat ze helemaal blind is als hij op deze opzichtige manier met een ander op stap gaat. Ze belt hem. Hij neemt nog steeds niet op, natuurlijk niet. Wie heeft hem zitten opgeilen bij het idee? Joris zeker. 'Met zo'n meid is het een veel mooier plaatje dan wanneer je Manouk meeneemt, joh.' Ze hoort het hem zeggen.

'Wat doe je?' vraagt Kim.

'We gaan iets leuks doen in Den Haag.' Manouk stapt uit haar joggingbroek en trekt een jurk aan. 'Wij gaan niet dik liggen worden voor de tv terwijl meneer vreemdgaat op de Style Awards.'

Kim fluit tussen haar tanden. 'Hij heeft gewoon echt tegen je gelogen.'

'En onze kinderen bij een of andere oppas gedumpt. Die kon hij nu natuurlijk wél krijgen.' Manouk kijkt haar aan. 'Zit jij hier nog lekker als je niet zeker weet dat Storm bij een goede oppas is?'

'Bel dan nog eens.'

Zuchtend zoekt Manouk het thuisnummer weer op. 'O hai, Conny. Met Manouk.' Ze kijkt Kim opgelucht aan. 'Ja, heel fijn hier, ja. Wij eh, gaan nog even de deur uit en ik wilde weten of het thuis allemaal goed gaat?'

Wanneer ze heeft opgehangen, is Manouk nog net niet aan het schuimbekken. 'We gaan stappen. En goed ook.' Opnieuw belt ze Michiel, met driftige gebaren, en opnieuw neemt hij niet op. 'Lekker ben jij!' roept ze tegen zijn voicemail. 'Mij een beetje wegsturen alsof het een cadeau is zodat je zelf met zo'n blonde del op stap kunt. Verdomme, Michiel!' Ze drukt hem weg. 'Ben je klaar?'

'Bijna,' zegt Kim. Ze staat voor de spiegel om nog snel haar lippenstift te checken en zoekt dan toch maar een ander shirtje om aan te trekken.

Manouk briest: 'Zullen wij eens meemaken wie hier met anderen op stap gaat.'

'Aha, Manouk is boos.'

'De klootzak.'

'En onthoud: hij betaalt alles.'

Eventjes kan Manouk weer lachen, al spat de frustratie van haar lach af. 'Champagne, *my dear*?'

16

'Zullen we bier bestellen, net als vroeger?' stelt Kim voor.

'Is goed.' Manouk wrijft in haar ogen. Het is lang geleden dat ze naar een kroeg is gegaan. Was het er altijd zo druk en vies? Eigenlijk wil ze net voorstellen om toch maar te gaan slapen als haar telefoon trilt. Michiel. Eindelijk.

'Waar ben jij mee bezig!' zegt ze pissig.

'Ja, hai schat, ik ben bij een feest van de *Elle*.'

'En dan stuur je mij weg zodat je met die blonde bimbo kan gaan.'

'Lieverd, ik kreeg die uitnodiging vanmiddag pas via Dutch Artists Management, ik zweer het. Jeroen van der Boom is ziek geworden en toen vroegen ze of ik wilde. Ik dacht: die publiciteit pak ik mee. Je weet toch dat Joris voor me heeft geregeld dat zij me gaan vertegenwoordigen?'

'Dan kun je me toch bellen?'

'Maar ik wil jou daar toch helemaal niet mee lastigvallen! Als ik had geweten dat er een tv-ploeg aanwezig was en dat je juist vanavond naar *Shownieuws* zou kijken, dan had ik het heus wel gezegd.'

'Dat is helemaal lekker! Dus als ik het niet had gezien, dan had je ook niks gezegd?'

'Schat, doe nou niet zo moeilijk.'

'Ik doe niet moeilijk, jij bent achter mijn rug om op stap. Je zou voor de kinderen zorgen!'

'Mijn moeder is bij ze.'

'Dat weet ik, want ik heb naar huis gebeld. Dus nu kon ze ineens wel?'

'Manouk, je stelt je aan. Ik sta op het feest, ik heb hier nu geen tijd voor.'

'Dan maak je maar tijd, Michiel. Ik ben belangrijker dan het feest.'

Michiel heeft in lange tijd niet zo pissig geklonken. 'Nee, ik heb nu geen tijd voor jóú. Je stelt je aan.'

'Ik stel me helemaal niet aan!'

Maar hij heeft de verbinding al verbroken…

♥

De kroeg is stampvol, de muziek staat keihard en de rook, het rookverbod ten spijt, slaat ze in de ogen.

'Jezus!' Manouk giert het uit. 'Gatverdamme!'

Kim antwoordt met een brede lach: 'Ja, vies hè?'

Ze wurmen zich door de mensenmassa naar de bar. Over Manouks schouder houdt Kim twee vingers op voor de barman. Twee bier, begrijpt hij.

'Zo, dit is lang geleden!' roept Manouk.

'Voor mij niet, hoor.'

'Nee, jij doet dit elke week.' Ze lacht keihard zodat Kim haar boven de muziek uit kan horen.

Kim wijst naar een lege hoek die de dansvloer moet voorstellen. 'Zullen we?'

Lachend gaan ze de dansvloer op met een biertje in de hand. Manouk heeft geen idee welke muziek ze draaien, maar dat maakt haar niets uit; ze danst vol overgave. 'Kijk, we hebben sjans,' zegt Kim na een tijdje.

'Waar?'

'Niet meteen kijken!'

Zo onopvallend mogelijk checkt Manouk de ruimte tot ze twee mannen tegen de muur ziet leunen. Frisse veertigers zijn het. 'Niet slecht,' roept Manouk.

Kim lacht.

De een is wat mollig en heeft een volle bos donker haar. De ander is wat spitser en blond. Maar eigenlijk doet zo'n typering ze tekort, want ze zien er beiden gewoon goed uit.

'Welke wil jij?' lacht Manouk.

Kim schiet onverwacht hard in de lach. 'O! Wat ben jij slecht!'

'Oké,' grinnikt Manouk. 'Ik neem die blonde wel.'

'Te laat, die wil ik al.'

Intussen hebben de mannen wel in de gaten dat er op de dansvloer over ze gepraat wordt. De donkere heft zijn biertje naar de meiden op, en zij beantwoorden zijn gebaar door hetzelfde te doen.

Plots klinkt uit de luidsprekers: 'En dan nu, de grote hit van de afgelopen zomer, "Wereldwonder" van Michiel van…?'

'TO-LE-DO!' brult de dansvloer terug.

Prompt gillen Kim en Manouk het uit.

'Jezus!' Terwijl de eerste tonen van de hit klinken, hollen ze van de vloer af. Ze dringen zich weer naar de uitgang, en Kim steekt geroutineerd twee vingers op wanneer ze langs de bar komen.

Buiten staan ze na te hijgen van hun eigen puberale actie; de kroeg uitrennen omdat een lied je niet aanstaat. Omdat het je aan je vriendje doet denken. Ze schieten in een slappe lach waarvan ze bijna in hun broek plassen.

De avond is zacht en helder. Het is al veel te lang geleden dat Manouk tijd had om zomaar te genieten van een mooie sterrenhemel.

'Zijn jullie geen fan van Michiel van Toledo?' vraagt plots een donkere stem.

Manouk en Kim kijken elkaar aan voordat ze het weer uitproesten. Kim schreeuwt: 'Dat is haar man!'

Manouk kijkt de blonde man aan en geeft Kim een duwtje – ze moet gauw haar mond houden, want het is vanavond niet de bedoeling dat ze in een flirtkans wordt gehinderd met verhalen over haar huwelijk.

'Zo, echt waar?' vraagt de man nieuwsgierig.

'Hij is met een redactrice op een gala en ik wist daar niks van.'

'Je houdt me voor de gek.' In zijn ogen ziet ze dat hij er niets van gelooft, maar ook dat hij het gaaf zou vinden als het waar was. Hij proost zijn biertje tegen het hare.

'Hij zegt dat ik me aanstel.' Manouk schudt haar hoofd. 'Sorry, wat interesseert jou dat. Hoe heet je?'

'Stefan.'

Ze steekt haar hand uit. 'Ik ben Manouk.' Ze glimlacht flauw, maar voelt zich toch getroost door zijn vriendelijke blik. In een flits dagdroomt Manouk van armen die haar stevig omhelzen, ze ziet een mannenlijf waar ze tegenaan kan staan om rustig te worden, en een diepe stem die fluistert dat het allemaal goedkomt. Ze schudt de gedachte van zich af.

'Waar is je vriend?'

'Even naar het toilet. We zagen jullie wegvluchten en ik was nieuwsgierig naar de reden.'

'Nou ja, nu weet je het dus.'

Intussen is het feest in de kroeg pas echt goed losgebarsten, ze horen iedereen gezamenlijk het refrein meegalmen: 'Maar jij wilt allang niet meer met mij…'

Manouk en Stefan lachen er samen om.

'Er valt niet aan te ontkomen,' zegt hij. 'Dus het is echt waar?'

Manouk kijkt ontwijkend langs hem heen. 'Het is natuurlijk wel een lekker nummer.'

'Als jij het zegt.' Hij werpt haar een uitdagende blik toe, maar Manouk voelt geen behoefte om naar zijn mening over het lied te vragen.

Kim zegt dat ze ook naar het toilet moet, en het lijkt geen smoes. Ze vraagt of Manouk en Stefan straks nog een biertje lusten en Manouk knikt zonder zich af te vragen of dat wel echt een goed idee is. Ze sluit haar ogen en geniet van de ontspanning die ze voelt. 'Ik was vergeten hoe heerlijk het is om buiten de drukte te staan.'

'Zo, dus je bent druk geweest, hè?'

Manouk knikt. 'Heel.'

Ze staan naast elkaar met hun rug tegen de muur van het café. Het is fijn om dit moment te delen met zo'n leuke, aantrekkelijke man. Stefan is aardig. Hij lacht ook zo lief.

'Je bent mooi,' zegt hij.

Manouk lacht alsof ze het niet gelooft. 'Bedankt.'

'Ben je het niet met me eens?'

Opnieuw lacht ze. Vroeger, ja, toen voelde ze zich nog wel eens een knappe meid. Ze heeft nog steeds mooi lang haar dat lekker over haar schouders valt, Michiel heeft haar speciaal gevraagd om het na de bevallingen alsjeblieft niet in een opwelling af te knippen, ha ha. Maar tegenwoordig... is ze vooral moe, ze heeft kringen onder haar ogen en voelt zich tekortschieten. En log, dat is ze ook, een logge olifant, zeker in vergelijking met zo'n springerige redactrice.

Daarbij weet ze zich niet te bewegen in de nieuwe wereld van Michiel, want zijn hit heeft contacten meegebracht met nogal wat mensen die allemaal even vrolijk en vriendelijk, maar ook heel erg aanwezig zijn. Manouk mist tussen alle beleefdheid door wel eens een gezicht dat gewoon vertrouwd is en liefhebbend, iemand bij wie je je kunt ontspannen. 'Je bent aardig,' zegt ze.

'Jij ook.' Hij gaat voor haar staan en kijkt haar ernstig aan. Hij buigt naar haar toe, zijn hand schuift naar haar schouder, zijn lippen raken haar mond.

'Stop.' Manouk hoort het zichzelf zeggen. Was dat echt haar eigen stem? Ze schrikt ervan, ze knippert met haar ogen. Fluisterend herhaalt ze het. 'Stop.'

'Nee?' vraagt hij.

Manouk slaat haar ogen neer. Ze schudt haar hoofd. Ze vraagt zich geschrokken af waarom ze zo graag met hem had gekust; het is dat haar stem zich ermee had bemoeid, want anders...

'Wat is hier aan de hand?' roept Kim net iets te hard.

'Niks!' Manouk en Stefan roepen het tegelijk, ze beginnen te lachen.

'O nee? Dat geloof ik dus niet, hè!'

'Echt niet, ha ha.'

Manouk schuift haar arm door die van Kim en neemt haar mee naar binnen. 'Drink je biertje op en dan gaan we.'

Maar 's nachts ligt ze wakker. Een slippertje zit dus in zo'n klein hoekje, beseft ze geschrokken.

Kim draait zich om. 'Kun je niet slapen?'

'Nee.'

'Je moet je niet schuldig voelen,' zegt ze met een slaapstem. 'Je bent juist voor jezelf opgekomen. Hij is toch zelf met die doos op stap gegaan?' Ze slaapt alweer verder, en Manouk voelt zich te moe om nog een keer te zeggen dat er niets is gebeurd.

In plaats daarvan zegt ze het nog maar eens tegen zichzelf: er is niets gebeurd. Hopelijk bij Michiel ook niet.

Wanneer ze de dag erna samen met Kim bij haar huis is aangekomen, rent Ava met uitgespreide armen op haar af. Lieve begint te kirren en wild te bewegen in de wipstoel. Ook Storm is enthousiast, die springt in Kims armen en omhelst haar stevig.

Michiel glimlacht met opeengeperste lippen. 'Dag mama, hai Kim,' zegt hij.

'Dag Michiel,' antwoordt Manouk zacht.

'Ben je lekker uitgerust?'

Manouk haalt haar schouders op. Ze is moe en katerig, ze baalt van de telefonische ruzie met Michiel en voelt zich schuldig over de ontmoeting met Stefan. Dat kun je niet bepaald 'lekker uitgerust' noemen. Toch knikt ze en geeft hem een kus op zijn wang. 'Ja, hoor.' Ze heeft geen zin om door te ruziën. Hij was op een modefeest en zij had dat van tevoren willen weten, meer valt er niet over te zeggen.

Ze wil het niet zo ver laten komen dat hun relatie er een wordt waarin ze vreemdgaan en steeds verder uit elkaar groeien. Ze wil het juist gezellig hebben en snapt dat ze daaraan zelf haar steentje moet bijdragen. Voortaan gaat ze het anders doen, besluit ze. Minder gefrustreerd zijn en niet zo afreageren op Michiel. Het leven is soms nou eenmaal druk en vermoeiend, maar dit is een fase die heus voorbijgaat.

17

Met een groepje kleuters uit de klas van Ava rijdt Manouk naar Het Dierenhuis voor een uitstapje met school. Ze volgt de auto's van moeders die al wat langer onder het schoolregime leven en juf Astrid rijdt voorop. Het ging om klokslag half negen in één moeite door: hup, hier is het briefje met namen van de kinderen die vandaag met je mee moeten, hop, je roept ze bij elkaar en zegt dat ze je netjes moeten volgen, hats, je zet ze vast in je auto en hoep, je bent al onderweg. Geen kopje koffie voor vertrek, geen gesprekje met de kinderen om te zien wie het liefste waar wil zitten. Dat zou natuurlijk ook een rommeltje worden.

Lieve zit in de Maxi-Cosi op de bijrijdersstoel, Ava zit op de achterbank met twee vriendinnetjes die van top tot teen in het roze zijn gekleed. Manouk kende de meisjes nog niet. Ze vinden de baby 'lief' en 'net een pop'. Manouk vraagt of ze er zin in hebben en lacht hardop als ze elkaar vertellen dat ze wormen moeten vasthouden en vervolgens met zijn drieën beginnen te gillen van afschuw.

'We zullen het zien, dames. Ik blijf gewoon gezellig bij jullie om te helpen met die lekkere wormen.' Ze laat even een onheilspellende stilte vallen voor ze zegt: 'Misschien mogen jullie ze ook wel proeven.'

'IIIEE,' gillen de roze meisjes tegen elkaar.

'Ha ha, willen jullie dat niet?'

Manouk heeft na het Stefan-weekend besloten dat ze beter haar best moet doen om een prettige vorm te vinden voor dit gezinsbestaan. Michiel heeft haar plechtig verzekerd dat hij echt, écht niets achter haar rug om probeerde te doen bij de Awards.

Maar het gaat allemaal niet zonder slag of stoot. Ze had gedacht dat ze de grootste schok wel had gehad met de geboorte van Ava: plotseling moeten zorgen voor een kindje dat volledig afhankelijk is van jou, dat begint te huilen op momenten dat het helemaal niet uitkomt. (Als je net je kwasten met terpentine staat uit te spoelen en tot je oksels onder de verf zit – maar zo'n baby draait de volumeknop gewoon elke seconde een standje hoger.) Het was eerlijk gezegd best goed verlopen – op wat kraamtranen in de eerste week na – en eigenlijk had ze geen problemen verwacht na de geboorte van Lieve.

'Mama van Ava?' vraagt een van de meisjes.

Manouk vindt het altijd zo lief als kinderen haar zo noemen. 'Ja?'

'Zijn er ook paarden in de dierentuin?'

'We gaan naar Het Dierenhuis, hè, dat is veel kleiner. Ik weet het niet.'

Het tweede vriendinnetje vraagt: 'En olifanten?'

'Dat denk ik niet,' zegt Manouk lachend.

'En tijgers?' vraagt het kind.

'En poepiescheten?' lacht Ava.

Manouk wil zeggen dat het niet netjes is, maar komt niet boven de explosie van gegiechel uit.

'En kakkepoepjes?'

De meisjes kronkelen in hun gordels van de pret. 'En stinkeplasjes?'

Manouk schudt haar hoofd. 'Díé misschien wel.' Ze kijkt naar Lieve, die nog niet begrijpt waar de Grote Pret op de achterbank over gaat.

Een tweede kind, bedenkt Manouk, dat is pas je ware aardverschuiving! Ineens kan je nooit meer 'even' naar de stad omdat je altijd minstens voor een van de twee moet zorgen. En als je toch even iets alleen kon doen, dan moet je daarna je partner ook een moment alleen gunnen en heb je er dus twéé die mee moeten naar de supermarkt.

Bovendien is de grootste ouder geworden, en zijn er allerlei verplichtingen bijgekomen waar je van tevoren nooit bij had stilgestaan. Althans, Manouk niet. Zoals het ophalen en wegbrengen rond schooltijd, maar ook de middagen waarop je kinderen van anderen over de vloer krijgt – anderen die normaal gesproken helemaal niet tot je vriendenkring zouden behoren. Ava wil tegenwoordig niet meer gezellig samen met mama de middag doorbrengen (terwijl mama kan denken over nieuwe prenten en hoe ze het werk zal aanpakken), nee, Ava heeft nu een eigen sociaal leven en Manouk moet daarvoor afspraken maken met de andere moeders om de kinderen op te halen of af te zetten. Dit gaat ten koste van de tijd die ze met haar dochters in het park had kunnen doorbrengen, een ijsje etend en de eendjes voerend (en intussen nog steeds brainstormend over haar eigen werk).

Op zo'n speelmiddag moet ze tegenwoordig zo snel mogelijk boodschappen zien in te slaan en het liefst alvast wat eten klaarzetten, want omdat Ava elke dag vroeg op moet en daarom ook vroeg naar bed, moet er ook vroeg worden gegeten, op een tijdstip dat Manouk nog helemaal geen trek heeft.

Straks komen er nog clubjes en zwemlessen bij en, help, dan begint Lieve óók op school en zal Manouk alleen nog maar met schoolhulproosters bezig zijn!

'We zijn er.' Manouk verricht mechanisch de volgende handelingen: gordel los, uitstappen, portier open, drie kindjes uit de gordel helpen, laten uitstappen, zeggen dat ze netjes naast de auto moeten wachten, omlopen om de Maxi-Cosi los te klikken, Lieve met stoeltje op de grond zetten, luiertas om haar schouders werpen, Maxi-Cosi aan arm hangen, dochter een hand geven, de andere meisjes sommeren om hand in hand te lopen, opzichtig uitkijken, dan gauw oversteken en daarna eindelijk aansluiten bij de rest van de groep. Tijd voor koffie!

Maar nee, ze worden al direct naar een lokaal gedirigeerd, waar een stevige oppasser met een welige baard de kinderen vraagt of ze huisdieren hebben en zo ja, welke. De moeders blijven tegen de muur staan.

'Zullen we ergens koffie halen?' fluistert Manouk tegen een van hen.

'Dat is hier niet, joh.' Ze doet lacherig, alsof ze zich het stadium waarin Manouk verkeert nog vagelijk herinnert. Ze maakt een wegwerpgebaar: luxe uitspattingen als een kopje koffie kan Manouk kennelijk wel vergeten.

Manouk maakt een *mental note*: een schooluitje voltrekt zich zonder koffie en zonder zitplaats: er is geen terras.

Om half twaalf zijn ze weer op school. Het heeft nauwelijks zin om nog naar huis te gaan, want dan zou ze meteen weer terug moeten om Ava te halen. Bovendien is de schoonmaakster in huis bezig; Michiel heeft twee weken geleden een vrouw gebeld en haar aan het werk gezet. Dat probleem heeft hij daadkrachtig opgelost. Maar sindsdien voelt Manouk zich op woensdagochtend ongemakkelijk in haar eigen huis. Ze heeft het gevoel dat ze een hardwerkende indruk moet maken, anders krijgt die aardige mevrouw nog het gevoel dat ze aan het sloven is voor een luxepaardje. Een half uurtje overbruggen dus; Manouk blijft vanwege de schoonmaakster wel vaker langer weg van huis.

Blijft iedereen nou echt in dit winterse weer op het schoolplein wachten tot het middagpauze is? Ja, hoor, alle moeders blijven op het plein staan praten, armen over elkaar, leunend op de boezem. Ze wippen van de ene voet op de andere omdat hun tenen bevriezen, althans, die van Manouk kunnen er ieder moment afvallen.

Nee hoor, dat trekt ze niet, nog meer keuvelpraatjes. Zonder koffie. In de bittere kou. Ze neemt Lieve op de arm en gaat naar de lerarenkamer. Dat is de plek waar ze tijdens haar vele werkbezoeken in het land zo vaak een uurtje heeft doorgebracht, en op dit tijdstip is daar gegarandeerd oude koffie die nog lauw is. Minstens.

Ze wandelt langs de aula, op zoek naar de lerarenkamer, een beetje schuchter, alsof iemand haar ieder moment kan terugfluiten, zo van: ho ho, mevrouwtje, waar denken wij dat we heen gaan?!

Dan ziet ze de moeder van Lola staan. Bij een van de hogere klassen, ook daar moet worden geholpen. De kinderen zitten in de aula te prutsen met blokken en mikadoachtige bouwsels.

Jacky lacht vriendelijk naar haar: 'Zijn jullie al terug? Was het leuk?'

'Wil jij alsjeblieft eventjes op Lieve passen, dan kijk ik of er een kopje koffie voor me is. Ik hou het niet meer.' Nu ze Jacky medeplichtig kan maken, voelt ze zich zekerder over haar strooptocht. 'Wil je ook?'

Jacky schudt al van nee, maar ze bedenkt zich. 'Ja, doe toch maar.' Ze giechelt.

Puffend leunen Jacky en Manouk even later tegen een tafel in de aula. 'Heerlijk,' zegt Jacky met een zucht.

'Ja, even een beetje opwarmen. Het is vast niet helemaal de bedoeling, maar ik moest ergens iets vinden waarmee ik even tot rust kon komen.' Manouk neemt een slok van de lauwe, een tikkeltje bitter geworden koffie. 'Ik ren me helemaal gek.'

'Ja, het kan erg zijn, hè?' knikt Jacky.

'Sinds Michiel die hit heeft gescoord, is hij zo veel weg.'

'Mijn man ook. Die vertrekt 's ochtends om zeven uur en komt 's avonds om half acht pas weer thuis.'

'Hè?' Manouk kijkt Jacky langer aan dan de bedoeling was. 'Dan is hij nog meer van huis dan Michiel.'

'Tja.' Jacky haalt haar schouders op. 'De laatste tijd werkt hij ook veel over, vanwege de crisis weet je wel.'

'Michiel ook. Hij is bang dat als het bij deze hit blijft, hij in een zwart gat valt en dat iedereen hem zo weer is vergeten. Over een paar maanden brengt hij een nieuwe cd uit.'

'O ja?'

Manouk knikt. 'Hij is met een team in hoog tempo nieuwe nummers aan het schrijven in de hoop dat hij een tweede zomerhit kan scoren.' Ze wiegt de Maxi-Cosi met haar voet en zegt: 'In ieder geval is jouw man in de weekenden thuis.'

'Ja, dat is prettig. Dan kan hij naar voetballen met de oudste en doe ik de weekboodschappen met Lola.'

Manouk is zo geschokt dat ze vergeet met haar ogen te knipperen. Sportwedstrijden in het weekend. Daar had ze óók nog niet aan gedacht.

Jacky ziet haar afgrijzen en schiet in de lach.

Manouk lacht met haar mee. Twee onopgemaakte, afgepeigerde vrouwen die lachen om hun eigen leven, denkt ze. En ze geeft Jacky een vriendschappelijke elleboogstoot.

18

Puffend van de stress komt Manouk die middag thuis met Ava en Lieve. Na Het Dierenhuis, de schoolkoffie en de chaos op het plein toen de school uit was, wil ze nu een momentje comfortabele rust. Even niks aan haar hoofd, even zitten met een krantje. Heel even maar. Op het aanrecht ligt een briefje van de schoonmaakster dat ze volgende week een dagje eerder komt. Best. Manouk schuift het direct aan de kant.

Ze maakt een boterham met smeerkaas voor Lieve, snijdt die in acht stukjes en zet de meisjes in de eetkamer aan tafel neer. Lieve kan tegenwoordig zelf eten, al zit de kaas soms tot in haar neus. Ava krijgt een boterham met jam.

'Gaan we vandaag iets leuks doen?'

'Ik weet het niet, schat, ik wil eerst even uitrusten.'

'Ik weet wel iets: dansen!'

'Eerst eten, Ava.'

Ze loopt naar de keuken om het koffieapparaat aan te zetten en kijkt dan of ze de krant ziet liggen. Waar heeft Michiel die gelaten? Hij weet toch dat ze die nog wil lezen? Geërgerd loopt ze naar zijn werkkamer, naar de wc, naar de woonkamer. Na veel gebuk en getuur ziet ze het ding onder een stapel papieren in de hoek van de eetkamer liggen. Meneer heeft kennelijk opgeruimd (dat wil zeggen, alles op een hoop geveegd) voordat de schoonmaakster kwam. Moet Manouk nog uitkijken dat ze geen commentaar op hem levert over dit 'opruimen', anders is er heibel.

'Ava, eerst je broodje eten.'

'Maar ik wil geen jam.'

Manouk ploft neer op een stoel. 'Dit is wat ik voor je heb gemaakt.'

Lieve kauwt genietend op haar haar stukjes brood. Ze maakt grappige smakbewegingen en als ze naar mama lacht ontbloot ze haar twee melktanden.

Manouk vouwt de krant open en leunt met haar kin op haar hand. Nog even en ze dommelt in deze houding weg.

'Ik wil dansen,' zegt Ava. Ze staat bij de cd-speler. Manouk had nog niet eens geregistreerd dat ze van tafel was gegaan. Ava begint op knopjes te drukken die de cd aanzetten, stopzetten, uitwerpen en weer naar binnen schuiven.

'Niet doen, Ava.'

Je zou haast denken dat er niemand tegen Ava praat: het kind geeft geen sjoege. Ze drukt op *shuffle*, zet de speler op pauze en daarna weer op afspelen. Als het apparaat er al niet hysterisch van wordt, dan Manouk wel.

'Als je nu niet komt eten, dan krijg je straks ook niks meer, hoor.' Ava blijft met haar rug naar haar toe staan, en Manouk klemt haar tanden op elkaar. Ze besluit haar dochter verder te negeren en pakt een kopje uit de kast. Ze gaat nu koffie drinken en de krant lezen, klaar.

Warme melk opschuimen, zoetje erin. Tok, hoort ze dan. Een klein geluidje is het, maar toch gaan haar haren ervan overeind staan.

'Lieve, nee toch!'

Beteuterd kijkt Lieve naar haar schoot, waarin de hele tuitbeker melk leegstroomt. Manouk snelt toe: 'Zet de beker rechtop, zet de beker rechtop!' Het drupt langs de stoel op de vloer. Gloeiendegloeiende...

Manouk puft een haarlok uit haar gezicht en tilt de druipende Lieve uit haar kinderstoel. Op weg naar de trap zegt ze weer tegen Ava dat ze haar broodje móét opeten, maar ze heeft geen zin om er nog al te veel energie in te steken. Eerst deze knoeipot een droge broek bezorgen, meteen maar een schone luier, en dan eindelijk...

Als ze tien minuten later alle drie weer aan tafel zitten, hoort ze de voordeur opengaan en klinkt er een verlossende stem: 'Hai schat.'

'Papa!' Ava stormt naar Michiel toe, werpt zich tegen hem aan en klemt zich aan zijn benen vast. Waar komt hij vandaan? Had hij een bespreking, een repetitie, een interview? Manouk weet het niet eens, ze kan het niet meer bijhouden.

'Voorzichtig!' zegt Michiel. 'Mij niet vies maken hoor, ik moet nog op de foto.'

'Dag, schat,' knikt Manouk. Het maakt haar eerlijk gezegd niet veel uit wie er op dit moment binnenstapt; als het maar iemand is die zorgt dat Ava wat eet en die Lieve veilig door de lunch heen kan loodsen. Kan zij eindelijk die krant eens openslaan.

Michiel drukt een kus op haar kruin terwijl hij de tafel bekijkt. 'Wat een troep is het hier. Is de schoonmaakster niet geweest?'

Manouk opent haar mond om te antwoorden dat de meiden er nou eenmaal een bende van maken, zelfs de melk heeft ze nog maar half kunnen opdweilen, maar Michiel is haar voor: 'Je weet toch dat ik straks een interview heb met het *Algemeen Dagblad*?'

'Hè? Hier?'

'Ja, hier!' Hij pakt alles wat er ligt om het alweer op een grote stapel te leggen: Ava's bordje boven op een tekening en dat weer op een schetsblok van Manouk. 'Jezus, Manouk, je hoeft er toch niet steeds zo'n zooi van te maken?'

'Laat dat tekenblok liggen!' De scherpte verbaast haar zelf. Zachter, maar nog altijd streng, gaat ze verder: 'Dat is mijn werk.'

'Nou nou,' doet Michiel. Nu pas valt het Manouk op dat hij een van zijn mooiere pakken heeft aangetrokken.

'Ga je hier het interview doen?'

'Dat zeg ik toch.'

'En wij dan?'

'Jullie kunnen toch wel even naar boven?'

'Naar boven, met die twee?'

'Of ga anders even de stad in.'

'Schat, ik ben doodop!'

'Jezus, Manouk, zeur niet zo. Ik doe dit ook voor jou, hoor.'

'Wat doe je voor mij? Mijn handen vrijmaken, zodat ik ook even kan doen waar ik zin in heb?'

'Doe niet zo flauw.'

Ineens heeft ze een hekel aan de manier waarop hij loopt, zo haastig, om de lunchspullen naar de keuken te brengen. Het liefst zou ze de bekers uit zijn handen slaan zodat hij tenminste even stopt met pezen en eindelijk eens samen met haar kan gaan bedenken hoe het hier in huis wat beter kan verlopen. Natuurlijk is het spannend dat hij in het AD komt – ze baalt er een beetje van dat ze het zelf stiekem ook spannend vindt.

Hij zegt: 'Jij kunt vanavond wel even doen wat je graag wilt,' zegt hij als hij terugkomt in de kamer, gejaagd om zich heen kijkend.

'Alsof ik daar straks nog energie voor heb!'

'Manouk, hou nou even op, zeg.'

'Moet ík ineens ophouden!'

'Daar is ze al.'

'Jezus.'

'Luister, ik moet nu opendoen. Dit hoort bij mijn werk.'

Ongeveer twee minuten heeft ze de tijd om zich in de woonkamer te herpakken. Ze hoort Michiel zijn naam zeggen 'Michiel van Toledo, hallo' en ze hoort een zachte stem iets prevelen. 'Zal ik je jas aannemen?' vraagt hij, en dan gaat de woonkamerdeur open.

'Dit is mijn vrouw Manouk, met mijn dochters Ava en Lieve.'

Manouk geeft de interviewster een hand. Gut, hoe oud is ze, achttien? Ze weet zich nog helemaal geen houding te geven, staat maar een beetje te blozen en klampt zich vast aan de hengels van haar tas. Is dit soms de stagiaire of zo?

'Wil je wat drinken? Koffie of thee?' hoort Manouk zichzelf vragen.

'Thee, alstublieft.' Het meisje zet haar tas neer en pakt er een schrijfblok en een recordertje uit. Waarschijnlijk is ze wel een paar jaar ouder, misschien drieëntwintig. Allemachtig, was Manouk ook nog zo jong op die leeftijd? Zo had ze zich anders niet gevoeld.

'Let maar niet op ons, hoor,' zegt Manouk. 'Wij gaan straks naar boven, dan kunnen jullie lekker praten.'

'O,' antwoordt ze met een rood hoofd. 'Oké.'

Met zijn drieën zitten ze op het grote bed. Ava en Lieve kijken een dvd van K3 met Josje – nou ja, Ava kijkt en Lieve kruipt brabbelend door de kamer en probeert zich overal aan op te trekken.

Manouk pakt de telefoon. Het is tijd om haar moeder weer eens te bellen; daar ziet ze net iets minder tegenop dan voor de zoveelste keer naar 'MaMaSé' te moeten kijken.

'Hallo, mam.'

'Dag schat, wat fijn dat je belt.'

'Hoe is het?'

'Goed, hoor, goed… Zijn gangetje… Wat hoor ik, heb je visite?'

'Ja, dat ook, die zit beneden. Maar ik bel je vanaf de slaapkamer. Je hoort K3, denk ik. Ava zit ernaar te kijken.'

'Zitten jullie op de slaapkamer?'

'Ja. Nou. Michiel heeft beneden een interview.'

'O ja, waarvoor?'

Manouk draait met haar ogen; waarom heeft zij nou weer een moeder die geilt op alles wat met roem te maken heeft. Het is misschien ook wel spannend, maar dat maakt de obsessie van haar moeder niet minder irritant.

'Het AD.'

'Voor wat?'

'Het *Algemeen Dagblad*, mam. Een krant.'

'Maar dat is een heel grote krant.'

'Ja.'

'En zij zitten nu beneden?'

'Eentje ervan.'

'In jouw huis.'

'Ja. Hoe gaat het verder met je?'

'Gewoon, z'n gangetje… Ik las dat Patty Brard een tumor moet laten verwijderen. Het is heel mysterieus gekomen na een optreden met een mentalist. Weet jij of dat waar is?'

'Nee, mam, geen idee.'

'Misschien weet zo'n journalist het. Die zit toch in jouw huis? Zij weet het vast.'

'Ik ga het echt niet vragen, hoor.'

'Natuurlijk niet, dat geeft ook niks. Tante Elly heeft Michiel trouwens ook ergens in gezien, hoe heet het ook alweer, ach, ze was bij de kapper en toen zag ze een stuk over Michiel.'

'Er is zo veel over Michiel verschenen.'

'Jawel. Dit ging over zijn lied.'

'Daar gaat het allemaal over, mam.'

'Dat is ook zo. Maar het zag er leuk uit, zei tante Elly.'

'Fijn. O, ik moet gauw terug naar Lieve. Mam, ik bel je snel weer een keertje, oké?'

'Dat is goed, schat.'

Ze drukt de telefoon uit en laat zich languit op bed vallen. Ze voelt zich doodmoe. En gedeprimeerd, dat ook. En ongelukkig. En nog andere dingen, maar daar kan ze door het lawaai van k3 even niet opkomen.

19

Op zondagochtend wordt Manouk wakker van geschuifel op de gang. Kindergegiebel en gestommel. Ze hoort Michiel fluisteren: 'Goed vasthouden, Ava. Ik tel tot drie, hè. Een, twee, drie: ja!' De deur gaat open en zingend komen ze binnen, Michiel in zijn boxershort en een dienblad in zijn handen. 'Toe maar, Lieve,' knikt hij naar het meisje, dat op handen en knieën naar binnen kruipt en zich aan het bed optrekt tot ze staat. Ava heeft haar prinsessenpyjama aan en houdt een grote roos in haar handen geklemd. Michiel zingt een variant op zijn hit:

Ik heb je lief, o ja, ik heb je, ik hou je…
En schat wil jij nog lang met mij

'Goedemorgen, lief,' zegt hij lachend als hij klaar is. Ava neemt een grote hap lucht en zet op haar eigen vierjarige manier het lied nog eens in:

Ik lief jou lief, ja lief je, ik heb je
En wille jij ook nog mij lief

Ava is aandoenlijk met haar Disney-stemmetje, niet gehinderd door enig besef van toonvastheid. Ze wiegt met haar smalle heupen alsof ze een rieten rokje draagt. Michiel tilt Lieve op, die meteen mee begint te kirren om zo veel vrolijkheid.

'Goedemorgen,' herhaalt hij, het dienblad heeft hij naast Manouk op het bed geschoven. In de gauwigheid ziet ze croissantjes, jus d'orange en een boterham in kleine stukjes met hagelslag voor de meisjes.

Manouk geeft Michiel een zoen. 'Wat lief, waar verdien ik dit aan?' Half vrouwelijk Nederland zou hem graag in bed hebben, half-naakt en met deze liefdevolle blik in zijn ogen. De meeste fans weten niet eens hoe mooi gespierd en behaard zijn torso is. Mochten ze willen; Manouk is de enige vrouw die het weet – en natuurlijk een handjevol exen, maar bij hen was hij heus nog niet zo mannelijk en charmant als nu!

'Omdat je mijn wereldwonder bent,' zegt hij.

'Gefeliciteerd, mama!' roept Ava. Ze geeft haar de roos, klimt op het grote bed en begint te springen.

'Wacht! Stop!' roepen Manouk en Michiel. De jus d'orange klotst vervaarlijk langs de rand van de glaasjes. De croissants zijn al van het dienblad gerold.

'Zo maak je het bed vies, Ava.' Manouk hoort gemopper in haar stem en voelt zich meteen schuldig.

Michiel kijkt van Ava naar Manouk, dan even naar Lieve en hijst zich overeind. 'Kom maar eens mee, Ava. En Lieve ook, jullie mogen tv-kijken.' Hij grijpt de pakjes appelsap en het bordje met de boterham met hagelslag van het dienblad.

'Jippie!' roept Ava.

Manouk hoort ze de trap af gaan en zucht. Gewoon één ochtendje niets, helemaal niets, daar zou ze onderhand veel voor overhebben.

Ze drinkt de cappuccino waarvan de melk perfect is opgeschuimd. Ze hapt in een croissantje en dan zwaait de deur alweer open. 'Ik heb *De kleine zeemeermin* opgezet,' zegt hij terwijl hij zijn boxer uittrekt. 'Die zijn voorlopig wel even zoet.'

Manouk kijkt van zijn billen naar zijn ogen en vraagt lachend wat hij van plan is.

'Niks.' Hij grijnst. Hij zet het dienblad op de grond en schuift onder het dekbed. 'Gewoon even gezellig samen bloot liggen. Doe je mee?' Zijn handen glijden over haar buik.

'Alleen maar bloot liggen?'

'En knuffelen.' Hij knikt met een guitige blik in zijn ogen. 'Trek je broekje maar uit.' Door die opmerking gaan haar gedachten ineens tien jaar terug in de tijd.

Manouk is net afgestudeerd, 23 jaar, en pas geleden van Rotterdam naar Amsterdam verhuisd. De stad is een min of meer toevallige keuze, en ze hoopt hier een galeriehouder te ontmoeten die haar werk wil exposeren en haar beroemd zal maken. Behalve de huisbaas, een neef van haar vader die ze verder nooit ziet, kent ze er niemand.

Ze heeft geen geld, geen opdrachten en geen vrienden – Kim zit op dat moment in een kibboets – ze zou goddank snel terugkomen, maar dat weet Manouk op dat moment nog niet.

Op een zonnige avond wandelt ze langs de grachten en gaat ze even op een bankje aan de Herengracht zitten, ter hoogte van de Leidsestraat. Ze kan er de vrolijkheid horen die uit café De Vriendschap komt. Er worden liedjes gezongen en er wordt bier gedronken. Als ze geld had, dan zou ze zeker naar binnen gaan en een biertje bestellen in de hoop op een praatje.

'Kom je binnen?' roept iemand dan naar haar.

Ze schudt haar hoofd.

'Kom binnen, joh, gezellig.'

Ze glimlacht. 'Geen geld.'

Een man van haar leeftijd loopt op Manouk af en neemt haar bij de hand. 'Kom mee, ik ga straks optreden en als je hard voor me klapt, betaal ik je drankjes.'

De knipoog die hij haar geeft, tovert meteen een glans op haar gezicht. Michiel is dan nog lang geen ster. Sterker nog, als je hem zo ziet, tien jaar jonger, dan denk je echt geen toekomstige hitzanger in actie te zien.

Zijn haren zijn net te kort geknipt, zijn nummers zijn nog krampachtig. Zijn podium bestaat uit vier aan elkaar geschoven tafels en hij doet verwoede pogingen om te swingen zonder daarbij zijn evenwicht te verliezen. Manouk klapt en juicht desondanks om het hardst. Vanaf het podium laat hij dankbaar blijken dat hij haar kan horen; gelukkig maar, want verder krijgt hij wel wat anders naar zijn hoofd geslingerd.

'Schorre kanarie!'

'Stop maar, dat wordt niks!' (Dat was het groepje dronken studenten.)

'Kijk, hij probeert te swingen. Wie duwt hem van die tafels af?' (Dat waren de arrogante corpssletten.)

'Broek uit, broek uit!'

Maar Manouk blijft stug doorjuichen, wat kan het haar schelen. 'Joehoe! Geweldig, ha ha, ik ben fan!' Ze staat vooraan en roept *I want more* wanneer Michiel min of meer noodgedwongen het podium verlaat. Ze heeft haar biertje wel verdiend.

'Zo,' lacht ze terwijl ze het biertje aanneemt, 'ik was fan met gevaar voor eigen leven!'

'Hoe vond je me?'

'Geweldig.'

'En nu echt?'

Ze neemt een slok. 'Je teksten zijn te vergezocht en je moet zelfverzekerder op het podium staan. Verder was het goed.'

'Verder was het goed? Verder ís er niks!'

'Jawel. Jij. Je was goed. Je bent leuk.'

Hij kijkt haar met grote ogen aan.

Ze knikt. 'Geloof je zelf niet eens dat je goed bent?'

Hij haalt zijn schouders op.

'Wat heeft het dan voor zin? Ik probeer schilderijen te verkopen, maar hoe moet dat ooit lukken als ik er zelf niet in geloof?'

'Ben je kunstenaar, een echte?'

Nu is het haar beurt om haar schouders op te halen. 'Ik probeer het te zijn, maar ik krijg geen opdrachten.'

'Ik wil wel een schilderij van je kopen, voor in mijn huis. Ga je mee zodat ik je kan laten zien waar die moet komen te hangen?'

'Ja ja, goeie smoes.'

'Nee, echt. Kom maar mee.' Hij kijkt haar aan, denkt even na. 'Dan gaan we eerst de afmetingen voor het schilderij opnemen, en daarna bloot tegen elkaar aan liggen. Hoe is dat?'

Terugkijkend was dat het enige moment waarop ze twijfelde aan zijn leukheidsgehalte, hoewel zelfs zijn gebrek aan succes hem aantrekkelijk maakte. Meer op gevoel dan op verstand besloot ze toch met hem mee te gaan. 'Maar we gaan niet bloot liggen.'

Hij springt voor haar uit en maakt een bezwerend gebaar. 'Alleen maar om te knuffelen, hoor, verder niks.'

Ze lacht. 'Dat zal wel!'

'En dat schilderij koop ik echt. Ik heb geld, nou ja, mijn ouders hebben geld. Ik betaal vijfhonderd euro, kun je daar iets mee?'

Het werd die avond toch 'bloot tegen elkaar aan liggen' en wel meer ook. Ze vond hem lief, gezellig en grappig, en de glinstering in zijn ogen was onweerstaanbaar – toen al. Het feit dat hij op het podium werd uitgejauwd maar het toch steeds opnieuw probeerde, en de smeuïge verhalen die hij erover vertelde, droegen ook zeker bij aan zijn sexyfactor.

De volgende dag vroeg hij of ze die avond weer mee zou gaan naar zijn optreden. Ook daar was ze de enige die juichte, zo hard ze kon, en dat zou lange tijd zo blijven. Tot er ineens mensen met haar mee applaudisseerden. Daarover waren ze eigenlijk allebei zowel verrukt als verrast.

En ja, zo is het dus gekomen.

Manouk kijkt hem quasistreng aan. 'Alleen maar bloot liggen, hè!'

'Tuurlijk.'

Ze glimlacht terwijl ze haar slipje naast het bed laat vallen. Zijn handen gaan zo zacht langs haar benen, ze was bijna vergeten hoe fijn hij dat kon.

20

Twee dagen later zitten ze zingend aan het ontbijt. Als Michiel eens besluit dat hij tijd heeft voor zijn gezinnetje, dan is hij er ook. Hij staat met een schort voorgebonden pannenkoeken te bakken, nota bene om half acht op een doordeweekse dag, terwijl zijn drie meisjes, zittend aan de eettafel, onder het genot van melk en cappuccino toekijken.

'Deze is zo groot, die kan jij vast niet op, Ava.'

'Wel!'

'Echt waar? Heb jij zo'n grote buik?'

Ava staat op en beweert dat ze wel een reus op zou kunnen. Manouk warmt haar handen aan haar koffiekopje. Ze voelt de slaap langzaam uit haar lichaam trekken en giechelt.

'Mag Lieve ook?'

'Ja hoor,' knikt Manouk. 'Ze is al bijna één, dat kan ze best.'

Michiel schuift een pannenkoek op een plastic bord en rolt hem op. 'Wil mevrouw suiker of stroop?'

'Ta!' roept Lieve.

'Aha, suiker, goede keuze.'

Manouk lacht. Gelukkig heeft hij zijn humor nog niet verloren met al dat harde werken. En gelukkig kan zij nog om hem lachen, ondanks alle keren dat hij haar in de steek moest laten. Tevreden gaat ze naar boven, gapend en kalm aan, om te douchen. Vandaag zal Michiel de meisjes klaarmaken voor school, want ze heeft weer een scholenbezoek, in Purmerend dit keer, en moet daarvoor mooi gekleed en opgemaakt de deur uit.

Ze wast haar haren en smeert zich helemaal in met bodylotion, wat een luxe. Voor de spiegel heeft ze nota bene de rust om haar oogcrème 'zachtjes rond het oog in te deppen', precies zoals het van de schoonheidsspecialiste moet. Om tien over acht komt ze sereen glimlachend naar beneden, zorgvuldig opgemaakt en klaar om de dag te beginnen en samen met Michiel en Lieve eerst nog Ava naar school te brengen.

Maar in de woonkamer staat geen schooltasje met fruit en een beker sap klaar. Er zit geen meisje met gekamde haren haar schoenen dicht te klittenbanden. Er zit zelfs geen vader aan tafel om de melk op te vegen die van de tafel drupt! Waar! Is! Michiel!

'Waar is papa!' vraagt ze zo luid dat hij het overal in huis moet horen.

Ava haalt haar schouders op. 'Weet ik niet.'

'Jullie moeten schoenen aan,' en schreeuwend van de stress voegt ze eraan toe: 'DE SCHOOL BEGINT!' Ze beent woest gebarend door de gang, op zoek naar die… klojo, wat zit die in vredesnaam te doen?!

Na twee keer kijken ziet ze hem op zijn werkkamer. Achter de computer verscholen. Terwijl de adrenaline door haar heen giert schreeuwt ze: 'WAT ZIT JE NOU TE DOEN!'

En de *bastard* haalt het in zijn hoofd om doodkalm te antwoorden: 'Gewoon wat filmpjes te kijken. Hoezo?'

'AVA MOET NAAR SCHOOL!'

'Nou, dat kan toch? We hebben nog tien minuten. Jezus, Manouk.'

'HAAR HAREN MOETEN GEKAMD, HAAR TANDEN GEPOETST EN ZE MOETEN SCHOENEN AAN!' Langzaam hervindt ze haar kalmte en zegt: 'Ava krijgt fruit en drinken mee, en Lieve protesteert als ze haar jas aan moet, het kost veel meer tijd dan je denkt.'

Op zijn elfendertigst schuift hij zijn bureaustoel naar achteren en staat op. 'Nou, als jij nou even wat drinken in een tasje doet, dan breng ik haar wel even op de fiets. Zijn we nog steeds op tijd.'

Maar het gaat Manouk er niet alleen om dat Ava op tijd komt, het gaat erom dat hij beseft hoeveel werk het is. Ze wil dat hij óók alle kloterige klusjes moet afwerken voordat hij de deur uit kan.

'Je gaat niet op de fiets, we gaan met z'n allen. En jij pakt Ava's tas in. Je wist niet eens dat ze die mee moest nemen.'

'Jezus, jij weet het toch?'

'Maar het is ons kind, en wij moeten allebei weten wat ze nodig heeft.'

'Gottegot.' Mopperig stapt hij langs haar. 'Wat kan jij zeiken, zeg.'

'IK ZIT NIET TE ZEIKEN ALS JIJ NIET EENS WEET WAT JE BLOEDEIGEN DOCHTER ALLEMAAL MOET VOORDAT ZE NAAR SCHOOL KAN!' Auw, haar stem doet er zeer van, ook dat nog, en ze moet nog de hele dag praten. Hoe dik zijn de muren van hun huis eigenlijk? Hoeveel buren kunnen hiervan meegenieten?

Michiel loopt door de gang zonder nog om te kijken. Hij negeert haar, ze ziet het aan zijn rug. De klootzak. Hij zal het eens gaan meemaken hoe het is om twee kinderen te hebben én een carrière. Denk maar niet dat hij ooit nog mag blijven liggen als het schooldag is. Als ze met woeste gebaren haar jas van de kapstok grijpt, hoort ze gemorrel bij de deur en wordt die van buitenaf geopend. De schoonmaakster komt binnen, die wou inderdaad een dagje eerder komen. Verdomme, hebben ze dan nóóit een moment voor zichzelf?

Uiteindelijk komen ze vijf minuten te laat aan op school. Samen de kinderen aankleden en klaarmaken gaat veel sneller, maar de gezelligheid was ver te zoeken. Meer dan 'schoenen aan' en 'die jas, nee, díé' hebben ze niet uitgewisseld.

Maar eenmaal onder de mensen kan Manouk haar chagrijnige humeur niet volhouden. Ze groet met een 'hallo' en glimlacht 'hai' naar mensen die ze niet kent maar wel elke ochtend in de gangen tegenkomt.

'Is je man mee?' vraagt een van de moeders. 'Wat leuk, zeg, jij bent toch Michiel van Toledo?'

'Klopt.' Ook Michiel laat zijn boosheid niet aan de buitenwereld zien en toont een podiumlach.

'We zijn allemaal dol op "Wereldwonder", het is Tims favoriet, hè Tim?'

Een rossig jochie kijkt op van de rits die hij tevergeefs probeert te openen. Zijn moeder buigt zich naar hem toe: 'Dit is de meneer die "Wereldwonder" zingt op tv.'

'Dat is mijn papa,' zegt Ava.

De vrouw zegt: 'Ach Tim, jij kan dat zo leuk zingen, doe dat eens voor Michiel van Toledo.'

Michiel zakt door zijn knieën en kijkt het jochie bemoedigend aan. Ava probeert haar vader aan zijn arm mee te trekken naar de klas, maar die reageert niet.

'Papa,' moppert ze.

'Even wachten.' Michiel kijkt lief naar rossige Tim. 'Deze jongen is een fan, hè, jongen?'

Ava wijst: 'Daar is juf Astrid. Als je nu niet komt, dan krijg je straf, hoor.'

Langzaam komt Michiel omhoog. Hij aait Tim over zijn bol. 'Weet je wat, anders zing je het de volgende keer dat je me ziet, oké?'

Manouk staat het van een afstandje te bekijken vanuit de schoolgang. Jacky komt de klas uit; ze heeft Lola al voorgelezen en kusjes gegeven.

'Hé, is je papa meegekomen?' vraagt ze aan Ava. 'Wat gezellig.'

Ava knikt. 'Ja, en mama is boos op hem, hè, mama?'

Geschrokken begint Manouk te lachen. 'Ha ha, ja, dat klopt, ik kan er niet meer van maken.' Ze fluistert: 'De meiden zaten nog aan tafel, zonder sokken en met ongekamde haren, en meneer zat even lekker te ontspannen op YouTube. Grappige filmpjes te kijken terwijl ik straks op scholenbezoek moet.'

'Wat irritant,' fluistert Jacky lachend.

'Vond-ie nog dat ik een zeikerd was ook.'

Jacky giechelt met een hand voor haar mond. 'Ik snap precies wat je bedoel. Ze vergeten alles gewoon.'

Manouk knikt in Michiels richting, waar Tim (en vooral zijn moeder) hem nog altijd glazig aanstaart. 'Omdat dat jochie "Wereldwonder" kan zingen, krijgt Ava haar vader niet mee de klas in.' Ze haalt haar schouders op. 'Nou ja, dat hoort er ook bij natuurlijk.'

Als Ava haar vaders hand weer stevig te pakken heeft, gaat zijn mobiel. 'Sorry, Ava,' zegt hij. En tegen Manouk: 'Deze moet ik even nemen.' En hij loopt weg, de gang door naar de deur.

Manouk kijkt Jacky veelbetekenend aan: 'En ík ben dus degene die naar een werkafspraak moet, hè?' Ze zucht een theatrale 'moeder doet haar best om alle verplichtingen te accepteren'-zucht. 'Maar ik ben geloof ik ook degene die Ava nu gaat voorlezen.'

Jacky knikt begripvol. 'Niet te lang meer, want ze gaan al bijna in de kring.'

'O ja, Ava, kom maar gauw, dan kunnen we nog even samen zitten.'

Om tien voor negen wandelt Manouk met Lieve op haar arm over het plein, waar Michiel nog altijd aan het bellen is, zittend op de rand van de zandbak.

Ze plant Lieve op zijn schoot, geeft haar dochter een kus, en zwaait haar man gedag, meer uit gewoonte dan uit aardigheid. Hij weet dat Lieve tegenwoordig naar de opvang moet, hij zorgt maar dat ze er komt. Manouk moet nu naar huis om haar tekenmap op te halen en daarna opschieten om haar trein niet te missen.

21

'Jullie mogen bestellen wat je wilt,' zegt Michiel met een royaal gebaar. 'En jij ook.' Hij geeft Manouk een kus. 'Je hebt het toch al zo
zwaar gehad met mij.'

Manouk glimlacht flauwtjes. 'Dat kun je wel zeggen.' Ze bedoelt
het niet alleen grappig, maar vandaag wil ze daar niet bij stilstaan. Ze
zijn gezellig met zijn vieren uit eten, een verrassing van Michiel. Haar
hele jeugd lang heeft Manouk nieuwsgierige blikken geworpen op
L'étappe, het poepchique restaurant aan de rand van het bos dat
's avonds zo mooi verlicht was. Hun ouders konden het zich niet ver-
oorloven om erheen te gaan, maar vandaag overtreffen ze hen allemaal: ze eten er met het hele gezin. En het mooiste is nog wel dat ze er
zomaar eten. Op een gewone doordeweekse dag heeft Michiel in een
opwelling besloten dat hij zijn meiden er mee naartoe wilde nemen,
ook Ava en Lieve, om te vieren dat ze tegenwoordig bijzonder welge-
steld zijn en een restaurant als L'étappe gemakkelijk kunnen betalen.
Vanavond moet hij nog een half uurtje optreden, maar dat is in een
feesthal vlakbij.

'Ik wil mijn appelsap niet meer,' zegt Ava.

'Nou, dan bestel je gewoon iets anders,' lacht Michiel.

Manouk fronst even haar wenkbrauwen; het kan niet de bedoeling
zijn dat hun kinderen geen waardebesef aanleren. De serveerster
moest zeker drie minuten wachten tot Ava er eindelijk uit was en appelsap bestelde. Geen Fristi of chocomel, maar appelsap. Zeker weten?

Zeker weten. Maar na twee slokken wil ze ineens toch liever Fristi.

'Zou ze niet beter eerst haar appelsap opdrinken?'

Michiel schudt zijn hoofd. 'Vandaag is het feest.' Hij wenkt de serveerster, die knikt dat ze er zo aankomt.

'Maar ja,' fluistert Manouk, 'dan had ik net zo goed cola én wijn kunnen bestellen. En een latte macchiato, want daar twijfelde ik ook nog over.'

Michiel wacht tot ze is uitgesproken en zegt daarna tegen de serveerster: 'Mogen wij nog een Fristi, een cola light, een rode wijn' – hij kijkt Manouk aan en gaat verder – 'én een witte wijn, alstublieft, plus een latte macchiato.'

De serveerster vertrekt geen spier en zegt dat de bestelling snel zal komen. Zodra ze bij de tafel wegloopt giechelt Manouk: 'Wat doe je nou!'

Michiel haalt zijn schouders op. 'Ik geef je alles wat jouw hartje mogelijk maar kan begeren.' Hij schurkt tegen haar aan en kust haar. 'Daarvoor zijn we tenslotte niet-getrouwd.'

Manouk geeft hem een zoen terug. 'Ach meneer, wat is het verschil.' Het is hun *inside* grapje. Ze zijn namelijk niet echt getrouwd, maar hebben hun partnerschap laten registreren. Toen ze zwanger was van Ava, kwam het belang van wettelijk samenzijn in beeld, en hoewel Michiel leuk op de bruiloft had kunnen zingen, kozen ze toch voor een partnerregistratie. Om allerlei redenen, zoals dat ze te druk waren met de komst van de baby om zo'n dag te organiseren, dat Michiel voldoende ándere gelegenheden had om op te treden, dat het nooit echt Manouks meisjesdroom was geweest om een bruidje te zijn en, niet in de laatste plaats – althans voor haar was het een mooie bijkomstigheid – dat het niet kon gebeuren dat Manouk op háár dag kon worden gekoeioneerd door haar aanstaande schoonmoeder, ten overstaan van haar eigen familie.

Toen ze het samenlevingscontract bij de gemeente gingen aanvragen, vertelde de vrouwelijke beambte die hen hielp dat ze twee weken in een soort ondertrouw moesten. Vervolgens vroeg ze of ze op de dag van de registratie met veel of weinig getuigen zouden komen, of ze ringen wilden uitwisselen, of ze een persoonlijk woord tot elkaar wilden richten… Uiteindelijk zei Michiel verbaasd: 'Maar we gaan niet trouwen, hoor.' Waarop de vrouw haar schouders ophaalde en onbewogen antwoordde: 'Ach meneer, wat is het verschil,' om daarna lustig verder te stempelen.

Sindsdien hebben ze het grappige dilemma of ze nou wel of niet getrouwd zijn. Op gezette tijden plagen ze elkaar ermee, en dat eindigt er altijd mee dat de ander zegt: 'Ach, meneer/mevrouw, wat is het verschil.' Zo gaat dat met dergelijke grapjes: ze beginnen als flauwiteit en eindigen als dierbaar onderdeel van je bestaan.

Conny van Toledo zegt dat ze het niet erg vindt dat haar enige zoon geen grootse trouwerij heeft gegeven, althans, dat zegt ze niet meer, maar Manouk verdenkt haar ervan dat ze het hen toch nog steeds kwalijk neemt. En zo niet, dan zou Manouk graag weten wat ze haar dan wél kwalijk neemt. Het is zeker dat er íéts is, dat moet wel, want je moet er toch niet aan denken dat je na jarenlange irritatie ontdekt dat je simpelweg je grenzen beter had moeten aangeven om die te laten stoppen…

'Ik ben toch blij dat ik met je ben getrouwd,' zegt Manouk.

Lieve zit in haar stoeltje te kirren en laat haar drinkbeker vallen. Ava duikt onder tafel om hem te pakken.

Michiel raakt met het puntje van zijn neus de hare aan. 'En ik ben blij dat je dat hebt gedaan.'

'Iew!' roept Ava, net iets te hard. 'Jullie geven kusjes!'

Manouk en Michiel lachen om haar en het vieze gezicht dat ze trekt. 'Kom,' zegt Manouk. 'Ik zal Lieve verschonen voor het eten er is. Ava, moet je plassen?'

Ava schudt van nee.

'Kom toch maar even mee,' zegt Manouk.

'Ik hoef niet!'

'Dan probeer je het maar even.'

'Dat hoef ik niet!' Maar ze laat haar handje toch in de uitgestoken hand van Manouk glijden.

'Het is ook gezellig als je meegaat.' Met een kleuter aan één hand en in de andere een dreumes plus luier en billendoekjes, loopt Manouk door de gangen van het chicste restaurant waar ze ooit is geweest. Maar nu ze eenmaal hier is, met haar bijzondere 'bagage', blijkt

L'étappe toch ook maar een 'gewoon' ding te zijn, een doodnormale, mooie locatie om te eten, te drinken en luiers te verschonen.

In de gang naar de toiletten stoot iemand haar per ongeluk aan en ze zegt al iets als 'geeft niks' terwijl de man 'sorry' zegt en zich omdraait. Manouk voelt het bloed naar haar gezicht stijgen. Ze slaakt nog net geen kreet van schrik.

'Hoi!' zegt hij enthousiast, en hij steekt zijn handen in zijn broekzakken om haar eens van top tot teen op te nemen.

'O hallo.' Ze sluit haar ogen om na te denken. 'Koen.'

'Dat heb je goed onthouden.'

Manouk laat Ava's hand los zodat die naar de vissen in het aquarium kan gaan kijken. Ze bedenkt hoe afschuwelijk dit plaatje is: ze is hier met haar twee kinderen, haar man zit vlak in de buurt, en dan loopt ze de man tegen het lijf die tot in detail weet hoe ze bijna met een andere man in de slip raakte. Ze kucht: 'Hoe is het met, eh…'

'Stefan.' Hij lacht met zo'n mannenlachje waarvan je niet weet of het aardig of minachtend bedoeld is. 'Goed. Hé, ik ben hier voor een congres, ik moet meteen weer terug. Geef me anders je nummer even, wij zouden jullie graag nog eens zien.'

'Nou, dat lijkt me niet per se een goed idee.' Manouk gluurt naar Ava, maar die volgt met haar vingers een blauwgestreepte vis.

Alweer die lach, en een korte blik op Ava. 'Ik bedoel er verder niks raars mee.' Hij houdt haar een klein schrijfblokje en een potlood voor – die zijn duidelijk uitgedeeld op het congres. Wat moet ze nou doen?

'Mama, ken jij die meneer?' vraagt Ava terwijl ze naar de vissen blijft kijken.

Ze haalt een hand door haar haren. 'Nee. Ja. Een beetje.'

Duizelig van de stress noteert ze het nummer van Kim. Die zal hem wel afpoeieren, daar is Kim altijd beter in geweest dan zij. Nu gauw naar de toiletten en daar een vrolijk liedje zingen met de meiden, zodat Ava straks is vergeten dat ze iemand tegenkwamen.

Als ze terugkomt bij hun tafel, waar nu niet alleen heerlijke gerechten maar ook vijf drankjes voor haar staan, schaamt ze zich rot. En met de schaamte komt toch ook de behoefte om haar bijna-trouweloze gedrag te verdedigen. Want ja, als ze wat minder gefrustreerd was geweest en wat meer ruimte had gehad, dan zou ze nooit op dat punt zijn gekomen. Michiel is nou eenmaal te veel van huis, hij denkt nou eenmaal echt te weinig mee over wat er allemaal moet gebeuren. Daar kan heerlijk eten in een prachtig restaurant niets aan veranderen.

'Michiel, ik zou het toch fijn vinden als we konden bespreken hoe we het thuis gaan regelen,' zegt ze daarom.

'Nu niet,' sust Michiel, 'nu niet. We zijn hier om het succes te vieren. Laten we er alsjeblieft nog even van genieten.'

In de auto, op de terugweg, begint ze er weer over. Ava en Lieve liggen te slapen achterin en Michiel kan niet bellen terwijl hij rijdt; het is een goed moment. Ze heeft een openingszin bedacht waar hij zich onmogelijk aan kan storen: 'Schat, nog even, hè. Het was heerlijk hoor, maar het is nog wel onze bedoeling om de kinderen goed op te voeden, toch?'

'Hè, wat bedoel je daar nou weer mee?'

'Niks. Nou zeg, wat klinkt dat.'

'Ik vraag gewoon wat je daar nou weer mee bedoelt.'

'Nou, gewoon. Het lijkt me niet de bedoeling om ze te leren dat ze almaar drie drankjes tegelijk mogen bestellen.'

'Jezus, zit je daar nou nog over te zeuren? Het was toch hartstikke leuk?'

'Jawel, maar ja.' Even kijkt ze voor zich uit. 'Straks zit ik weer in m'n eentje thuis met twee kinderen die niet begrijpen waarom ze hun beker moeten leegdrinken voor ze iets anders krijgen. En waar ben jij dan?'

'Nu moet je echt ophouden.'

'Nee. Nee. Ik hoef niet op te houden, je moet eindelijk eens naar mij luisteren.'

'Je luistert zelf niet eens!'

'Omdat je niet naar míj luistert!'

De rest van de rit naar huis zwijgen ze.

22

Die avond, om een uur of negen. In een huis waar de lunchbordjes nog op tafel staan en enkele drinkbekers over de vloer zwerven. Een man met een verbeten mond en een vrouw met boze blik. Op de achtergrond zoemt geregeld een telefoon.

MANOUK: Het kan me niet schelen dat jij het meeste geld verdient. Het gaat me niet om het geld, dat weet je best.

MICHIEL: Daar koop jij anders wel al die dure jurken van.

MANOUK: O, dus nou zijn we ineens niet meer samen? Moet ik soms in een Wibra-outfit naast je gaan lopen terwijl jij je zoveelste Boss-pak aanschaft?

MICHIEL: Maar het moet wel allemaal betaald worden. Door mij.

MANOUK: Pleur alles dan maar weg, als het betekent dat ik alleen nog maar huismoeder en jouw sloof mag zijn. Ik loop met liefde in Wibra-kleren als het moet, anders was ik niet gaan illustreren. Maar het hoeft niet, want jij hebt nu een hit. Alleen je deelt voor geen meter.

MICHIEL: Je kunt altijd mijn pas meekrijgen, daar doe ik nooit moeilijk over.

MANOUK: Maar ik wil die pas niet elke keer hoeven vragen! Bovendien ben je er niet eens als ik hem nodig heb.

MICHIEL: Omdat ik aan het werk ben zodat er tenminste geld op die pas staat!

MANOUK: Daar gaat het niet om, het gaat erom dat ik geen ruimte meer heb om mijn ding te doen, Michiel. Ik vind het heus niet erg dat jij meer verdient, en ook niet dat ik jouw geld nodig heb om van te leven. Maar wél dat jouw werkdruk mij wegdrukt. Als dat de bedoeling is, dan had je een huisvrouw moeten trouwen, maar ik ben een kunstenaar en ik heb ruimte nodig.

MICHIEL: Ach, je bent een kunstenaar. Wat heb je dan de laatste tijd nog gemaakt?

MANOUK: NIETS! OMDAT IK ALLES MET DE MEISJES MOET DOEN. IK KAN NIET MEER.

MICHIEL: Je stelt je aan! Je bent pas nog een weekend weggeweest.

MANOUK: Maar dat is niet genoeg, snap je dat niet?! Je moet elke dag meer bijdragen, elke dag!

MICHIEL: Ik ben er vaak genoeg. Ik ben er nu ook de hele dag geweest en ik heb jullie mee uit eten genomen bij L'étappe. Daar zijn we ons hele leven nog niet geweest.

MANOUK: Ja, maar ik wil je ook graag zien als we bij L'école zijn, kwast, zodat je de juf kunt vertellen hoe met met Ava is, en een boekje kunt voorlezen voor de les begint.

MICHIEL: Luister, andere vaders moeten ook gewoon wer-ken.

MANOUK: Ja, en deze moeder ook! VERDOMME, MICHIEL!

MICHIEL: Begin je nou weer te schreeuwen? Want dan ben
            ik weg hoor.

MANOUK: Je bent de HELE TIJD al weg! Daar gaat het nou
            net om.

Het glas dat ze in haar hand houdt, trilt. In gedachten gooit ze het tegen de muur, of liever nog tegen zijn hoofd. Is dit echt de situatie waar ze nu in zit? Twee kinderen om voor te zorgen en een man die alleen maar zijn eigen hit achternaloopt. En zij dan, door wie wordt zij gesteund? Dit kan niet, dit kán niet. Hoe bestaat het dat hij zo doet.

Ze smijt het glas alsnog op de grond.

MICHIEL: Doe even normaal, zeg.

MANOUK: Ik doe normaal, jij reageert niet meer op
            mij!

MICHIEL: Op zo iemand reageer ik niet, nee. Ben jij
            gek!

Pissig gaat Manouk naar boven en pakt haar spullen bij elkaar: make-upremover, tandenborstel en een tijdschrift – dat zál ze lezen en ze zal ervan genieten ook; hij mag geen seconde van haar avond meer bederven!

'Wat sta je nou te doen?' vraagt Michiel.

Ze zwijgt, maar haar lichaamstaal spreekt boekdelen. Ze smijt het tijdschrift op het bed en kwakt haar schone ondergoed – voor morgen – erbij. Woest trekt ze haar matras van het bed.

Michiel drentelt achter haar aan. Het maakt haar kwaad en doet haar tegelijkertijd goed. Hij zegt: 'Je weet dat ik straks dat half uurtje nog moet doen, hè?'

Manouk draait met haar ogen. Ja, de Koning moet nog optreden, ja, dat is belangrijk en alles zal moeten wijken. Koning Zak. Boos stapt ze Ava's kamertje in en schuift haar matras op de vloer naast het kinderbed.

'Manouk,' fluistert Michiel. 'Doe niet zo raar.'

Met opgeheven hoofd stapt ze langs hem en sleept het tweepersoons dekbed over de gang. Dan gaat ze in het geïmproviseerde bed liggen en draait zich met haar rug naar hem toe.

'Dit is niet normaal, hoor.'

Er valt een pauze.

Hij zegt nog: 'Kom op, Manouk.' En: 'Ik moet gaan.'

Dan hoort ze hem de trap af gaan en stilletjes de deur sluiten. Ze ademt hoorbaar uit. Kijk mij nu liggen, denkt ze: in mijn kleren op de grond bij m'n dochter... Met mijn tandenborstel en make-upremover in mijn hand. En dan die onderbroek voor morgen, wat wilde ik daar nou mee bewijzen?

Zuchtend stapt ze uit bed om zich maar eens klaar te maken. Nu moet ze dus wel bij Ava slapen. En ze legt mooi geen ander dekbed voor hem klaar.

'Manouk.' Michiel zit op zijn hurken bij het matras. 'Manouk.'

'Hm?' O ja, Ava's kamer. Ze was boos.

'Kom even mee, joh.'

Ze doet één oog open en kijkt om zich heen. Ava slaapt lekker door. Ach ja, ze kan beter met Michiel meegaan, ze moeten zo niet gaan slapen. Maar het duiveltje in haar hoofd vraagt haar of ze wel tijdens háár nachtrust moeten overleggen, en waarom niet tijdens zíjn nachtrust, wanneer zij er met de meiden alweer uit moet. Toch komt ze overeind. Ze loopt in haar onderbroek over de gang en pakt een joggingbroek en shirt. Achter haar sluit Michiel zachtjes de deur van Ava's kamer. Dan sluipen ze samen naar beneden.

MICHIEL:	Ik begrijp heel goed dat het wat zwaar is voor jou. Zo had ik het ook niet bedacht.
MANOUK:	Precies.
MICHIEL:	Maar nu moet ik er toch voor gaan? Hebben we al die jaren zo hard gewerkt om een hit te scoren, en als het dan zo ver is, dan wijzen we het succes af!
MANOUK:	Nee, dat is ook niet de bedoeling.

MICHIEL: Want als ik door jou mijn werk niet meer kan
            doen, dan zit jij ons succes echt in de weg.
MANOUK: Ja. Maar jíj zit míjn succes in de weg.
MICHIEL: Maar ja, als je eerlijk bent, dan zat dat
            succes er ook niet echt aan te komen. Toch?

Op Michiels gezicht verschijnt een gepijnigde, meelevende blik. Manouk ergert zich eraan en snapt tegelijk dat hij wel gelijk heeft.

MANOUK: Maar nou lijkt het net alsof we ons werk zijn
            gaan doen voor het succes.
MICHIEL: Neenee.
MANOUK: Terwijl we allebei wisten dat succes niet het
            eerste is wat je ermee krijgt, zeker met mijn
            werk. En jij had ook allesbehalve succes.
MICHIEL: Dat zeg ik ook niet.
MANOUK: Dus laten we nou niet doen alsof alleen dege-
            ne met succes recht heeft op tijd om te wer-
            ken.
MICHIEL: Moeten we Lieve anders nog meer dagen naar de
            opvang brengen? En Ava zou naar de buiten-
            schoolse opvang kunnen.
MANOUK: Het is vooral de bedoeling dat jij er wat va-
            ker bent. Ik begrijp dat het succes veel tijd
            opslokt, maar je bent ook nog steeds hun va-
            der.
MICHIEL: Dat weet ik toch.
MANOUK: Dus ik denk dat je wat tijd moet blokkeren
            zodat je er voor ons kunt zijn. Dat zeg ik
            verkeerd: zodat je er voor hen kunt zijn. En
            voor mij trouwens ook. En ik wil een bankpas
            die ik bij me kan houden, zodat ik niet elke
            dag geïrriteerd ben als ik je nergens kan
            vinden.
MICHIEL: Die pas regel ik voor je, en misschien moet

ik inderdaad overwegen om wat dagen te blokkeren.

MANOUK: Overwegen en dóén ja, want…

LIEVE: Whèèèè!

– korte luisterpauze –

MANOUK: Shit.

MICHIEL: Ik ga wel.

Hij rent naar boven en haalt Lieve uit haar bedje. Beneden blijft Manouk nog even zitten. Zal ze een kopje thee zetten, of teruggaan naar
bed? Het gesprek is nog niet afgelopen, ze zijn nog niet tot een water-
dichte deal gekomen. Maar er is wel een soort van oplossing bereikt
en het is midden in de nacht, ze moet echt slapen. Shit. Weet je wat, ze
zal haar matras terugslepen naar het grote bed. Dan hebben ze in
ieder geval allebei het gevoel dat het wel goed zal komen.

23

De volgende ochtend wordt ze wakker van Michiels telefoon. Hoe laat is het? Iedereen slaapt nog, ze pakt hem gauw op.

'Goedemorgen, met Maike van Pelt van GIEL. Is Michiel van Toledo aanwezig? Ik heb een afspraak voor een live radio- interview met hem.'

Manouk zit meteen rechtop in bed, maar moet eerst wat kuchen en slikken voor ze geluid kan produceren. 'Ja, hij is hier, hij slaapt nog.' Haar hoofd doet zeer.

'Oké, mooi. Laat hem nog maar lekker even liggen, dan bel ik over een minuut of tien terug en kan hij in de uitzending. Het is niet erg als hij een ochtendstem heeft, dat vinden we juist wel leuk.'

'O. Oké.' Manouk weet niks van een interview voor de radio.

'Tot straks dan,' zegt de vrouw vriendelijk, en ze hangt op.

Manouk twijfelt wat ze zal doen. Zal ze Michiel wakker maken en hem erop voorbereiden? Maar ja, hij weet toch zelf wel dat hij een interview moet doen, en kennelijk heeft hij er geen wekker voor gezet. Kan ze nu dan weer gaan slapen? Neemt hij straks zelf op voordat Ava en Lieve wakker worden van de telefoon?

Ze kruipt terug onder het dekbed, het is er zo lekker warm en ze ligt er nog maar een paar uur in. Kennelijk is ze toch weer weggedommeld, want voor ze er erg in heeft, gaat de telefoon alweer. In een reflex neemt ze weer op.

'Hallo, met Maike weer, mag ik Michiel nu van je? We zijn klaar voor de uitzending.'

'Ja, natuurlijk.' Ze legt haar hand op zijn schouder. 'Michiel. Michiel.'

'Hm?' Hij wordt altijd zo grappig wakker: namelijk ineens. Het ene moment ligt hij diep te slapen, het volgende zit hij met verwarde haren en slaapwallen, recht overeind, klaar om uit bed te stappen.

Gauw fluistert ze: 'Je hebt een interview. Met Giel Beelen.'

'O ja.' Hij wrijft over zijn gezicht, neemt de telefoon aan. 'Dank je.' Hij wankelt de slaapkamer uit en Manouk kijkt hem zuchtend na. Het valt allemaal ook niet mee voor hem, denkt ze; al die promotionele druk op zijn schouders en dan een lastige thuissituatie. Hij doet het toch allemaal maar.

Ze doet gauw een hemdje aan en gaat naar beneden. Onderweg hoort ze Michiel jolig doen: 'Ben je gek, ik hou natuurlijk helemaal niet van zingen, het gaat mij alleen maar om de chicks, ha ha!' Hoofdschuddend hoort ze hem zeggen: 'Dankzij "Wereldwonder" kan ik eindelijk wat behoorlijks krijgen, Giel, want eh, tot die tijd was het sappelen hoor!'

Manouk lacht in zichzelf – wat een etterbak is hij toch. Het gaat hem nog heel wat etentjes bij L'étappe kosten als hij zo doorgaat.

Nu zit ze in een hemd en onderbroek beneden. Het enige wat ze kan bedenken om te doen, is de was, de vaat of alvast het ontbijt klaarmaken. De bozige tiener die ze ooit was, zou hebben gegild bij het idee dat dit óóit haar toekomst zou zijn. En nu zit ze hier. Vrouw-van. Moeder-van.

De kranten worden bezorgd, ah, gelukkig. Die krantenjongen is dus zó vroeg zijn bed uit. Misschien zit hij op z'n fiets wel naar Michiels interview te luisteren. Met welke zal ze beginnen: *Trouw* of *de Volkskrant*? Ze zet de waterkoker aan en smeert een sneetje ontbijtkoek. Ach ja, hoe lang is het geleden dat de dag zo rustig begon? Zo moet ze het maar zien, en proberen te vergeten dat dit moment in haar vorige, kinderloze leven meestal om een uur of tien plaatsvond. Ze kan er nu maar beter het beste van maken.

Boven hoort ze Michiel lachen. Hij doet het goed, die Giel is natuurlijk ook een gezellige, maar houdt hij er wel een beetje rekening mee dat de meiden nog slapen?

Weet je wat, ik ga gewoon alvast de tafel dekken, denkt ze. Maakt Ava dat ook weer eens mee: een ontbijt met het hele gezin voor ze naar school gaat.

Ze zet vier borden op tafel met bijpassende bekers, en gaat zelfs naar de gangkast voor servetten. Nu ze toch bezig is, pakt ze rietjes en ze zet er zelfs een bosje bloemen bij. Ze maakt van de nood een deugd: vandaag ontbijten ze weer eens feestelijk met pannenkoeken.

'Mama?' roept Ava van boven.

'Kom maar naar beneden, schat, ik heb een verrassing.' BONK – hoort ze. Dat is Lieves binnenkomer: die smijt tegenwoordig zodra ze wakker is als eerste haar muziekdoos op de grond. Manouk haast zich naar haar toe voordat ze een keel opzet zodat Michiel er geen last van heeft bij zijn interview. Het kleintje staat met uitgestrekte armpjes in haar ledikantje. 'Mama,' brabbelt ze. 'Mama, mama.' Soms klinkt het nog als 'momma' of 'masma', maar voor Manouk is het altijd een prachtig woord.

'Ja schatje, hier is mama, ja, jouw mama.' Ze tilt de kleine op en drukt haar lekker stevig tegen zich aan. 'Hier is jouw mama, die zo veel van jou houdt.' Ze kust de dikke wangetjes, duwt haar neus erin, mmm. Lieve krijgt een schone luier en meteen kleren aan. Straks hoeft alleen Manouk nog te douchen en zich aan te kleden, en dan kunnen ze eindelijk een keer relaxed de deur uit. Op deze manier wordt het nog gezellig!

Beneden krijgt Ava een grote pannenkoek met stroop en Lieve kleine stukjes met poedersuiker. Ava pakt de opgerolde pannenkoek zo onhandig op als alleen kleuters dat kunnen: zodat niet alleen de pannenkoek uit elkaar rolt, maar ook de stroop over haar handjes druipt.

'Ik snij wel even stukjes voor je,' zegt Manouk.

'Neehee, ik kan het!' Een druppel stroop valt op haar schone shirt.

Vandaag maakt het niet uit, Manouk heeft voldoende tijd om die toet straks schoon te wassen en een ander shirt kan ook nog wel. Trouwens, waar blijft Michiel eigenlijk, zo lang duren die interviews van Giel Beelen normaal toch niet?

'Mama, ik heb dorst,' zegt Ava.

'Ja schat, je krijgt drinken.'

'Geen melk.'

'Jawel, je moet soms ook melk drinken.'

'Nee, ik wil cola.'

Manouk schiet in de lach. 'Je krijgt geen cola, schat. het is kwart voor acht en...' ze stopt midden in de zin. Is het alweer kwart voor acht? Jezus, denk je een keer alle tijd te hebben! Wat moet er allemaal nog; tasje met drinken en fruit inpakken voor school. Haren kammen, tanden poetsen. Schoenen aan, dat is altijd zo'n gedoe – eerst eindeloos zoeken waar ze gebleven zijn en dan nog zien dat ze meewerkt bij het aantrekken. Het kan allemaal wel, ze hoeven pas over een half uur de deur uit.

Maar Manouk moet nog douchen en aankleden, dat duurt algauw twintig minuten bij elkaar. Waar blijft Michiel? Ze had hem al lang beneden verwacht.

'Ehm, Ava, ik ga even kijken waar papa blijft, let jij intussen op...' Nee, dat kan niet, Ava kan niet op Lieve letten. Straks gebeurt er iets en voelt Ava zich voor de rest van haar leven schuldig dat ze niet beter had 'opgelet', terwijl ze nou eenmaal te klein is om al op haar zusje te letten.

Dus tilt ze Lieve uit haar stoel en zet haar in de wipstoel. Meteen begint ze te huilen, want ze wil nog dooreten.

'Je krijgt straks nog meer, schat, dat beloof ik.' Het bloed klopt alweer tegen haar slapen en het zweet breekt haar uit. Hè, verdorie, waarom heeft Michiel niet even gezegd hoe lang het interview duurt?

Ze holt de trap op en stoot daarbij haar heup tegen de leuning. Met een van pijn vertrokken gezicht opent ze de slaapkamerdeur en ziet dan dat hij... weer in bed ligt. Hij slaapt gewoon!

'Michiel!' Ze trekt ruw het dekbed van hem af.

'Huh?' kreunt hij.

'Beneden zit Lieve te krijsen en je moet gauw zien te voorkomen dat Ava zich ondersmeert met stroop. Ik ga douchen. Hup.'

Kreunend stapt hij uit bed. 'Jezus.'

'Ja, jezus ja. Jij gaat gewoon weer in bed liggen!'

'Hallo, ik ben gisteren met je uit eten geweest, heb daarna nog opgetreden en heb toen de halve nacht met jou gepraat. Vanavond moet ik weer.'

'Ik zit beneden op je te wachten!' Ze voelt alweer de behoefte om te schreeuwen, maar haar stem is nog hees van gisteren.

Hij trekt een shirt aan en loopt naar beneden. Het zou schelen als hij zich tenminste schuldig zou voelen omdat hij niet eens even is komen zeggen dat hij weer ging slapen. Maar zo is het dus niet.

Als Ava haar heeft nagezwaaid vanachter het raam van de klas, en Manouk haar duizend handkusjes heeft toegeworpen, twijfelt ze wat ze zal doen. Thuis wacht Michiel op haar met Lieve. Boos en geërgerd zal hij zijn – heeft ze daar zin in?

Neuh…

Met een licht gevoel van duizeligheid in haar hoofd wandelt ze in de richting van het centrum, waar Kim woont. Hij bekijkt het maar met zijn gedoe, ze gaat zich niet naar huis haasten om te sloven. En ruzie te maken. En zich te ergeren aan Michiel die alsmaar wordt gebeld, of juist eindeloze rustpauzes neemt.

Nu is het weer even tijd voor háár rustpauze.

24

Manouk belt aan bij Kim, die een appartement boven een winkel heeft, en gaat met een hangend hoofd de trap op. Het gebrom van stemmen dat op de achtergrond klinkt, dringt door de vermoeidheid niet tot haar door. Dus wanneer ze nietsvermoedend de woonkamer in stapt, schrikt ze zich rot. Daar zitten Stefan en Koen. Gezellig aan de koffie. Haar mond valt open, ze weerhoudt zich er nog net van om haar hand ervoor te slaan. Wat doen die hier nou?!

'O. Hoi.' Ze herneemt zich. 'Jullie had ik niet verwacht.'

'Je hebt me toch haar nummer gegeven?' Koen zegt het vriendelijk, hij staat al op om haar gedag te kussen en Manouk wordt knalrood. Het zweet breekt haar uit. Heeft Kim hem niet afgepoeierd? Hoe bestaat het! Door de paniek buitelen haar gedachten over elkaar heen: zeweettochdatikgeencontactmetzewil, en watzittendiemannenhierallejezusvroeg, zehebbenHIERTOCHNIETGESLAPEN?!

Kim drukt een mok koffie in haar handen. 'Je ziet eruit alsof je dit wel nodig hebt.'

'Ja.' Haar trillende benen kunnen haar nog nauwelijks dragen en ze ploft op de bank. 'Hoe, eh, gaat het?'

'Je ziet er moe uit,' zegt Kim.

Manouk knikt. Ja. En nu kan ze nog wel janken ook. Ze brengt de mok naar haar mond voor een slok; te heet nog. Ze begint er fanatiek in te blazen. De koffie moet weg, zij moet weg, diebekermoetleeg!

Stefan knipoogt: ''s ochtends ben je net zo mooi als 's nachts, hoor.'

Manouk kan er niet om lachen. Ze heeft geen zin in halfslachtige verleidingstrucs van een man op leeftijd, een veertiger – toe zeg, ze is getrouwd!

'Ik, eh, moet gaan,' zegt ze – en ze klokt de hete koffie in drie pijnlijke slokken naar binnen.

'Je bent er net!' Kim lijkt er verdorie plezier in te hebben, waar komt dat ineens vandaan?

'Ik kwam alleen even buurten, maar je bent druk.' Ze knikt beleefd naar de mannen en haast zich naar buiten.

In haar jas voelt ze zich warm, stressy en vies. De snelle, vrolijke Manouk van vroeger, vol talent en altijd goedlachs, is oud geworden, warrig en opgejaagd.

Zuchtend wandelt ze door de winkelstraat. Het kan haar niet schelen dat Kim haar waarschijnlijk samen met Koen en Stefan nakijkt. Misschien zegt ze iets als: 'Ik weet niet wat haar mankeerde,' en lacht ze er schalks bij.

Misschien waren ze echt blijven slapen, ze ziet ze er alle drie voor aan. Een mooi trio zal het geweest zijn. Nou ja, dan heeft Kim tenminste weer even genoeg gehad. Het schijnt niet mee te vallen, solosex en slechts een enkele scharrel, als ze Kim moet geloven.

Daar weet Manouk natuurlijk niets van: zij leeft met een man die haar probeert te verleiden als hij thuiskomt van zijn werk, terwijl zij in een diepe, comateuze slaap verkeert. Een man die het vreemd vindt dat ze daar niet geil uit ontwaakt. Het erge is dat ze wél haar best doet om hem midden in de nacht als een gewillige deerne te ontvangen. Want ja, hoeveel hitsige, energieke meiden hebben zich die avond voor het podium verdrongen? Het valt voor hem waarschijnlijk ook niet mee om bij een licht kwijlende, grommende, snurkende vriendin thuis te komen.

'Hai, Manouk.'

Manouk schrikt op uit haar mijmering. Ze wordt gegroet door een grauwe vrouw in een vormeloze jas, die bovendien nodig naar de kapper moet. Net als Manouk zelf, trouwens.

'Hai, Jacky, ben je ook in de stad?' vraagt Manouk als ze haar herkent.

'Een paar dingen regelen.' Jacky glimlacht schichtig. Haar muizige gedrag irriteert Manouk. Waarom gedraagt ze zich niet krachtiger?

'Ja, ik ook,' mompelt Manouk halfslachtig.

Jacky friemelt aan de mouw van haar jas. Ze kijkt Manouk alweer zo doordringend aan, wrijft onhandig door haar haar en zegt dan: 'Mijn man gaat vreemd.' Haar ogen schieten meteen vol tranen.

'Wat zeg je nu?' Manouk doet een stap in haar richting en legt een arm om Jacky's schouders.

'Sorry,' piept Jacky. 'Er is niemand tegen wie ik het kan zeggen.'

'Tegen mij toch, zeg het maar tegen mij.' Manouks ergernis is meteen verdwenen. 'Zet je fiets maar weg. Wij gaan even koffie drinken.'

'Weet je het zeker?' Jacky veegt de mouw van haar jas langs haar rode neus.

Manouk glimlacht. 'Voor zulk verdriet? Natuurlijk.'

'Bedankt.' Nu Jacky haar emoties laat gaan, ziet ze er wat menselijker uit.

'Waar zullen we naartoe?' Manouk kijkt op haar horloge. Het is nog geen half tien. 'Volgens mij hebben we geen hippere optie dan de HEMA.'

'Hoe lang loop je hier al mee?' vraagt Manouk zodra ze een plekje hebben gevonden in de helverlichte HEMA-kantine. Ze hebben een tafeltje aan het raam gekozen en een groot formaat cappuccino besteld, wat neerkomt op een soort emmer met koffie en melk. Ze zou Jacky een saucijzenbroodje kunnen aanbieden, maar ze zien er op de vroege morgen al zo zompig uit dat Manouk er maar van afziet.

Op het display van haar mobiel ziet ze dat Michiel haar al vijf keer heeft proberen te bereiken. Mooi, die is dus nog lekker thuis bij Lieve.

Jacky haalt een verfrommelde zakdoek uit haar jas en dept er haar neus mee. 'Ik denk dat hij contact heeft met een moeder van school.'

'Néé.'

'Maar hij wil het niet toegeven.'

De totale verbazing straalt van Manouks gezicht: de school als terrein voor echtelijke ontrouw, daar had ze nog geen moment aan gedacht – waar haalt zo'n moeder de tijd vandaan?

'De telefoon wordt er soms opgegooid als ik opneem, en hij ruikt vaak zo anders wanneer hij van zijn werk komt.' Jacky klemt haar tanden op elkaar en slikt opwellende tranen weg. Buiten barst een maartse bui los, het geklater is door de hele HEMA te horen. 'Elke keer als Lola met een kindje praat, vraag ik me af of die moeder stiekem met Pierre afspreekt.' Ze kijkt Manouk aan.

'Ik niet, hoor!' zegt die. 'Dat dacht je toch niet?'

'Nee, jij hebt Michiel van Toledo.'

'Nou, ho ho,' Manouk gnuift. 'Dat is geen garantie voor geluk, hoor. Thuis is hij ook maar gewoon een man die tekortschiet en geen aandacht heeft en altijd weg is. Laatst was er iemand die me probeerde te versieren, en ik was daar eerlijk gezegd best gevoelig voor. Dat is toch een teken aan de wand?'

Jacky luistert met haar gebruikelijke, gepijnigde blik. 'Maar ik geef Pierre alle aandacht die ik kan opbrengen met een zoon van elf en een dochter die net vijf is geworden.'

'Ja, jij bent helemaal óp.' Geschrokken vraagt Manouk zich af of dat misschien te eerlijk was, maar Jacky knikt alleen maar.

'Ik ben op.'

'Dus hij moet eindelijk eens voor jou gaan zorgen. Als je te veel over je heen laat lopen, dan raken mannen geïnteresseerd in anderen, hè? Je moet wel een beetje spannend blijven.' Het is wel duidelijk dat Jacky dat in ieder geval niet is. Misschien is ze het ooit geweest, misschien wel nooit – wie zal het zeggen. Die onooglijke jas wijst in elk geval niet in die richting. Manouk knipoogt: 'Een beetje bitchy moet je wel zijn, hoor, dat houdt ze er met hun koppie bij.'

'Helpt dat bij jou?'

Ze gnuift: 'Ik ben misschien een beetje te veel bitch.' Ineens voelt ze haar vermoeidheid weer opkomen. 'Het valt me gewoon zwaar de laatste tijd.'

'Het is ook zwaar.' Jacky knikt, met haar blik op de koffie gericht.

Manouk zucht. 'Eerlijk gezegd had ik meer hulp verwacht. Niet alleen van Michiel, maar ook van mijn ouders. Jij? Die van mij doen niks.'

'Bij mij ook niet.' Jacky lacht zacht. 'Alleen de hond mag komen logeren.'

'Echt?'

'Laatst belde ik om te vragen of ze thuis waren. Daar deden ze vaag over, tot duidelijk werd dat ik oppas zocht voor de hond. Toen was het plotseling geen probleem.'

'Nee!'

'Ja, ze zeiden: "O, de hónd." Ik kan gemakkelijker oppas krijgen voor de hond dan voor mijn kinderen.'

Ze lachen hoofdschuddend naar elkaar.

25

Manouk werkt geconcentreerd aan een prent voor het nieuwe boek. Na de laatste uitbarsting heeft Michiel echt zijn best gedaan om haar wat rust en ruimte te geven. Hij heeft er bij zijn ouders op aangedrongen dat de meisjes daar mochten logeren, en hij heeft ze er vanmiddag zelfs naartoe gebracht. Eindelijk deed hij waar ze behoefte aan had, en toen werd Manouk tot haar ergernis ineens overvallen door schuldgevoel!

Ze begon zich te bemoeien met de inhoud van de logeertasjes, en wilde een brief gaan schrijven met Lieves eet- en slaaptijden. Gelukkig stuurde Michiel haar naar boven – 'Ga jij maar lekker in bad, ik zou dit doen' – en toen lukte het beter om het los te laten.

Bij het afscheid heeft ze de meisjes extra veel kusjes gegeven, en een megaknuffel. Zo is dat dus, om de taken eerlijk te verdelen: mama laat los als papa het oppakt. Het is even wennen, maar heerlijk.

Haar verf ruikt ouderwets lekker nu ze er zonder stress mee rommelt. Het olifantje krijgt een zachte blos op de wangen en mooie lange wimpers. Onbewust zit Manouk te glimlachen. Gewoon, omdat dit zo lekker is, en omdat het zo goed lukt als ze de ruimte heeft.

Ze hoort een piano. Het is de wekker van haar mobiel. Tijd om te stoppen met werken. Ze gaat vanavond met Michiel naar het theater en ze moet zich nog opfrissen en omkleden. Het geeft niet, de olifant is mooi op papier gekomen. Eindelijk heeft ze een prent helemaal goed kunnen opzetten.

Ze wast haar handen, ze spoelt haar kwasten uit; haar lichaam ronkt van tevredenheid. Aan haar kledingkast hangt al een jurk voor vanavond, ze heeft zich in *no time* omgekleed. Voor dit soort avonden hoeft ze niet meer de moeite te doen die ze in het begin nog deed. Ze hoeft niet meer speciaal te shoppen voor nieuwe kleren of bijpassende handtasjes. Dankzij de pinpas die Michiel voor haar heeft geregeld, kan ze elke keer iets kopen wanneer ze iets ziet, en dus hangt haar kledingkast tegenwoordig vol.

Samen zitten ze in de rode pluchen stoelen van het charmante theater. Michiel heeft zijn hand op haar knie gelegd. Het Cultureel Café wordt vandaag gepresenteerd door Marit van Bohemen en zij heeft al vier keer gezegd hoe speciaal het is dat Michiel en Manouk hier zijn, en wat een geluk het voor een theater is als je toevallig een ster boekt voordat hij doorbreekt.

De zaal zit afgeladen vol. Dat maken ze maar weinig mee met dit soort avonden, die bedoeld zijn om publiek kennis te laten maken met nieuw talent. Een paar jaar geleden waren ze ook al – om het in de bewoording van de theaterdirecteur te zeggen – zo fortuinlijk met de 3J's en hadden ze met hen ineens een populair trio te pakken. Daar hebben ze van geleerd en daarom is vanavond alles rondom Michiel gepland. Voor de gelegenheid hebben ze de voorstelling omgedoopt tot een thema-avond met de titel 'Nieuwe wonderen?'.

Eigenlijk kennen ze dit alleen van collega's die eerder doorbraken, van BN'ers die toen nog onbekenden voor ze waren, zoals Dries Roelvink en Frans Duijts, maar ook met Jeroen van der Boom hebben ze zo'n avond nog meegemaakt, dat was van voor 'Jij bent zo', en zelfs met Wende Snijders, al brak die vrijwel direct door na haar studie. Michiel draait al zo lang mee; hij heeft Ilse DeLange en ook Waylon nog als broekies meegemaakt. En ook voor Michiel is het een eer: het voelt heerlijk om nu eindelijk zelf de ster te zijn.

Voor de pauze treden een paar van Michiels vroegere collega's op: de zangers die nog geen hit hebben gescoord en met wie hij tot een jaar geleden de kleedkamer deelde. Manouk kent enkelen van hen heel goed en verbaast zich over hoe het lot mensen zo verschillend bedeelt. Twee jaar geleden kon niemand vermoeden dat Michiel degene was die beroemd zou worden. Het was Jannes die hoge ogen scoorde in de groep, hem lukte het 't beste om media-aandacht te krijgen en wat bekendheid te verwerven. Maar nu is het toch Michiel die als een komeet is gegaan. Zo zie je maar; je kunt er nog zo hard aan trekken, maar een echte hit moet je overkomen, daar kan je niet op aansturen.

Michiel was al zó lang bezig en was al door enkele twintigers voorbijgestreefd. Niemand had van hem een landelijke hit verwacht, hijzelf misschien nog het minst.

En nu lijken de anderen ineens amateurs vergeleken bij hem. Waar zit die chemie precies, hoe kan het er ineens zo anders uitzien? De zangers nemen het gelukkig sportief op en gunnen ieder zijn geluk. Ze zullen ongetwijfeld jaloers zijn, maar mannen kunnen daar goed mee omgaan. Althans, aan de manier waarop ze nu op het podium staan is weinig te merken van onderlinge jaloezie. Ze houden allemaal een praatje over Michiel, en stuk voor stuk zorgen ze voor hilariteit bij het publiek.

Een van de jongens, Patrick Deurne, vertelt over de keer dat Michiel voor een groot optreden zo'n buikpijn kreeg van de zenuwen, dat hij maar net op tijd de wc haalde, terwijl het publiek wachtte op zijn komst. Een ander doet een langdurige imitatie van hoe Michiel zijn tanden poetst voor elke show. Het gelach zwelt aan. Manouk geeft Michiel een kneepje in zijn hand.

Rachid Aazouzi – die zelf trouwens ook op het punt staat om door te breken – vertelt dat iedereen verbaasd was toen Michiel ineens met een meisje kwam aanzetten. Terwijl hij de zaal in kijkt grapt hij: 'Manouk, waar zit je? Als je genoeg van hem hebt, dan trouw ik met je, hoor!'

Het publiek lacht, de ster van de avond ook.

Joost de Zanger, met zijn eeuwige gitaar en zijn flauwe artiestennaam: 'Dat jíj nu een hit hebt, dat is pas echt een wereldwonder!'

Opnieuw een rollende lach door het publiek. Marit van Bohemen praat de verschillende acts zeer onderhoudend aan elkaar. Ze zegt dat sommige verhalen haar aan haar eigen blunders doen denken en dan vertelt ze smakelijk, bijvoorbeeld over de acteerklus waardoor haar loopbaan een vlucht nam: de opnames van de 'geweldigenoten'-reclame van Rambol. Ze was kotsmisselijk geworden na een grote hoeveelheid *takes*.

In de pauze loopt Manouk mee naar de kleedkamers. Onderweg wordt Michiel nagestaard en vragen mensen hem om handtekeningen. Maar zíj is degene aan wie hij vraagt wat ze wil drinken, en wier hand hij pakt zodra hij verder loopt.

De hele avond is als een warm bad. Het theater, met zijn mooie foyer, voelt zo veel warmer dan de popzalen – om maar te zwijgen van de concerthallen waar ze een enkele keer is geweest.

'Hé, Manouk!' Rachid Aazouzi groet haar enthousiast. 'Hoe gaat het met jou?'

'Heel goed,' lacht ze. 'En met jou ook, zie ik!'

'Hoe vond je me?'

'Fantastisch,' antwoordt ze.

'Mijn stem is niet helemaal lekker vanavond.'

'Jawel joh, het was super.'

'Hé Noek!' Joost komt haar gedag kussen, en collega David blaast haar een handkus toe. De mannen zijn bezweet, ze kleden zich om.

'Ben je nog steeds druk met je tekeningen?' vraagt Joost.

'Prentenboeken, ja.'

'Hoe vond je de show?'

'Heel leuk.'

'Ja hè, ik deed iets nieuws met mijn voeten, zag je dat?' Joost laat een danspasje zien en Manouk lacht.

'Je hebt het verkeerde beroep gekozen, je had danser moeten worden!'

Joost wrijft zijn haar uit zijn gezicht. 'Ik kan natuurlijk niet achterblijven nu die man van jou zo staat te swingen elke avond.' Zijn ogen volgen de bewegingen van Michiel, die zich tussen het gedrang aan het voorbereiden is voor zijn optreden. (Schone blouse, tanden poetsen, toilet…) Extra hard, in de richting van Michiel, zegt Joost plagerig: 'Mijn vriendin zit elke keer te geilen bij de tv als ze meneer Van Toledo met zijn dans*moves* ziet!'

'Moet je straks eens opletten wat ik doe,' lacht Michiel.

'Wat dan?' Alle collega-zangers kijken in zijn richting.

'Jaaa…' Michiel geniet van alle aandacht. 'Ik ga mijn nieuwe nummer zingen.'

'Echt waar, hoe heet het?'

'"Zin".' Michiel kijkt in de spiegel. '"Ik heb zin".'

Joost de Zanger fluit tussen zijn tanden. 'Sexy.'

Michiel zingt het refrein:

> *Ik heb zin, ja, ik heb zin*
> *In een dag met jou*
> *'t hele leven lacht me toe*
> *Dat ik van je hou*

'Lieve god!' lacht Joost. 'Ik ben maar blij dat mijn vriendin hier niet is, die was zo van haar stoel gegleden.'

Iedereen lacht. Manouk kan zien dat Michiel nerveus is om 'Ik heb zin' te gaan doen, maar dat is nergens voor nodig. Het is een superlied en hij is al zo ervaren; dat gaat beslist goed.

'De olifant is zo'n lief knuffelbeest geworden, je moet haar straks meteen even zien.' Na de succesvolle avond vertelt Manouk terwijl Michiel rijdt, op de terugweg in de auto, hoe heerlijk het ook was om de hele middag te werken.

'Ja, leuk,' zegt Michiel. 'Ruik eens?' zegt hij terwijl hij zijn arm naar haar uitstrekt.

Ze snuft aan zijn pols.

'Heb ik gekregen van een fan. Lekker?'

Manouk trekt haar wenkbrauwen op. 'Mmm, lekker.'

'Het is een gek mens, deze fan, ze komt wel vaker. Maar ze is lief. Nu heeft ze parfum meegebracht, dat is toch hartstikke aardig?'

'Mmm.' Manouk knikt. Het is zo'n fantastische dag geweest, die wil ze niet verpesten, maar toch is het natuurlijk gek dat haar man cadeautjes krijgt van een andere vrouw.

'"Ik heb zin" wordt ook een hit, ik weet het zeker. En je danste echt lekker vanavond,' zegt ze.

Michiel lacht. 'Doe niet zo gek.' Hij kijkt haar aan. 'Echt?'

Ze knikt, de glans van de leuke avond staat nog in haar ogen. 'Echt waar, haha! Je leert het steeds beter, het zag er echt goed uit.' Glimlachend zitten ze naast elkaar.

26

Lang zal ze leven
Lang zal ze leven
Lang zal ze leven in de gloria!

Vragend kijkt Lieve op vanuit haar ledikantje; wat doen papa en mama gek! Zus Ava draagt het grote cadeau – een prinsessenkasteel – omslachtig naar binnen. Ze struikelt er bijna over en Manouk moet nog opletten dat Ava in haar enthousiasme het papier er niet afrukt voordat Lieve de kans krijgt om eerst zelf aan het pak te peuteren.

Lieve trekt zich omhoog en staat met haar beentjes te wiebelen alsof ze probeert te springen. Haar blije gezichtje is vertederend, met die vier tandjes in haar mond. 'Je bent jarig schatje, ja, jarig.'

'Eén jaar,' zegt Michiel trots.

Manouk tilt de dreumes, die nog haast niks weegt, uit haar bedje – 'gefeliciteerd meid' – en kuskuskust haar.

'Hieperdepiep hoerahaha,' roepen Manouk en Michiel. Met een brede lach gooit Lieve haar armpjes de lucht in.

Ava staat erbij te springen en roept: 'Hoera, hoera!'

Ze gaan naar beneden met Lieve en Ava in hun pyjama's, en papa en mama in een joggingbroek. Nu is haar tweede dochter alweer één, beseft Manouk, en ze lacht van oor tot oor. Ook al is ze te moe om zich vanbinnen echt feestelijk te voelen, toch wrijft ze glimlachend de slaap uit haar ogen.

Hoe anders was dat bij Ava. Toen die haar eerste verjaardag vierde, had Manouk het gevoel dat ze in een musical leefde. Bij elke winkel waar ze kwam voor taart, voor olijven, nootjes, tapashapjes en het lekkerste brood, wilde ze de deur wel opengooien alsof het een saloon was, en juichen: mijn kind is één geworden, ÉÉN!!

Nu is zo'n enthousiaste zegetocht slechts een herinnering. O, wat is het toch vermoeiend met twee kleintjes, waarom heeft niemand het daar ooit over? Iedereen sprong op toen ze het nieuws vertelden, 'een tweede kindje, wat leuk!' en: 'Een broertje of zusje voor Ava, wat fijn!' Conny van Toledo had toch best kunnen zeggen: 'Het is tijd dat ik ga helpen waar ik écht nodig ben; bij jullie. Ze mogen elke maand komen logeren.'

Haar eigen moeder had natuurlijk moeten zeggen: 'Het is tijd dat ik weer wat pit toon. Ik kom je helpen, Noek, elke maandag, schikt dat? Als je wilt, kom ik al op zondagavond, dan kunnen we gezellig bijkletsen voor jij de volgende dag aan het werk gaat.'

Manouk glimlacht om haar dagdroom; alsof het prettig was geweest om deze twee vrouwen zo veel over de vloer te hebben. Nee, het is beter dat het gaat zoals het gaat, met de familie op gepaste afstand.

Met een fles voor Lieve en ontbijttaartjes voor iedereen gaat ze naar de bank in de woonkamer, waar ze de cadeaus openmaken.

's Middags is iedereen er: oma Yvonne, opa en oma Van Toledo en zelfs de oudere zus van Michiel is gekomen met haar man en twee kinderen. Die zien ze eigenlijk nooit; zijn zus heeft altijd moeite gehad met het talent van haar jongere broertje.

Zelf werkt ze in de verzekeringsbranche en ze heeft vast een slecht huwelijk. Haar man zegt niks; niet tegen de familie en niet tegen zijn vrouw, en haar kinderen rennen naar binnen zonder gedag te zeggen of te feliciteren. Nou ja, laat ook maar, denkt Manouk.

Joris is er ook met zijn vrouw, en Kim natuurlijk met Storm. Omdat Ava graag een vriendin wilde uitnodigen, is Lola er ook met Jacky – gezellig hoor, dat ze via haar dochter een nieuwe vriendschap ontwikkelt.

Er zijn ook een paar collega-zangers gekomen, mensen bij wie

Michiel zich op zijn gemak voelt, zoals Gerard van Maasakkers en Axel Lukkien, die tien jaar geleden een succesje scoorde met het lied 'Linette' toen Michiel maar niet uit zijn circuit van 'tafelpodia' leek te kunnen groeien. Wie trouwens ook is gekomen, is Jody Bernal – die had tijd en hij vond het gezellig, nou, dan is hij natuurlijk zeker welkom. Dat hij nooit meer zo populair is geworden als na zijn hit 'Que si que no' uit 1999, lijkt hem niet uit te maken: hij zit nog geregeld als kandidaat in tv-programma's en heeft gewerkt bij *Holiday on Ice*. Dat laatste ziet Michiel zichzelf niet doen, hij kan noch schaatsen, noch dansen. Nee, hij zal het echt van een nieuwe hit moeten hebben. Hopelijk heeft hij er met 'Ik heb zin' weer een te pakken.

Manouk probeert hem in alle succesgeweld voor ogen te houden waar het werkelijk om draait: dat ze gelúkkig zijn. Natuurlijk is het belangrijk dat zijn liedjes goed worden beluisterd, maar het állerbelangrijkste is dat hij kan zingen en dat kan hij sowieso blijven doen – desnoods weer op tafels. Intussen maakt hij toch maar mooi mee hoe het is om een hit te zijn, en heeft zij er een goed gevulde kledingkast aan overgehouden.

Op de thema-avond in het theater hadden ze ook nog Joost de Zanger uitgenodigd, die met zijn vriendin is gekomen en de hele tijd flauwe grapjes maakt over dat Michiel zijn vriendin niet moet afpakken.

Manouks moeder kijkt haar ogen uit. Ze zit in de hoek van de bank met een wijntje en vraagt zo nu en dan: 'Hij heeft toch vorig jaar ook iets gewonnen, wat was het ook alweer?' Of ze zegt iets als: 'Ik zag ergens een stuk over Dries Roelvink – die ken jij toch? – dat hij gaat trouwen, of is hij al getrouwd?' Met een schuin oog kijkt ze naar Jody Bernal en vraagt: 'Woont hij nou samen?' Maar Manouk heeft tijd noch zin om haar in te lichten over de carrières en/of privébesognes van haar gasten; ze rent zich gek met taartvorkjes, bordjes – van aardewerk en plastic – glazen wijn en doekjes voor omgevallen limonade.

Het is een drukte van belang, en Michiel is met Lieve op zijn arm het stralende middelpunt. Hij vertelt over de catering bij de tv-programma's, heerlijke broodjes, zelfs hele rijsttafels. Geen gepruts met consumptiebonnen meer, maar gratis fris en alcohol, zo veel je wilt.

'Er zijn er die na de opnames helemaal kachel naar huis gaan, joh.'

Manouk heeft voor Lieve een prinsessentaart laten maken: een heerlijke chipolatataart met een dikke laag roze marsepein en in het midden een mooie foto van de jarige Jet. Die foto, in marsepein uitgevoerd, wil ze nog niet aansnijden. Ze bewaart het stuk en doet het in een plastic doosje voor in de vriezer.

'Is er nog taart?' Conny van Toledo komt handenwrijvend de keuken in.

'Natuurlijk, wil je nog een stuk?'

'Ja graag, en we lusten allemaal ook nog wel een wijntje.' Conny loopt de woonkamer weer in. Manouk bijt op haar lip. Ze weet zeker dat ze zich uit haar eigen kindertijd een helpende oma herinnert. Een oma die de afwas deed en glazen hielp inschenken. Waar zijn die oma's nu? Zelfs haar eigen moeder komt niet van de bank, tenzij ze een handje nootjes wil pakken.

Ze zet een fles op tafel. 'Schenken jullie jezelf even in?' En ze gaat verder met het inpakken van de marsepeinen versie van Lieve. Daar gaan ze op een later moment nog eens rustig van genieten, bijvoorbeeld als ze foto's van de verjaardag terugkijken, of op een zondagmiddag thuis zijn met zijn viertjes. Tevreden legt ze de plak marsepein in de vriezer. Als ze terugkomt in de woonkamer, zijn alle ogen gericht op Michiel. Hij vertelt over de aanstaande opnames van de nieuwe cd. Iedereen hangt aan zijn lippen en hij is één bonk zelfverzekerdheid. Manouk laat het tot zich doordringen. Ze hebben twee dochters en de liefde. Als je van buiten naar dit plaatje kijkt, zou je zeggen dat er niets te wensen over was.

27

Op het plein is Manouk met Jacky op een speelbankje gaan zitten. Ze hebben Ava en Lola net naar juf Astrid gebracht, en Jacky zei dat ze iets wilde laten zien. Lieve zit op schoot en Jacky toont de *Privé*-pagina van *De Telegraaf*.

Met haar vinger volgt Manouk de halve arm en het stukje voet dat van haar te zien is. 'Ja, dat ben ik,' knikt ze. 'Ik ben er netjes afgeknipt.'

Michiel staat breed lachend op de foto – Manouk is dol op die lach. Over zijn buik staat HANDSOME!

Samen met Jacky doet ze lacherig om het bericht.

'Het is zo'n leuke foto, ik dacht, die neem ik voor je mee.'

'Bedankt,' zegt Manouk, en ze neemt het katern aan. 'Ik laat het hem straks zien. Hij zal tevreden zijn met het oordeel.'

'Lijkt me wel.'

Presentatrice Sofie van den Enk zal minder blij zijn. 'Moet je zien, hé.' Ze draagt een geelgroene jurk, heel vrolijk eigenlijk, maar ze kijkt toevallig net scheef in de lens, alsof er verderop iets was wat haar aandacht trok en daardoor is haar houding niet zo charmant als die had kunnen zijn. Onverbiddelijk is het oordeel: MISSER!

Maar het is nog niet zo erg als wat Daphne Deckers krijgt te verduren: 'OMA?' Omdat ze een enkellange jurk draagt die op deze foto wat flets overkomt. Daphne is bleek en ziet er inderdaad vermoeider uit dan normaal. Manouk stelt zich al voor hoe Daphne de foto aan de ontbijttafel aan Richard laat zien: met opgetrokken wenkbrauwen en waarschijnlijk schouderophalend of zelfs glimlachend.

'Sorry, mag ik jullie wat vragen?' Een vriendelijke dame is voor hen komen staan en kijkt hen vragend aan. 'Jij bent toch de vrouw van Michiel van Toledo?'

Manouk knikt.

'Ik dacht… ik vind hem zo leuk.'

'Fijn, bedankt.' Manouk denkt haar ergens van te kennen, maar waarschijnlijk is dat gewoon van het plein – ze ziet tegenwoordig zo veel nieuwe gezichten.

'Na zijn optreden in Breda vertelde hij dat hij druk bezig is met een nieuw album, hoe loopt dat?'

'Was je bij zijn show in Breda?'

De vrouw begint te glimmen en knikt. 'Het was een superleuke avond. Hij was ook zo ontzettend aardig na afloop. Hij maakt echt tijd voor iedereen, hè, dat is zo leuk.'

Een vreemd soort jaloezie borrelt omhoog in Manouks buik. 'Ja,' zegt ze met een gemaakte glimlach. 'Hij werkt keihard aan het nieuwe album. Binnenkort komt de nieuwe single officieel uit en dan moet hij meteen weer de studio in voor zijn volgende album.'

'Wauw.' Terwijl de vrouw dit zegt, zakt ze een stukje door haar knieën.

Manouk twijfelt of ze weer met Jacky verder kan lachen om de foto's van BN'ers, of zou dat onbeleefd zijn?

'Dus…' zegt ze dan maar. 'Tegen die tijd zullen we het album zeker promoten.'

'Oké, leuk, mooi.' De vrouw gaat schuifel-hupsend bij ze weg. Soms zie je mensen dat doen, schuifel-hupsen, vooral als ze in het theater voor de rijen langs schieten terwijl de show al is begonnen. Alsof ze minder hinder veroorzaakt als ze haar voeten niet normaal durft neer te zetten. Ze toonde ook nog interesse, daar hoeft ze heus niet van te gaan schuifel-hupsen.

Manouk richt zich weer tot Jacky. 'Hoor je wat ze zegt? Hij maakt zo leuk tijd voor iedereen.'

Jacky kijkt haar begripvol aan. 'Een artiest moet er zijn voor zijn publiek.'

Manouk zucht en richt zich weer op het artikel. 'Als ze mij er niet van af hadden geknipt, dan zou er BETOVEREND! hebben gestaan. Echt waar, zie je wel hoe gaaf die stof om mijn arm valt?'

'O ja,' beaamt Jacky. 'ADEMBENEMEND zouden ze zeggen. Nee, beter nog: WAT EEN PRINSES!'

Manouk lacht hardop, Lieve draait haar hoofdje om mama te kunnen zien. 'Je mama is een prinses, Lieve, ja!' grapt ze. 'Een adembenemende prinses, kijk maar naar haar arm!' Ze laat Lieve het krantenartikel zien, waar ze naar grijpt en haar tandjes in zet.

Ze is nog maar net thuis wanneer de telefoon gaat. Ze neemt op terwijl ze Lieve in de box zet. 'Manouk.'

'Met Anita van het Dutch Artists Management.'

'Hoi, ben jij de nieuwe agent?' Ze steekt ondertussen haar hoofd ter begroeting om de hoek van de werkkamer, waar de schoonmaakster bezig is. Michiel ligt dus nog te slapen.

'Klopt, ik ga Michiel ondersteunen en begeleiden.'

'Ik zie je dan waarschijnlijk in Enschede, klopt dat?' vraagt Manouk.

'In Go Planet?'

'Dat weet ik zo niet uit mijn hoofd.'

'Ja, Enschede, dat is Go Planet, eind mei. Misschien, ik probeer er te zijn.'

'Oké, leuk.'

'Ik bel om te vragen of Michiel vanavond te gast kan zijn bij *De Wereld Draait Door*.'

'Wat leuk!'

'Ze hebben onverwacht een plaatsje, want door de motie van wantrouwen tegen het kabinet redt Femke Halsema het niet om te komen.'

Bij Matthijs van Nieuwkerk aan tafel... 'Hoe laat moet hij aanwezig zijn?' vraagt ze.

Anita, de agente, zal dagelijks gaan bellen, weet Manouk inmiddels. Om een vraag van een tv-redactie, theater of evenementenorganisatie door te geven en te overleggen over het antwoord. Aangezien Michiel meestal óf weg is óf aan het bijkomen, zal Manouk haar geregeld aan de lijn krijgen. Op zich best handig, want zo weet ze wat er speelt en kan ze de planning enigszins bijsturen.

'Even zien… Ze vragen de gasten om rond zessen aanwezig te zijn als het lukt. De opname zelf is van half acht tot kwart over.'

'En daarna nog een drankje bij de nabespreking, zeker.'

'Waarschijnlijk wel.'

'Dus moet ik het avondeten alleen doen en breng ik de kinderen naar bed.'

'Ja, eh, dat zou…'

'Ik maak een grapje. Volgens mij kan hij. Neemt hij zijn mobiel niet op?'

'Nee, ik…'

'Ga er maar van uit dat hij komt.'

Manouk, de vrouw-van, assistente-van, moeder-van… Een beroemde man, dat is toch waar alle jonge meisjes van dromen? Wat geeft het dat haar eigen werk in de verdrukking komt. Misschien moet ze eens gaan beseffen dat je niet álles kunt hebben in het leven.

Lieve kauwt op het hoofd van een tuimelaar, Manouk schuift haar stoel erbij. 'Is het lekker, meisie?' Lieve kreunt wat en friemelt aan het spiegeltje op de buik van de tuimelbeer.

Even lekker zitten. Ze merkt plotseling weer hoe zwaar haar benen aanvoelen, en haar voetzolen doen zeer. Ze zet een kopje koffie en pakt haar favoriete tijdschriften erbij: *Viva*, *Flair*, *esta* en *Mama*. Sinds er meer dan voldoende geld op de rekening staat, doet ze geen moeite meer om er één te kiezen, maar koopt ze ze gewoon allemaal.

Boven hoort ze Michiel onder de douche stappen. Dat is mooi, dan kan hij straks misschien bij Lieve blijven terwijl zij nog een uurtje bijslaapt. Eerst kon ze nog wel eens tegelijk met de kleine in bed kruipen, maar tegenwoordig doet die geen ochtendslaapje meer. Ze bladert door de *Mama* zonder echt te lezen. Ze heeft zin om te internetshoppen of te stappen, in ieder geval om iets te doen waar ze nooit meer tijd voor heeft.

'Goeiemorgen, schat,' zegt Michiel. Hij ruikt alweer zo heerlijk en zijn haren deinen charmant op zijn hoofd. 'Ik moet gaan.' Hij buigt voorover om Manouk een afscheidskus te geven. Zij legt haar hand tegen zijn borst en houdt hem tegen.

'Hè? Je bent net uit bed!'

'Het spijt me, ik heb een bespreking, een interview met *Veronica Magazine* en daarna ga ik me voorbereiden op *De Wereld Draait Door*.'

'Wat? Hoe weet jij dat nou weer?'

'Anita belde me wakker.' Zijn lekkere mond verbreedt zich tot een lach. 'Leuk hè?'

'Ja, maar we zouden toch meer samen doen thuis? Je hebt het er nog helemaal niet over dat ik deze dag dus weer alleen zal moeten doen.'

'Je snapt toch wel dat ik naar *De Wereld Draait Door* moet als ik daarvoor word gevraagd?'

'Maar jij snapt toch wel dat het voor mij gevolgen heeft als jij erin zit? Daar moet je even iets over zeggen, iets liefs, of zoeken naar een manier om het voor mij gemakkelijker te maken. Ik gebruik mijn energie om jou te ondersteunen, hoor.'

De schoonmaakster komt de woonkamer in en Manouk onderdrukt met moeite een zucht. Het is natuurlijk fijn dat het huis schoon wordt gemaakt, maar eigenlijk heeft ze meer behoefte aan een thuis waar ze even op adem kan komen, alleen. Zonder bang te hoeven zijn dat iemand staat te luistervinken of haar stiekem veroordeelt omdat ze niet eens aan het werk is terwijl een ander haar huis schrobt.

'Het valt best mee. Je moet rond die tijd toch eten, of ik erbij ben of niet.'

'Maar zonder jou is het veel vermoeiender, Michiel, dat lijk je maar niet te begrijpen.'

'Natuurlijk begrijp ik dat wel, lieverd.' Hij besluit te sussen, gelukkig. Hij neemt haar hoofd tussen zijn handen en drukt haar tegen zich aan. Zij valt bijna acuut in slaap. Hij kust haar wang, haar haar en haar mond. 'Het is ook zwaar, ik heb ongelooflijk veel respect voor alles wat je doet.' Hij komt overeind. 'Wens me maar succes.'

'Succes.'

Als de voordeur dichtvalt, legt ze haar hoofd op de rand van de box. 'Hoe moet dat nou, Lieve, hoe moet het nou?' Bij wijze van antwoord kwijlt Lieve op haar boxkleed. 'Zal ik een banaantje voor je prakken, meiske, want we moeten daarna alweer gaan aankleden om Ava op te halen.'

Lieve kauwt nog eens op de plastic oren van de beer; ze vindt het allemaal prima.

Manouk voelt zich zelfs ongemakkelijk om de keuken te gebruiken voor het prakken van de banaan – bang om meteen weer vies te maken waar de schoonmaakster net is geweest.

Om van haar ongemakkelijke gevoel af te komen, besluit ze de schoonmaakster te zeggen dat het tot haar spijt niet uitpakt zoals ze wil. Ze geeft de vrouw een grote fooi en zegt dat ze na vandaag niet meer hoeft terug te komen. Zó vies zal het huis niet ineens worden, denkt ze, en dan heeft ze tenminste een extra ochtend om op adem te komen.

Op het schoolplein praat Jacky met twee andere moeders. Manouk gaat bij ze staan en knikt hen gedag.

'Juf Astrid is volgende week jarig,' betrekt Jacky Manouk bij het gesprek.

'O.'

'We zijn aan het bedenken wat de klas aan haar kan geven.'

'O ja, leuk.' Inmiddels zijn de andere gezichten redelijk bekend geworden voor Manouk. Ava zit al ruim een jaar in groep 1, ze wordt binnenkort alweer vijf.

'We dachten aan een vaas met alle namen van de kinderen uit de groep erop.'

'Leuk.' Dit is zo'n moment waarop Manouk zich afvraagt of ze ook nog iets anders kan zeggen dan 'leuk', maar haar vocabulaire wil vandaag niet groter zijn, het lukt gewoon niet.

'En toen dachten deze dames…' – Jacky kijkt ze schalks aan en de moeders beginnen te giechelen – dat jij er misschien wel een mooie afbeelding op zou willen schilderen.'

'Ik? O! Ja, natuurlijk, prima, doe ik.' Manouk veert ervan op.

'Je mag er even over nadenken, hoor, want we begrijpen dat het misschien veel gevraagd is. Je hebt het vast erg druk.'

'Het is goed, dat doe ik wel. Ah, daar komen de dametjes aan.'

♥

'Mama van Ava?'

'Ja, Lola.'

'Ik heb gepoept!'

Ondanks haar vermoeidheid schiet Manouk in de lach. Het is zover, ze is nu zelfs billen van andere kinderen aan het afvegen. Geeft niks, ze is een volwassen vrouw, een moeder, ze zal de stinkerd zonder morren schoonmaken. Lola en Ava zijn dikke vriendinnetjes geworden. Ava staat er terwijl Lola wordt schoongeveegd zo'n beetje met haar neus bovenop en geen van beiden voelt schaamte. Sterker, ze gaan gewoon door met spelen. 'Dan was jij de moeder en ik de baby,' zegt Ava met haar Knabbel & Babbel-stemmetje. Op goede dagen is alleen al het geluid van de spelende meisjes genoeg om een glimlach op het gezicht van Manouk te toveren.

'Maar de baby moest huilen,' antwoordt Lola. Ze buigt zich gedwee voorover zodat Manouk er beter bij kan.

'Maar toen gaf ik de baby een flesje en ging ze lekker drinken.'

'Maar de baby moest nog steeds huilen,' speelt Lola.

Manouk puft: 'Het is klaar, trek je broek maar aan.'

Lola kruipt nog wat verder in haar babyrol en zet een keel op: 'Wèèèh!'

'Ssst!' Geschrokken legt Manouk een vinger op haar lippen, maar het is al te laat. Uit Lieves kamertje klinkt al gehuil.

De meisjes rennen voor Manouk uit naar boven. 'Ze is wakker, de baby is wakker!'

Lieve klampt zich vast aan de spijlen van haar ledikant en hijst zich op. Ze kijkt de meisjes onderzoekend aan, maar krijst wel gewoon door.

'Ach, ben je wakker?' Ava praat met poezelige stem tegen haar zusje. 'Kom maar.' Ze gaat op de onderste lat staan en reikt over de zij-kant van het bedje naar Lieve – die al met uitgestrekte armpjes gaat klaarstaan. Ava grijpt de minipolsjes en begint te trekken. 'Ik til je wel, ja, hè?' En tegen Lola: 'Dan was ik de moeder en jij de vader.'

'Nee, ik wil ook de moeder zijn.' Lola hijst zich ook op aan het bed-je en graait naar Lieves bovenarm. 'We waren allebei de moeder.'

Manouk legt een luier en billendoekjes klaar en vraagt: 'Zijn jullie wel voorzichtig?' Maar zodra ze zich omdraait, ziet ze het misgaan, alsof het in slow motion gaat...

Lola heeft Lieves rechterarm gegrepen en verplaatst daarmee Lie-ves evenwicht naar rechts. Maar Lieve staat sowieso nog niet stevig op haar benen, laat staan op een matras, en dan is er nog haar grote zus die haar knuistjes lostrekt van de spijlen. Ava blijft hijsen en trekken aan de dreumes, tot die om haar as draait en met haar hoofd tegen de spijlen klapt.

'nee!' gilt Manouk. Haar hoofd ontploft bijna van de stress. 'kijk nou wat jullie doen!'

Natuurlijk ligt Lieve al te brullen, maar nu beginnen Ava en Lola ook te huilen.

'hou op met dat gejank!' Manouk heeft meteen spijt, maar voelt de adrenaline door haar lijf razen. Ze ziet nu al blauwe vlekken op Lie-ves achterhoofd, het arme kind krijst de longen uit haar lijf. Ze tilt Lieve snel uit bed en begint haar te kussen en sussen. 'Gaan jullie maar weer spelen,' zegt ze tegen de meisjes.

Sniffend kijken die haar aan, met waterige Bambi-oogjes. 'Sorry dat ik zo boos deed,' zegt Manouk dan maar. 'Sorry, dat was niet goed van mij, oké?'

Ze knikken verdrietig, hun palmboomstaartjes wippen erbij heen en weer.

'Als jullie nu weer even samen gaan spelen, dan krijgen jullie straks een snoepje.'

'Jee!' juichen de meiden, en ze rennen naar Ava's kamer.

Manouk legt een hand tegen haar voorhoofd en zucht. En al die tijd ligt Lieve luid krijsend in haar armen. 'Stil maar meisje, dat deed zeer, hè?'

Die avond, als de kinderen net slapen, gaat rond half negen de telefoon. Het is Michiel natuurlijk. Hij wil vast vertellen hoe het bij *De Wereld Draait Door* was. Maar ze ligt voor pampus op de bank, in een joggingbroek, met een boek dat ze hoopte te lezen. Ze wil de telefoon best opnemen, maar het gaat niet, haar benen zijn te zwaar, haar armen te loom; ze krijgt ze niet meer in beweging. Ondanks de vele plannen die ze heus nog wel had, is ze al half in slaap gevallen.

28

Ava zit op school en Manouk loopt ontspannen naar huis. Na zo'n heerlijk lange nacht slapen, voelt ze zich eindelijk weer eens een beetje mens – en vrouw. Ze heeft zowaar make-up opgedaan en ze was mooi op tijd bij school, zodat ze Ava kon voorlezen voor de les begon. Lieve bleef tevreden in de buggy zitten knabbelen op een Liga. Zo kan het dus ook.

Nu wandelt ze op haar gemakje naar huis, langs de laan met bomen waar ze vaker van zou moeten genieten. Ze verheugt zich op het kopje koffie dat ze thuis zal drinken tot Michiel uit bed komt. Hopelijk heeft hij tijd om te vertellen over *De Wereld Draait Door*, want ze is nieuwsgierig naar hoe het was – door de drukte met de meisjes heeft ze het niet gezien. Ze zal later vandaag natuurlijk even naar Uitzendinggemist.nl surfen.

Ze heeft Matthijs van Nieuwkerk zelf ook wel eens ontmoet, in het eenzame jaar waarin ze net in Amsterdam woonde. Hij was destijds chef kunst bij *Het Parool* en zij kwam langs om haar werk te laten zien in de hoop dat ze voor hem mocht illustreren. Natuurlijk was hij toen nog niet beroemd, maar adembenemend was hij zeker. Hij heeft vriendelijk met haar gesproken die middag, wie weet gaf hij zelfs nog tips, maar alles wat Manouk zich ervan herinnert, is zijn duizelingwekkende charisma, waardoor ze niet meer kon denken in zijn nabijheid. Toen al…

Achter zich hoort ze gekuch. 'Psst.' Voetstappen knerpen over het grind. 'Jij bent toch Manouk?'

Ze kijkt om en het bloed trekt uit haar gezicht. Die vent! Van toen! Dit begint op stalken te lijken! Ze klemt haar vingers om Lieves buggy.

'Ik ben het, Koen.'

Ze fronst haar wenkbrauwen, laat haar grip op de buggy ontspannen. 'Wat moet jij hier?'

'Niet boos zijn, ik wil je even spreken.'

'Ik zou niet weten waarover. Heeft Stefan je gestuurd? Het lijkt me duidelijk dat die avond een vergissing was en dat ik niets van hem wil.'

'Neenee, hij ook niet van jou. Maar ik… ik vind Kim zo leuk.' Hij laat zijn schouders zakken. 'Ik weet het, ik doe kinderachtig. Maar ik ben verliefd op haar en zij…' Hij zucht.

'Weet zij dat?'

Hij schudt zijn hoofd. 'Durf ik niet te zeggen.'

'Doe effe normaal.'

'Stom, hè?' Hij kijkt haar van onder zijn donkere haren verlegen aan. Kim zal vast graag in die mooie, bruine ogen van hem kijken.

'Toen jij per ongeluk haar nummer aan mij had gegeven,' vervolgt hij, 'en ik haar aan de lijn kreeg, was het meteen gezellig. Ze nodigde ons uit voor een kop koffie, dat doet ze toch niet voor niets?'

Manouk bijt op haar lip. 'Mwa, zou kunnen.'

'Maar ze is zo druk en ik weet niet hoe ik haar mee uit moet vragen. Ze vertelt zo veel over jou en Michiel, ze zegt dat ze ook wil wat jullie hebben.'

'Is dat zo?' Manouk glimlacht. Dat is nog eens een mooi compliment op de vroege ochtend. Het zou ook leuk zijn voor Kim, een fijne relatie, dan hoeft ze Storm niet meer in haar eentje op te voeden en kan ze tenminste weer gaan beeldhouwen… Ze hoort zichzelf vragen: 'Zullen we koffie drinken in de stad?'

Kennelijk maakt het Manouk tegenwoordig niet veel meer uit met wie ze koffie drinkt, áls ze maar koffie drinkt. Ze hebben een lunchcafeetje gevonden dat al open is voor vroege bezoekers. Dat gaat ze onthouden voor een volgende keer. Koen blijkt, samen met Stefan, geregeld in de stad te zijn voor symposia en congressen, en iedere keer zoeken ze Kim even op.

'Dan kun je haar toch wel eens mee uit vragen?' Manouk schept een wolkje schuim van de cappuccino.

'Ja, dat zou ik wel willen, maar ze zegt zo vaak dat ze geen geld en geen oppas heeft.'

'Zegt ze dat? Maar ík kan toch oppassen? Dat doet zij ook voor mij.' Koen kijkt haar aan. 'Misschien.' Hij haalt zijn schouders op. 'Misschien is ze bang dat je het nu al bijna niet aankan.'

'Wat een onzin!' Terwijl ze dat roept, beseft ze dat er wel een kern van waarheid in zit. Stel je voor dat ze óók nog op Storm zou moeten passen. Boterhammen voeren, hem op tijd op de wc zetten... Ze voelt acuut vlekken in haar nek opkomen. Maar... er zijn toch ook andere oplossingen te bedenken?

'Ik weet iets,' zegt ze. 'Binnenkort komt Kim bij ons thuis oppassen en slapen, dat is al afgesproken. Ik ga eindelijk weer eens mee naar een optreden van Michiel, in Enschede.'

'Wat leuk.'

'Zij blijft met Storm bij onze meiden slapen, heerlijk hè? Stel nou... dat jij haar die avond gezelschap houdt.'

'Als oppas?'

'Nee, of eh, ja!' Ze wappert zo'n beetje met haar handen. 'Als onverwachte redder in nood. Jij moet het dan gezellig voor haar maken.'

'Ja, dat is wel een goed idee,' zegt Koen nadenkend.

Manouk vindt het ook een goed idee. Tenslotte heeft Kim hem uitgenodigd toen hij haar per ongeluk belde; dat had ze vast niet gedaan als ze hem niet leuk vond. Ze knikt: 'Neem een mooie bos bloemen mee en een lekker flesje wijn. Niet te veel drinken, want als Lieve wakker wordt moet Kim nog goed voor haar kunnen zorgen.'

'Vanzelfsprekend.'

'Ik kan wel zorgen voor toastjes en andere hapjes. En dat er genoeg kaarsjes zijn om aan te steken. Kim heeft zo veel voor mij gedaan, ik ben blij dat ik kan meewerken aan een leuke verrassing.'

Koen glimlacht. Zijn lach is leuk. Als Kim nog steeds ongeveer dezelfde mannen leuk vindt als Manouk, dan moet dit wel goed komen.

Ze nemen afscheid en tevreden wandelt Manouk naar de speel-goedwinkel om een roze step en een prinsessenvoile voor een hemel-bed voor Ava te kopen. Het is nog niet met Michiel overlegd, maar ze realiseert zich dat de kans erg klein is dat ze de verjaardagscadeaus rustig samen kunnen bedenken. Over drie dagen is het al zover en mag Ava trakteren – fruitspiesjes, om de chips van vorig jaar goed te maken…

♥

Op 27 mei rijden Manouk en Michiel naar Enschede, voor een optre-den bij een Nederlandstalig evenement in Go Planet. Manouk is hele-maal opgemaakt, inclusief foundation en matterende poeder, en ze heeft haar haren geföhnd. Ze snuift haar eigen parfumwolk op en ge-niet. Haar nagels zijn gelakt, haar bikinilijn is geharst. Heerlijk.

Ze gaan over de A1 langs Amersfoort, Apeldoorn, Deventer, steeds verder bij de meisjes vandaan. Kim heeft waarschijnlijk net met ze ge-geten. Macaroni, omdat alle kinderen daarvan smullen, en een ijsje als toetje, want het is tenslotte feest wanneer er oppas is.

Over anderhalf uur liggen de kinderen op bed en staat Koen voor de deur. Het plan dat eerst zo strak leek, maakt Manouk nu toch wat zenuwachtig. Was het wel verstandig om haar adres aan hem te geven? Tenslotte is Michiel nu een BN'er en ze weten nog niet goed welk effect dat heeft op sommige mensen. Stel dat Koen hun hele interieur foto-grafeert en aan een roddelblad verkoopt? Een schandaal is in een huis met twee knoeiende kleuters zo geboren. De kop in *Story*: MICHIEL VAN TOLEDO LEEFT ALS EEN ZWERVER. En 'macaroni-gate' is een feit.

Maar serieus, wat weet ze nou van hem, wie zegt dat hij geen op-lichter is? Straks neemt hij Stefan mee en roven ze het hele huis leeg. Of erger: ze verkrachten Kim en er is niemand om haar te helpen. Stel dat de kinderen wakker worden van het geweld en alles zien? Of ook worden mishandeld of zelfs – stop! Dit is het irritante nadeel van moeder zijn: in plaats van blij te zijn dat je er even uit bent, maak je je alleen maar zorgen of het thuis allemaal wel goed gaat.

'Ik moet even Kim bellen.' Ze rommelt in haar nieuwe enveloptasje. Het heeft honderd euro gekost, en dat voor een laktasje dat ze vier keer per jaar kan gebruiken. Nee, twee keer per jaar, want ze kan natuurlijk niet steeds met hetzelfde ding aankomen.

'Die redt zich wel, hoor,' zegt Michiel.

'Ja, nee, maar ik heb iets doms gedaan.'

'Wat nu weer?' Michiel lacht zijn beroemde lach.

'O, niks.' Zou hij boos worden als ze vertelt wat ze heeft gedaan? Als ze het niet zo druk had gehad, dan was ze veel eerder tot het besef gekomen dat dit plan niet waterdicht is. 'Ze neemt niet op.'

'Ze is gewoon druk met de kinderen, joh.' Hij legt zijn hand op haar knie.

'Ja.' Ze kucht.

'Geniet nou maar van de rit. Ons avondje samen is begonnen.'

'Je hebt gelijk.' Ze schuift over haar stoel. 'Ik zie vast spoken.'

Een minuut later gaat haar telefoon. Dat zal Kim zijn. Manouk is opgelucht dat ze niet langer ongerust hoeft te zijn. Ze neemt op zonder op het display te kijken. 'Hai, met mij!'

Er klinkt alleen maar een luid gesnik. De paniek slaat Manouk om het hart.

'Wat is er, WAT IS ER!'

Ze voelt het bloed uit haar wangen trekken. Is Koen al geweest? Is er een kind van de trap gevallen? Gestikt in een knikker?

'Ik… ik ben het.' Het komt er op huiltoon uit, maar als Kim snottert klinkt dat helemaal niet zo. Manouk moet op het display kijken om te zien wie ze eigenlijk aan de lijn heeft. Jacky.

'Wat is er gebeurd?'

'Sorry dat ik je zo… bel.' Ze hapt hoorbaar naar adem. 'Hij is bij me weg. Huhu.'

Michiel kijkt naar Manouk, die de naam 'Jacky' vormt met haar mond. 'Wie?' vraagt hij fronsend. Zij maakt een handgebaar: laat maar. Hij weet niet wie zij de laatste tijd heeft leren kennen, daarvoor is hij te weinig thuis geweest. Zij heeft op haar beurt ook geen idee meer met wie hij omgaat. Dikke snikken klinken door de telefoon: 'Ik wist niemand anders om te bellen.'

'Schat toch,' zegt Manouk – wat haar een vreemde blik van Michiel oplevert. 'Ik heb tijd, vertel het maar.'

Jacky snuft: 'Ik zei dat hij nu moest vertellen wat er echt aan de hand was. Toen kwam het eruit, hij wil niet meer.' Haar stem bibbert en Manouk realiseert zich dat dit moment zo intiem is, dat hun vriendschap vanaf nu een feit is. 'Hij wil van me scheiden.'

'Scheiden,' herhaalt Manouk verbluft en Michiel trekt met zijn mond.

'Hij is naar een hotel gegaan en nu moet ik zijn spullen in een koffer doen. Dat wil ik helemaal niet,' piept ze.

'Als hij weg wil, regelt hij dat maar lekker zelf,' zegt Manouk streng. 'Weet je wat jij moet doen? Jij moet naar mijn huis gaan. Ik ben er vanavond niet, maar Kim is er wel. Neem Lola maar mee, want we hebben Storm ook al te logeren en daar kan zij ook nog gezellig bij. O ja, Sebastiaan mag natuurlijk ook komen.' Sebastiaan is de elfjarige zoon van Jacky, die was ze bijna vergeten omdat ze die pas één keer heeft gezien.

'Weet je het zeker?'

'Jij moet op een avond als deze niet alleen zijn. En dan zijn koffer pakken? Lijkt me niet. Er zijn toastjes en wijn in huis. Volgens mij is dat een betere plek om te zijn. Zal ik Kim laten weten dat je eraan komt?'

'Eh, oké.'

'Over twintig minuten daar. Ik ga haar nu bellen.'

'Goed.'

'Sterkte, meid.'

Het is natuurlijk niet helemaal eerlijk, maar dit komt zo perfect bij elkaar in een win-winsituatie. Kim vangt Jacky op, en zonder het te weten beschermt Jacky op haar beurt Kim.

Als Koen toch met bloemen aan de deur komt, dan hoort ze het morgen vanzelf van Kim. En dan, als hij een goeie vent blijkt, zal ze hem persoonlijk bellen en het goedmaken. Beloofd.

29

Vanuit de coulissen staat ze naar hem te kijken. Haar Michiel, de hoofdact van de avond, in zijn nette broek waarin hij zo'n lekker kontje krijgt. Vanaf hier heeft ze er perfect zicht op.

Over het zijtoneel wandelen technici en de andere artiesten van de avond, maar iedereen onderbreekt zijn eigen werkzaamheden om een blik te werpen op de hitzanger Michiel van Toledo.

Ik heb zin, ja, ik heb zin
In een dag met jou
't hele leven lacht me toe
Dat ik van je hou

Duizenden, tienduizenden stemmen zingen het nu al mee, een heerlijk geluid. Het nummer is de laatste dagen zo vaak op de radio gedraaid dat het direct naar de top tien in de hitlijsten is geschoten. 'Ik heb zin' staat anderhalve week na lancering al op nummer 4 in de hitparade, een geweldige opluchting voor Michiel: hij is vooralsnog geen eendagsvlieg.

Hoe vaak hebben ze tegen elkaar gezegd dat juist de teksten van de grootste hits eigenlijk niets om het lijf hebben? Maar nu het zover is, voelt het niet als niksig, nee, het voelt alsof 'Ik heb zin' altijd bij hen heeft gehoord. Manouk hóúdt van 'Wereldwonder' als van een gezinslid, het zou mooi zijn als dat met 'Ik heb zin' ook gebeurde.

Het evenement was al bezig toen ze aankwamen, anders was Manouk ook even het podium op gelopen. Ergens in het afgelopen jaar deed ze dat voor het eerst. Toen was Michiel aan het soundchecken voor een lege zaal en wenkte hij haar om bij hem te komen staan. Hij legde zijn arm om haar heen en zei: 'Dit is wat ik zie tijdens de optredens.' Manouk werd even duizelig. Zo veel stoelen, zo veel mensen, zo veel balkons en dan de lampen die op je gericht zijn.

'Dat je het durft,' zei ze. Hij lachte trots.

Hij hoeft zijn microfoon alleen maar op de deinende massa te richten als 'Wereldwonder' klinkt en ze beginnen te zingen, het klinkt als een massa in een stadion: 'Maar jij wilt allang niet meer met mijijijij!'

♥

In klas 1B proberen Jacky en Manouk na het weekend op gepaste toon te praten over hoe het nu verder moet met een scheiding in zicht. Maar fluisteren in een kleutergroep heeft geen zin: er is zo veel lawaai dat je elkaar alleen verstaat als je schreeuwt.

Lola en Ava moeten figuurtjes plakken met een vierkant als buik en hoofd, en driehoekjes voor de armen en benen. De juf heeft een voorbeeld opgehangen, maar de meisjes zijn helemaal niet geconcentreerd en blijven maar vierkantjes met lijm besmeren en ze lukraak opplakken. Juf Astrid probeert de meisjes te zeggen dat ze beter naar het voorbeeld moeten kijken, maar ook zij komt nauwelijks boven het rumoer uit. Ze lacht naar de moeders en probeert het nog eens: 'Dametjes, hallo, zijn jullie wel wakker?' Wat Lola en Ava op hun beurt een ontzettend grappige vraag vinden. Juf Astrid grapt: 'Of hebben jullie gewoon paddestoelen in je oren? Even kijken, hoor.' Nu vallen de meisjes bijna van hun stoel van het lachen.

'Zullen we even koffie gaan drinken?' stelt Manouk voor aan Jacky.

'Waar? Er is nog niks open.'

'Toevallig ben ik pasgeleden met, eh, iemand naar een leuk tentje geweest. We kunnen er met Lieve zo naartoe lopen.'

Ze kussen hun dochters gedag en beloven voor het raam van de klas nog even te zwaaien. Dan gaan ze op weg, om gezellig te kletsen, maar toch ook om nog maar niet naar huis te hoeven. Naar huis, waar een aanstaande ex zijn spullen weghaalt, en een bekende zanger zijn vermoeidheid probeert weg te slapen.

Ze bestellen twee cappuccino en Manouk biedt Jacky een chocolademuffin aan, die ze dankbaar aanvaardt. Ze zitten net als Manouks mobiel gaat.

'Hai, schat.' Michiel belt haar nooit, zeker niet zo vroeg.

'Waar blijf je?'

'Ik ben even met Jacky in de stad.'

'Alweer die Jacky?'

'Als jij Ava wat vaker naar school brengt, dan kun je haar ook ontmoeten.' Ze kijkt Jacky met een veelbetekenende blik aan.

'Kom je al bijna thuis? Ik mis je.'

'We drinken even koffie en dan kom ik, goed?' Tevreden hangt ze op. Tegen Jacky zegt ze: 'Hij mist me.'

'Mooi.'

Ze lachen naar elkaar, maar als Manouk vraagt hoe Jacky het wil gaan doen in haar eentje, begint het koffiekopje in Jacky's hand te bibberen.

Het is nogal wat, zo'n scheiding. Daar sta je normaal gesproken toch niet bij stil. Het idee dat je je kinderen heel vaak niet zou zien, dat is een amputatie! En hoe zou je erbij kunnen werken, genoeg om van rond te komen én op tijd de kinderen van school halen? Jacky slikt drie keer voor ze zegt: 'Ik heb een diploma in de zorg, misschien moet ik maar weer aan de slag.'

'Misschien? Natuurlijk!' Manouk kijkt erbij alsof er geen man overboord is en Jacky het gemakkelijk zal redden. Strijdlustig. Intussen realiseert zij zich dat ze zonder Michiel geen illustrator zou kunnen zijn. Kinderboeken, wie begint daar nou aan, dat is de meest onpraktische beroepskeuze die je kunt maken. Een prentenboek kost zes maanden werk en wat levert het op: vijfduizend euro, zevenduizend als je geluk hebt.

Als het Manouk zou overkomen, zou ze een huis moeten huren, en zelfs dat zou ze misschien niet kunnen betalen. Waarschijnlijk zou Michiel een stevige alimentatie bieden, maar dan nog... Met zijn werktijden kunnen de meisjes nauwelijks bij hem zijn. Ze zouden aan een oppas zijn overgeleverd. En dan heeft ze de gedachte nog weggedrukt aan vrouwelijke fans die de nacht met hem mogen doorbrengen.

Manouk zou een volwaardig inkomen moeten genereren, misschien gezellig samen met Kim een levend buffet vormen; die optie lijkt ineens niet ver weg nu ze Jacky hoort met al haar praktische problemen die ineens harde realiteit zijn geworden.

Tegen de tijd dat Manouk naar huis wandelt, maakt ze zich zorgen over hoe haar leven eruitziet, en over de rol van fulltime huisvrouw die haar wordt opgedrongen nu Michiel overal moet opdraven. Ze zou haar werkzaamheden moeten uitbouwen, bekendheid verwerven, exposeren en een prentenboekenhit scoren – dán komt er tenminste geld van haarzelf binnen. In plaats daarvan holt ze achter een dwingende agenda aan van schoolroosters en luiers verschonen. Gelukkig is Michiel thuis, hij mist haar. Kan ze meteen haar nieuwe zorg met hem bespreken.

Hij komt zijn werkkamer uit met een grijs en een lichtblauw pak. 'Kijk eens wat ik heb gekregen!'

'Gekregen?'

'Zomaar, ik heb een sponsor!'

'Wat leuk.'

'Welke vind je het mooist?' Hij houdt eerst het grijze en dan het lichtblauwe pak voor zich.

'Die blauwe natuurlijk, gaaf.'

'Bedankt, schat.' Hij kust haar wang. 'Ik moet weg.'

'Hè? Ik dacht dat je thuis zou zijn.'

'Hoezo? Nee, ik heb besprekingen, schat.'

'Maar je belde dat je me miste.'

'Ja, maar toen was jij er niet.' Opnieuw krijgt ze een kus. 'Geeft niks, ik hou toch wel van je.' Met een knipoog holt hij de deur uit.

Maar Manouk vindt niet dat het niets geeft, ze baalt ervan. Wat doet zij vandaag: de kinderen verzorgen en vanavond voor de tv zitten omdat ze te moe is om iets anders te doen. En hij maar lekker optreden en nog meer fans binnenharken.

Ze pakt haar telefoon. Het is belangrijk dat ze een eigen leven gaat opbouwen, en wel meteen. Ze sms't Koen. Van Jacky heeft ze gehoord dat hij inderdaad met een grote bos rozen voor de deur stond en behoorlijk schrok toen zij de deur opendeed. Jacky had op haar beurt geen idee wat ze met Koen aan moest, ze dacht dat hij een koerier was die misschien bloemen voor Michiel kwam afleveren.

Pas toen Kim aan de deur kwam, werd duidelijk dat die twee elkaar kenden. Koen had met een oog op Jacky iets verlegens tegen Kim gestameld, iets als: 'Ik wist dat je hier was en ik wilde je komen opvrolijken maar ik zie dat het niet meer hoeft.' Toen had Kim geantwoord dat ze inderdaad helaas geen tijd voor hem had, maar dat ze het een heel lief plan vond. En de deur zomaar dichtgedaan, ha ha.

Nu schrijft Manouk: 'Sorry dat het misliep, ik heb alles gehoord. Kan ik het goedmaken met een etentje voor vier? Mag je Stefan ook meenemen.' Hij is al verstuurd voor ze er een tweede gedachte aan heeft verspild.

30

Ik heb je lief, nou ja, ik heb je, ik had je…
Maar jij wilt allang niet meer met mij

De muziek vult de hele boekhandel, het is afgeladen vol. Een moeder overhandigt Manouk het nieuwe prentenboek *De knappe danseres* en zegt: 'Het is wel veel lawaai, hè, voor de kleintjes?'

'Ja, nou!' Manouk neemt het boek met rode wangen aan en begint erin te schrijven. 'Hoe heet je dochter?'

Ze heeft nog nooit meegemaakt dat het zo druk was op een boek-presentatie, van welk boek dan ook. De aankondiging dat Michiel van Toledo kwam zingen heeft een stormloop veroorzaakt van allerlei mensen uit de hele regio. Tieners en basisscholieren verdringen de moeders met hun peutertjes in buggy's. Het is zo druk dat mensen met kinderwagens nauwelijks bij de signeertafel kunnen komen.

Uitgeefster Liesbeth van Staal is dolenthousiast. 'Er is een camera-ploeg van RTL *Boulevard* en volgens mij zag ik Giel Beelen lopen!'

Manouk en Sanne zijn ook blij, ze hebben niet eerder zo veel aandacht gekregen voor een boek. Geregeld heeft Manouk met kromme tenen zitten kijken naar alweer een BN'er die een halfbak-ken kinderboek mocht promoten terwijl de doorgewinterde makers van prachtwerk worden genegeerd. Er wordt in het boekenvak wel eens gesuggereerd dat alle kinderboekenschrijvers eigenlijk ge-mankeerde romanschrijvers zijn, maar de feiten bewijzen het tegendeel: iedereen, echt iedereen wil kinderboeken maken, van de buurvrouw tot de televisiehost. Omdat het zo'n leuk beroep is, natuurlijk, en omdat er zo'n vrolijke sfeer omheen hangt. 'Manouk?' Uitgeefster Liesbeth kijkt alsof ze de jackpot gaat winnen. 'Ze willen je voor de camera van RTL *Boulevard*!'

De paniek vlamt bij Manouk op tot achter haar oren. Ze zakt even door haar knieën, haar armen beginnen te trillen. Wat moet ze zeggen! Kan Michiel dat niet doen?

Liesbeth zegt: 'Kom gauw mee, jij ook, Sanne,' en ze knikt vriendelijk naar de moeders aan de signeertafel, die nu nog langer moeten wachten op een handtekening in hun boek. Maar niemand vindt het erg, want het is tenslotte voor RTL *Boulevard*.

Door de luidsprekers hoort ze Michiels stem. 'Daar is ze dan, mijn lieve vrouw Manouk van de Berg en de geweldige schrijfster met wie ze al jaren werkt: Sanne Wiarda!'

Het publiek begint te applaudisseren en zelfs te joelen. Michiel spoort ze aan met een gemak alsof hij onder vrienden is.

Ineens valt het Manouk op hoe slecht Sanne is gekleed vergeleken bij Michiel – en ze wil niet onbescheiden zijn, maar Manouk is tegenwoordig zelf ook twintig keer leuker gekleed dan Sanne. Die draagt een verwassen zwarte broek met hoog water, en een slobberige trui. Wat wil je ook, met de magere royalty's die je krijgt als schrijver en natuurlijk geeft ze ook weinig om uiterlijk. Maar naast een gesponsorde hitzanger wordt het contrast wel heel erg duidelijk. Liesbeth, Sanne en alle collega's zien eruit als stoffige boekenmensen – en een jaar geleden was dat bij Manouk ook nog het geval. Hun schaapachtige houding helpt ook niet erg.

Michiel houdt Manouk de microfoon voor en zij zegt: 'Bedankt.'

Michiel dringt aan: 'Misschien hebben jullie iets leuks te zeggen aan jullie publiek?'

Sanne begint te giechelen als hij haar de microfoon voorhoudt, en Manouk hoort zichzelf zeggen: 'Bedankt dat jullie gekomen zijn. We zijn ontzettend trots op ons nieuwe boek en natuurlijk op Michiel van Toledo.'

Applaus. Manouk en Sanne haasten zich naar de signeertafel.

Die avond zitten ze moe maar voldaan met Ava en Lieve patat te eten voor de tv om RTL *Boulevard* niet te missen.

'Wat doen die meneer en mevrouw?' vraagt Ava bij een item over het overspel van John Ewbank. Iemand blijkt hem te hebben gefilmd met een mobiel. Normaal zou Manouk nu wegzappen, maar vandaag is ze bang dat ze dan haar eigen item zal missen.

Met een kinderboek in een showrubriek, wanneer maak je dat nou mee… Trouwens: met je eigen gezinnetje tevreden frietjes eten op de bank, wanneer maak je zoiets heerlijks nou mee? Ze geeft Ava een dikke knuffel, en Lieve trekt ze op schoot. Als hun item wordt aangekondigd, wisselen Manouk en Michiel een korte blik. 'Nu komen wij.'

Winston Gerschtanowitz – alweer een BN'er, wat zijn er eigenlijk veel van – begint met de inleiding: 'Vandaag waren wij bij de presentatie van een boek.' Hij leunt met zijn ellebogen op zijn desk en vraagt aan Albert Verlinde: 'Een boek?!'

Albert:' Ja, ik kon het ook niet geloven. En wel een kinderboek.'

Winston: 'Lezen kinderen dan nog? Ik dacht dat die alleen maar willen gamen.'

Albert: (*lacht*). 'Nee nee, het was echt een boek. De wereldwonderen zijn de wereld nog niet uit. Sommige kinderen lezen heus nog graag. En voor de presentatie kwam er een bekende Nederlander optreden, namelijk Michiel van Toledo.'

Winston: 'Aha!'

Albert: 'Ja, want zijn vrouw is de schrijfster van het boek, of de tekenaar – nou ja, een van de twee, ze heeft er in ieder geval aan meegewerkt en daar zijn wij heel blij mee, want nu konden de kinderen eindelijk ook eens genieten van de strakke zak, nee de strakke pákken van Michiel van Toledohoho.'

Winston: 'Ha ha!'

Albert: 'En daar wilden wij natuurlijk bij zijn.' *Pauze tot filmpje start.*

Het filmpje begint met Michiel op het podium. Ervoor staan uitzinnige fans. De voice-over zegt: 'Je zou bijna vergeten dat het om een kinderboek gaat, want de kleintjes stonden behoorlijk in de verdrukking.' In beeld zie je een moeder prutsen met haar buggy in een poging om langs een meute hossende tieners te komen. 'Toch was het een zeer geslaagde middag, want wie houdt er niet van Michiel van Toledo?' Het beeld snijdt over naar het moment waarop Manouk de microfoon heeft gekregen van Michiel. Ze zegt: 'We zijn ontzettend trots op ons nieuwe boek en natuurlijk op Michiel van Toledo.' Applaus, in beeld staan fans uitzinnig te klappen.

Albert: 'Zo zie je maar, zelfs de kleintjes houden van Michiel.'

Winston: 'Iedereen houdt van Michiel van Toledo.'

Peter (van der Vorst): 'Echt waar? Ik niet hoor.'

Albert: 'Hou jij niet van Michiel van Toledo?'

Peter: (*schouderophalend*) 'Nee, ik weet niet, ik vind hem gewoon zo, zo… ja, glad.'

Albert: 'Dat is toch juist lekker? Ik heb ze graag glad.'

Peter: 'Oho! Hi hi.'

Albert: (*draait koket met ogen*). 'Jij wilt ook altijd alles zo ruw.'

Winston: 'Ha ha! Het boek heet *De mooie danseres* en ligt vanaf vandaag in de winkels. Ik heb het gelezen met mijn zoontjes en die vonden het heel leuk, hoor.'

Albert: 'Heb je het gelezen?!'

Winston: 'Julian begrijpt het al. Hij vond het leuk.'

Albert: 'Dat is pas echt een wereldwonder: er wordt gelezen in huize Gerschtanowitz.'

Winston: (*lachend*) 'Dan is er nog kort nieuws…'

Vanaf de bank kijkt Michiel zijn vrouw met grote ogen aan. 'De mooie danseres,' zegt hij, 'hij zei de móóie!'

'*De knappe danseres*,' verbetert Manouk hoofdschuddend. 'Nou ja, ze is ook mooi, dat wel.' Ze schiet in de lach.

Michiel lacht mee. 'Hier kon ik niks aan doen, toch?'

Manouk schudt haar hoofd. 'Dankzij jou is het boek in elk geval genoemd.' Ze kust hem. 'Bedankt, schat, ik heb een topdag gehad.'

Hij streelt door haar haren. 'Ik ook. En het boek is prachtig.'

'En mooi,' grapt ze. Even blijven ze zitten, elkaar diep in de ogen kijkend. Maar onherroepelijk komt ook de aanblik van de rondslingerende patatbakjes op haar netvlies, en appelmoes die op de grond is geklodderd. 'Breng jij Lieve naar bed?'

'Moet dat?'

'Je mag ook koude friet van de vloer rapen.'

'Lieve, kom maar schatje, we gaan naar boven, ja, lekker slapie doen.' Glimlachend geeft Manouk haar jongste aan haar vader. De telefoon gaat. Als het voor Michiel is, dan gaat ze antwoorden dat die pas over een uur thuiskomt.

'Hai schat, wat was je mooi op tv.'

'Kim! Heb je het gezien?'

'Natuurlijk heb ik gekeken. Ik ben harstikke trots op je.'

'Je moet het boek niet kopen, hoor, je krijgt het van me.'

'Bedankt, dat is lief,' zegt Kim. 'Zeg, Koen vertelde me vandaag dat hij en Stefan bij jou komen eten, en ik ook. Klopt dat?'

Meteen schiet Manouk in de lach, in een reflex checkt ze of Michiel niet meeluistert, maar die is grapjes aan het maken met Lieve. 'Wat erg! Ja, ik heb gezegd dat ik zou koken.' Giechelig voegt ze eraan toe: 'Dan kan hij jou beter leren kennen.'

'Wie, Stefan?'

'Nee joh, Koen natuurlijk!' Haar ogen zoeken Ava, die nog steeds zoet voor de buis is blijven zitten.

Kim begint overdreven te gillen zoals alleen vrouwen dat kunnen, Manouk wordt er meteen vrolijk van: 'Néé.'

'Ha ha, ja!'

'Maar ik wil niks met hem, hoor. Denk je dat soms? Ik ben niet in hem hem geïnteresseerd, echt niet.'

'Waar hou ik anders dat etentje voor?'

'Niet voor mij, Noek. Ik val totaal niet op Koen.' Even is het stil. Dan begint ze te lachen. 'Lekker etentje zal dat worden.'

'Dat hoop ik wel, ja. Over een paar dagen al, dus zul je eindelijk beginnen te dromen over je Koene ridder?'

'Echt niet!'

'Als je niet wilt, dan hoef je helemaal niks. Ik zie je binnenkort!' Lacherig schudt ze haar hoofd. Die Kim. Ze zal toch ooit weer aan de man moeten, al is het alleen maar voor de goeie verhalen op hun meidenavonden.

31

Ze gaan over de rode loper voor de première van *Brüno*, de film over het hysterische homotype van komiek Sacha Baron Cohen, die bekend werd als Ali G en Borat. Manouk draagt een jurk van driehonderd euro, en dat leek een bedrag van niks toen ze afrekende. Er komt nu echt veel geld binnen en Manouk geeft het gemakkelijk uit, want die paar honderd euro die zij aan kleding spendeert, valt in het niet bij Michiels aankopen: een nieuwe auto, een computer met extra harde schijf en giga-megabytes, of wat het dan ook allemaal is. Als het zo blijft, koopt ze een volgende keer de jurk van zeshonderd euro die ze zag hangen.

Het is een zwoele zomeravond en Manouk is blij dat ze geen jasje over de dure jurk hoefde aan te trekken. Alles wat ze nodig kan hebben, zit in een – nieuwe – enveloptas. Het peloton fotografen is al aan het roepen zodra ze in het zicht komen van de rode loper voor de ingang van Tuschinski. 'Michiel, hier! Michiel, kijk even! Michiel, Michiel!' Automatisch stapt Manouk opzij, maar een van de fotografen zegt: 'Jij er even bij, ga even lekker bij hem staan.'

Ze trekt haar wenkbrauwen op. Zij? Michiel lacht zijn charmante lach en steekt zijn arm al naar haar uit, ze hoeft er alleen maar in te stappen en zich tegen hem aan te drukken. Intussen probeert ze zich te herinneren hoe ze haar gezicht ook alweer moest houden om zo min mogelijk onderkin te tonen.

Omdat Michiel Nederlandstalig zingt en bovendien een gewone, aardige jongen is, vinden de roddelbladen het dubbel zo leuk om over hem te publiceren. Ook krijgt hij soms een eigen spaaractie – een gratis cd bij drie spaarpunten – en een enkele keer staat hij op een foto in de kledingrubriek, met een handje, lok, arm, voet van Manouk erbij in beeld. Ze speculeren de laatste tijd nogal over zijn huwelijk. Dat is er sinds RTL *Boulevard* niet minder op geworden, helaas. Pas geleden had *Weekend* nota bene foto's van hun interieur geplaatst. Hoe komen ze daar nou aan! Manouk wordt er haast paranoïde van: zou Koen het hebben gedaan? Maar die is volgens Jacky nauwelijks binnen geweest. En dan Jacky zelf: die heeft geld nodig nu ze in scheiding ligt. Of Kim? Maar Kim zou zoiets nooit doen… Toch?

Er is zo'n jongen, Guido den Aantrekker, die wel eens heeft gebeld voor een interview voor *Story*. Niemand weet hoe hij aan hun nummer kwam. Voorlopig hebben ze geantwoord dat Michiel helaas te druk is om met hem af te spreken, maar hoe lang is dat vol te houden? Je wilt ook niet dat de roddelpers zich tegen je keert, want dan kan je het helemaal krijgen.

De laatste tijd betrapt ze zichzelf er geregeld op dat ze in de supermarkt staat met een roddelblad. Bladerend om te zien of ze erin voorkomt. Zij, en vooral Michiel. Zodat ze in ieder geval weet waarom ze weer worden nagestaard.

♥

Vanavond maakt ze haar huis sfeervoller dan ooit. Met veel geld doe je dat dus. Ze kent nu eindelijk het geheim. Het maakte niet meer uit dat die vaas honderdvijftig euro kostte, de amuselepels vijf euro per stuk, mooie kaarsenhouders en vooruit, zelfs een tafelloper, bijpassende servetten, en dan ook maar die prachtige wijnglazen – en die kleine bloemenvaasjes wilde ze ook, voor een bloemetje bij ieder bord. Ze rekende tweehonderdvijftig euro af in de chique interieurwinkel, maar voilà, het resultaat mag er wezen: de tafel is geweldig mooi. Ze is verrast en trots dat hij net lijkt op de volgestalde tafels in de woonbladen.

Het liefst had ze gedekt voor intieme vrienden en niet voor twee mannen van wie ze maar niet af lijkt te komen, maar goed. Koen en Stefan geven haar tenminste een aanleiding om een ouderwets gezellige avond in huis te organiseren. Wie weet komen Koen en Kim toch nog tot elkaar. Dat zou bijzonder zijn, eindelijk een nieuwe man in Kims bestaan.

En die Stefan... Hopelijk denkt hij niet alsnog dat ze ondanks haar getrouwde staat beschikbaar is voor een avontuurtje! Ze heeft expres een menu bedacht waarvoor ze veel in de keuken moet zijn.

Het voorgerecht is een salade met warme geitenkaas, het hoofdgerecht bestaat uit krieltjes die op een laag vuur zijn gebakken in olie met rozemarijn en knoflook, een kort gebraden rosbief en knapperige boontjes met geroerbakte paprika's en cherrytomaatjes. Desnoods zal ze de tijd nemen om pijnboompitjes te roosteren en maakt ze ter plekke een kruidenboter bij stokbrood dat ze eerst moet afbakken, dat kost alweer tijd waarin ze niet aan tafel kan zitten.

Ze heeft alleen witte wijn en rosé. Daar word je minder dronken van dan van rood. En natuurlijk geen likeurtje bij de koffie – te veel alcohol werkt alleen maar ongewenst gedrag in de hand.

Ondanks de goed doordachte voorbereidingen, is ze zenuwachtig. Stel dat ze haar gaan stalken nu ze haar adres weten? Stel dat ze dronken, agressief of handtastelijk worden, of alle drie? Dat is het enige nadeel van kinderboekenmaker zijn: ze heeft te veel fantasie en die sleurt haar diverse nachtmerries in, als ze niet oppast. Gelukkig gaat de bel. Gauw zet ze de deuren naar de tuin open. Het is erg warm geweest. Het piekeren is voorbij, de avond gaat beginnen.

Entree
Koen en Stefan staan met een vriendelijke lach en een enorme bos bloemen op de stoep.

'Wat lief!' roept Manouk, maar ze herstelt zich snel. Een beetje afstandelijkheid is wel gepast, ze moet niet te joviaal worden. Ze wijst de mannen ietwat formeel op de kapstok. Om hun jas eraan te kunnen hangen, moeten ze hun voeten tussen de regenlaarsjes van de meisjes schuiven. Ze lachen erom, maar Manouk knikt ze slechts toe.

Binnen zeggen Koen en Stefan bewonderende dingen over de tafel, maar Manouk wuift de complimenten weg. Ineens twijfelt ze of dit wel de goede avond was om de tafel zo mooi aan te kleden. Ook al had ze er zelf zo'n behoefte aan om eens uit te pakken. Geeft het geen verkeerde indruk?

Al snel gaat de bel opnieuw. Kim komt binnen en geeft haar een dikke smakkerd plus een fles wijn. Manouk stamelt iets als dat ze niet te veel wil drinken vanavond, maar gelukkig negeert Kim haar gebazel. Ze kust de mannen ook vriendelijk op hun wang, waarna Manouk er ineens wat stijfjes bijstaat. Toch blijft ze zichzelf voorhouden dat ze het niet té gezellig wil maken, daar komen maar ongelukjes van.

Voorgerecht

Terwijl Manouk de borden van de salades afruimt en Stefans hulp hierbij beleefd doch beslist weigert, schenkt Kim iedereen nog eens bij. Ze herhaalt hoe prachtig de tafel is gedekt en Manouk zegt dat ze er zelf ook zo van geniet.

'Hoe heb je dat voor elkaar gekregen?' vraagt Kim.

'Gewoon, gekocht,' lacht Manouk, en ze gaat met de borden naar de keuken. Daar drinkt ze een glas water voordat ze een braadpan zoekt voor de rosbief. Koen en Stefan zijn echt sympathiek en heel fijn gezelschap. Manouk is verrast door het verlangen naar gezelligheid dat in haar opvlamt, alsof het iets is wat ze onbewust heeft gemist en nu het liefst met grote teugen tot zich zou nemen. Maar dat is niet verstandig. Ze moet vanavond beheerst genieten en vervolgens met Michiel gaan bespreken hoe ze weer wat meer gezelligheid in hun bestaan kunnen brengen. Hoe lang is het ook geleden: toen Ava eenmaal wat zelfstandiger werd, raakte ze zwanger van Lieve, en daarna was het keihard werken. Ontspanning. Gezelligheid. Daar moeten ze weer naar terug, anders staat ze niet voor zichzelf in. Gelukkig slapen Ava en Lieve tegenwoordig allebei altijd door.

Hoofdgerecht

De rosbief is heerlijk mals, en de groenten passen er fantastisch bij. Je zou haast denken dat Manouk een goede kokkin was, terwijl het enige waar het om gaat is dat je goede ingrediënten en een onbeperkt budget hebt. Toch geniet Manouk ervan dat het zo goed is gelukt. Ze begint steeds harder te lachen om de grapjes die de mannen maken en, wat kan het schelen, ze schenkt iedereen nog maar eens bij.

Maar dan gaat de bel en schrikt ze toch. Als het Michiel maar niet is, schiet het door haar hoofd, die komt als het goed is pas om twee uur vannacht terug. Als Koen en Stefan al lang en breed naar huis zijn. Manouk heeft Michiel wel zo'n beetje geïnformeerd over 'nieuwe kennissen' die kwamen eten, maar als hij nu zou binnenkomen zou hij de verkeerde indruk krijgen.

Hopelijk is het ook zijn moeder Conny niet. Net wat voor haar om volkomen onverwacht voor de deur te staan en Manouk te treffen in een situatie waar niemand van mag weten, en op de allerlaatste plaats haar schoonmoeder!

Ze wrijft over haar voorhoofd en strijkt haar jurk glad. Dan haalt ze adem en opent de deur.

Nagerecht

Het is Jacky. Haar mascara is uitgelopen, ze heeft de blik van een natgeregend hondje. 'De kinderen zijn bij Pierre. Ik hou het thuis niet uit in mijn eentje,' zegt ze zachtjes. 'Mag ik even binnenkomen?'

Manouk lacht haar tanden bloot. 'Ja!' Ze neemt Jacky bij de hand en leidt haar naar binnen. 'Je komt perfect gelegen,' zegt ze. 'Ik pak meteen een glas voor je.' Ze vertelt de gasten dat Jacky er is. Eindelijk voelt ze spanning van haar schouders glijden. Als Jacky nou met Stefan praat, en Kim met Koen, dan kan Manouk met een gerust hart gastvrouw zijn en wie weet heeft ze hier dan zomaar een perfect gezellige vriendenkring gecreëerd.

Nu ze eindelijk echt ontspant, stelt ze de vraag die ze normaal gesproken als eerste zou stellen: 'Oké, lieve mensen. Kijk even naar deze *Weekend*. Iemand heeft foto's van ons huis doorgestuurd, maar wie?' Quasistreng kijkt Manouk van Kim naar Jacky en van Stefan naar Koen. 'Niemand?'

'Ikke niet.' Kim haalt haar schouders erbij op.

Koen zegt: 'Wij kunnen het zeker niet geweest zijn.'

Jacky vraagt: 'Zijn wij echt de enigen die hier in huis komen?'

'Onze móéders zullen het niet geweest zijn,' zegt Manouk en dan valt haar mond open. 'Ik weet het. De schoonmaakster!'

Met zijn allen barsten ze in lachen uit om deze vrouw die een kleine, ondersteunende rol had moeten spelen, maar daarvoor kennelijk te geldbelust en wraakzuchtig was. Manouk schenkt iedereen nog eens bij. Laat ze maar lekker blijven tot Michiel er is, dan komt hij tenminste eens terecht in een feestelijk thuis!

32

Eigenlijk ergert Manouk zich al aan haar moeder voor ze heeft aangebeld. Ze zal Lieve niet op de arm nemen en niet spelen met Ava, zo is ze nou eenmaal niet. Ze zal geen grapjes maken met de meisjes, en ze zal verkeerde vragen stellen aan Manouk. Yvonne van de Berg zal haar best doen en na afloop voelt Manouk zich altijd oprecht schuldig, maar toch krabt de ergernis in haar buik, nog voor de deur is geopend. En dan die hitte.

'Hallo,' zegt Yvonne op een uitgebluste toon.

'Ga maar naar binnen, Ava,' zegt Manouk tegen haar dochter. 'Hoi mam.' Ze stapt naar binnen met een prachtige bos bloemen. Ze heeft een doosje bonbons gekocht en de meiden kleurplaten laten inkleuren (of beter gezegd: inkrássen), waarmee ze nu voor oma's neus wapperen.

'Wat mooi!' zegt Yvonne, en het valt Manouk op dat ze pantoffels aanheeft. In de woonkamer staat de tv aan en nergens pruttelt een koffiezetapparaat. 'Hebben jullie lekker vakantie? Wil je wat drinken? Koffie, thee?'

'We blijven niet zo lang, hoor,' zegt Manouk. 'Alleen Ava heeft vakantie hè, want Lieve gaat natuurlijk nog niet naar school. Ik help wel even met de bloemen, dan kun jij vast koffie zetten.' Als ze nou maar een beetje opschiet, denkt Manouk, dan hoeft alles niet zo eindeloos te duren.

'Ja, koffie dus? En de meisjes, limonade?'

'Ik wil geen ranja, ik wil cola,' zegt Ava, maar Manouk zegt dat cola niet voor kleine meisjes is, en al helemaal niet op gewone dagen.

'Nou, een beetje feest is het toch wel: ze zijn eindelijk weer eens bij oma,' zegt Yvonne. 'Heb je een fijne zomervakantie, Ava?'

Manouk bijt op haar lip en mompelt knarsetandend in zichzelf: o, wat een feest. Ze vraagt: 'Heb je alleen die oude vazen?'

Yvonne kijkt, te langzaam, om en pakt een platgeschrobde afwasborstel.

'Zal ik even proberen hem schoon te maken?'

'Laat maar.' Manouk vult de vaas vol aanslag al met water. Haar moeder zet de limonade op tafel. 'Zou er wat lekkers in huis zijn?'

In de keuken draait Manouk met haar ogen. Als haar moeder bij haar thuis komt, doet ze zich te goed aan toastjes met allerhande kaasjes, nootjes, zoutjes – alles wat Manouk maar aanbiedt. Is het dan echt te veel moeite om wat leuke schaaltjes voor te bereiden als ze zelf eens visite krijgt? Niet omdat Manouk nou zo graag wil eten, maar gewoon omdat daar een warm welkom van uitgaat. En de tv uitzetten zou ook wel aardig zijn, om maar iets te noemen...

Manouk had dit bezoek graag overgeslagen, maar ja, welk excuus moet je gebruiken als iedereen weet dat het zomervakantie is?

'Oma, heb je speelgoed?' vraagt Ava dapper.

Oma doet alsof ze moet nadenken voor ze nee zegt, alsof het de eerste keer is dat ze het zich realiseert. 'Of misschien toch.'

Ze begint te rommelen in een kast en haalt er een plastic tasje uit. 'Kijk eens, een servies, vinden jullie dat mooi?'

Ava, de lieverd, neemt het dankbaar aan. Die ziet natuurlijk de grote letters van de supermarkt er niet op, waar oma Yvonne die troep kennelijk gratis meekreeg. 'Lusten jullie een... waterijsje?'

'Yeeh,' juicht Ava en omhelst haar oma.

Lieve begrijpt niet wat er precies gebeurt, maar één woord heeft ze herkend. 'Eis,' zegt ze terwijl ze achter oma aanstapt, die naar de vriezer loopt. 'Eis.'

Oma Yvonne geeft haar kleindochters een ijslollie en vouwt er een stuk keukenpapier omheen tegen koude handen. Dan komt ze bij Manouk zitten.

'Ik las in de *Vriendin* over die zanger die bij jullie was. Hij heet toch Joost de Zanger?'

'Zo heet hij niet echt, hoor, dat is zijn artiestennaam.'

'Ik vond het al zo toevallig.'

Manouk bijt op haar tong en haar moeder gaat verder: 'Ik heb het hier ergens, waar is het toch gebleven?' Yvonne komt half omhoog uit haar zitstand en kijkt verdwaasd om zich heen.

'Het geeft niet, ik hoef het niet te zien, hoor.'

'Maar hij staat op de foto met een vrouw en… volgens mij was hij met een andere bij jullie. Zijn vriendin had toch donker haar?' Ze kijkt erbij alsof ze met een wiskundig probleem worstelt.

'Mam, weet ik veel, misschien heeft ze het geverfd.'

'Ja, dat kan natuurlijk ook – o wacht, ik denk dat ik weet waar het ligt.' Moeizaam hijst Yvonne zichzelf omhoog en ze loopt naar een rommelig kastje. Ze trekt er een blaadje uit, de *Vriendin*.

In een andere situatie zou Manouk zeker nieuwsgierig zijn geweest, met Kim of Jacky zou ze zich met liefde te pletter roddelen over het wel en wee van artiesten en BN'ers die ze in enkele gevallen heeft ontmoet. Maar haar moeder met haar krenterige gedrag en haar gebrek aan interesse in haar dochter, wekt alleen maar Manouks ergernis. Het zou moeten gaan om haar, Manouk, om hoe ze het redt in het leven. Is ze gelukkig, heeft ze hulp nodig, wat zijn haar ideeën over de wereld en haar plannen voor de toekomst? Zó'n gesprek wil ze met haar moeder voeren, niet een zinloos gesprek over BN'ers en hun vermeende escapades.

Yvonne houdt het blad voor Manouks neus: 'Is dit de vriendin van die zanger?'

Manoek haalt onwillig haar schouders op. 'Weet ik niet.'

'Want het lijkt wel een andere vrouw.'

'Misschien, mam, dat weet ik toch allemaal niet.'

'Ze zeggen dat er veel wordt gesjoemeld tussen BN'ers. Klopt dat?'

'Natuurlijk niet, dat zie je toch aan ons? We hebben net zo'n huwelijk als iedereen.' Er valt een korte stilte. 'Misschien een beetje leuker.' Dan roept ze haar meiden. Ze gaan weer, ze houdt het hier echt niet langer vol.

33

Vanmorgen heeft Michiel gefluisterd: 'Blijf jij maar lekker liggen, ik breng de meisjes weg,' en een kusje op haar neus gedrukt. Eerst lag ze ongemakkelijk en klaarwakker in bed te luisteren naar Michiel en haar dochters. Ze hoorde hem wel drie keer zeggen dat ze stil moesten zijn voor mama.

Ava zit sinds kort in groep twee, en Lieve is al een paar keer gaan spelen bij de peutergroep. Ze zal over een paar weken de babygroep alweer verlaten. Wat worden ze toch snel groot...

Uitslapen, hoe moest dat ook alweer? Maar ze heeft doorgezet en zichzelf ervan weerhouden om eruit te gaan. Ze heeft de nieuwe *Grazia* gelezen en geluisterd naar de heerlijke stilte in haar huis. Toen is ze zowaar nog even in slaap gevallen. Zo fijn, slapen is toch eigenlijk het lekkerste wat er is.

Pas om half twaalf, als ze met een krantje beneden zit, belt ze Michiel op zijn mobiel om te vragen of zij Ava van school moet halen voor het middageten.

'Goeiemorgen, schat,' zegt hij, 'heb je lekker geslapen?'

'Het was heerlijk,' knikt ze, 'precies wat ik nodig had.'

'Doe maar rustig aan, ik haal Ava op. En Lieve neem ik ook vroeg mee vanaf de opvang.'

'Ben je vandaag thuis?'

'Zo veel mogelijk, ik mis jullie.'

'Wij missen jou ook.' Ze ziet hem voor zich, hoe hij eruitziet als hij belt. Hij werkt zo hard en zou natuurlijk ook liever willen dat hij meer tijd had voor het gezin. Geen enkele vader wil de peuter- en kleuterjaren van zijn kinderen missen. Wat is het eigenlijk sneu dat zo veel mannen toch nog in die situatie verkeren.

'Maak maar een lekker bad voor jezelf,' zegt Michiel, 'ik zorg voor de meisjes en voor een lunch.'

'Waar ben je nu dan?'

'In een bespreking.' Hij zucht. 'Ik vertel je er straks over, oké? Ik moet iets met je overleggen.'

Hij wil overleggen over zijn werk. Eindelijk! Wat de volgende single moet worden misschien, of de zanghoogte voor een nieuw nummer. Misschien twijfelt hij over de kleding voor zijn komende tournee, of over een pose voor de fotoshoot. Vroeger overlegden ze altijd alles over zijn optredens; van vertrektijd tot playlist, alles. Dat deden ze 's middags bij de lunch of 's nachts bij een wijntje, als Michiel thuiskwam van een schnabbel en Manouk nog zat te schilderen. Heerlijk was dat, en romantisch ook. Sinds hij Joris en andere managers om zich heen heeft, is er nauwelijks nog een moment waarop Manouk kan meedoen.

Tevreden staat ze nu in de badkamer. Het ontspannende bad besluit ze toch niet te nemen, want ze realiseert zich dat er belangrijker werk te doen is. Ze pakt haar epileerapparaat en zet een voet op de badrand. Het voelt als een antiek déjà vu. Mijn god, wat is het lang geleden dat ze dit heeft gedaan. Ze wrijft over haar scheenbeen. De huid is droog. De haartjes pieken minstens een centimeter lang uit haar vel. Toch vindt ze het niet eens een gruwelijk gezicht. Het is niet alsof haar onderbeen een wc-borstel lijkt, zo harig is het in die weken of maanden niet geworden. Wat dat betreft mogen reclames best wat minder hysterisch doen over ongeschoren benen. Het voelt niet hard en al helemaal niet scherp. Michiel zou zich heus niet bezeren als hij haar eens liefdevol opwreef – wat ook veel te weinig gebeurt.

Toch zet ze het apparaatje op de huid. Natuurlijk zal ze zich sexy en vrouwelijk voelen zonder die haartjes, en wat bodylotion zal haar ook goed doen.

Ze klikt het machientje aan en – *au* – zet het meteen weer uit. Tot zover het epileren; wat een rotpijn geven die dingen, dat was ze óók al vergeten. Het is vandaag alweer herfstachtig koud, ze draagt onder haar jurk toch een legging tot op haar enkels, wat kunnen haar die benen eigenlijk schelen.

Terwijl ze wacht tot het douchewater warm is, kijkt ze in de spiegel naar haar blote lichaam. Haar dijen zijn wat te dik, tja. Ze tilt de huid boven haar buik op en kijk, daar zou haar navel eigenlijk moeten zitten, mooi in het midden van een strakgetrokken buik. Haar borsten weegt ze in haar handen. Die zijn ook al te lang niet gekust.

Als ze onder de douche stapt, hoort ze het slot van de voordeur alweer. Ze zijn er. Michiel, Ava en Lieve. Al is het midden in de nacht, zodra ze de voordeur hoort schieten haar mondhoeken omhoog. Het is toch een fantastisch gezin, ondanks haar geklaag is ze vooral dankbaar voor wat ze heeft. Luisterend naar Ava's Disney-stemmetje staat ze te stralen onder de douche. Het is háár gezin, van mama Manouk, haar geweldige gezin.

Gauw spoelt ze de shampoo uit haar haren en grijpt naar een handdoek. Ze wil de lunch niet missen die Michiel heeft geregeld. Eindelijk weer eens samen aan tafel.

Haastig smeert ze zich in met bodylotion, maar andere oude vertrouwde spullen laat ze liggen. Zoals een haarmasker en 'gelcrème' die al over de houdbaarheidsdatum is, om de huid een extra *boost* te geven. Ze wurmt zich in haar jurk en haast zich naar beneden. 'Dag schatjes, hoe hebben jullie het gehad vandaag?'

Als het om verrassingen gaat, is Michiel de beste. Ava mag helpen tafeldekken. Zodra ze Manouk ziet, laat ze een stapeltje messen uit haar handen vallen.

'Papa! Daar is mama!'

'Je hebt gelijk.' Michiel knipoogt naar Manouk. 'Toe maar.' Van het aanrecht pakt Ava een superlange rode roos. Trots brengt ze die naar mama, haar arm vooruitgestoken. Manouk gaat op haar knieën zitten. 'Wat mooi!' roept ze uit. Ava werpt zich in haar moeders gespreide armen. 'En deze is van papa,' zegt ze voordat ze een nat kusje op haar wang drukt.

'Wat mooi, wat lief!' Ze kijkt verrast naar Michiel, die breed naar haar lacht.

Met Lieve aan de hand schuifelt hij in haar richting. Lieve kirt opgetogen en gooit min of meer een roos in de richting van Manouk. 'Mama,' zegt ze.

Manouk en Michiel lachen.

Hij spreidt zijn armen en Manouk staat op. Hij pakt haar eens lekker vast en kijkt diep in haar ogen. *'Ik heb zin, in een dag met jou...'* zingt hij, en veegt een haarlok uit haar ogen.

Manouk giechelt.

'Ik hou van je,' fluistert hij.

'Ik ook van jou.'

Hij drukt een kus op haar mond. Ze was zelfs vergeten hoe zacht zijn lippen zijn.

'Het is veel, hè?' zegt hij zacht, 'Alles.'

Manouk knikt.

Hij duwt zijn neus tegen het puntje van de hare. 'En toch geniet ik elke dag van je.'

Hij ruikt nog steeds zo lekker. Hij voelt zo veilig en zo warm. Ze vleit haar hoofd tegen zijn borst en zo blijven ze even staan, in een omhelzing die eeuwig zou mogen duren. Tot ze 'splats' horen en Ava iets roept als: 'Ik kan er niks aan doen!'

Geschrokken kijkt Manouk naar de tafel en ziet daar haar vijfjarige dochter staan, bij een omgevallen beker, met een pak waar het sap nog steeds uit gutst.

'Hou het omhoog, je knoeit!' Met een haast bovenmenselijke *slide*-sprong schiet Manouk naar de tafel en grijpt het druipende pak.

'Ik kan er niks aan doen!' gilt Ava.

'Je staat er met je voeten in!' Manouk klinkt bozer dan ze wil, maar ja: kan Ava niet eens zelf bedenken dat ze het pak omhoog moet houden als de hele inhoud over tafel stroomt?!

'Kom maar, Ava, kom.' Michiel houdt een vaatdoek onder de kraan en wringt hem uit. 'Ik zal je leren hoe je het moet opvegen. Dan kan mama in de tussentijd een droge broek voor je halen.'

'Ja.' Manouk klinkt mopperig. 'En sokken en een onderbroek en een shirt – en voor Lieve ook alvast, want dat duurt natuurlijk ook niet lang.'

'Schat…'

'Ja, ik weet het.'

Aan de lunchtafel doet Manouk haar best om gezellig te zijn. Michiel heeft croissantjes in een schaal gedaan en de kaiserbroodjes die Manouk zo lekker vindt. Voor de meisjes zijn er krentenbollen. Er is zoet en hartig beleg op bordjes uitgestald, in een schaaltje zitten warme knakworstjes. Bij hun borden staan wijnglazen met jus d'orange. De adrenaline die zonet nog door haar aderen spoot, is gelukkig weer weggeëbd. De meisjes met hun vrolijke staartjes zitten rustig te knabbelen op hun krentenbollen. Michiel wrijft over Ava's smalle rug, en Manouk helpt Lieve om wat slokjes te drinken. 'Lekker?' vraagt ze.

Michiel knipoogt over tafel.

'Wat wilde je met me bespreken?' vraagt ze.

'Ja.' Hij gaat verzitten. Slikt zijn brood door voordat hij naar woorden zoekt. 'Ik, eh, moet voor de nieuwe opnames naar Amerika.'

'O?'

'Eh, overmorgen al.'

'Overmorgen?!'

'Hopelijk vind je het niet erg dat ik dan twee weken wegblijf.'

'Twéé weken!'

'Het spijt me, het kan niet anders.'

Zijn vragende ogen zien er ineens huichelachtig uit. Twee weken. Met een kleuter, een peuter, schooltijden en haar werk. Wat zitten ze hier nou tijd te verdoen aan een mooi gedekte tafel, als zij daardoor minder tijd heeft om zich voor te bereiden op twee weken in haar eentje? Waar is deze lunch eigenlijk voor bedoeld? Om haar te paaien zodat ze prettig zal reageren op het nieuws dat hij haar alleen laat?

'Had je dat niet eerder kunnen zeggen?'

'Ik wist het niet, schat, echt niet. Ze hebben het vanmorgen voor mijn voeten geworpen.'

'Hoezo moet dat ineens helemaal in Amerika!'

'Het heeft te maken met bepaalde producers die een goede reputatie hebben, en ook goed zijn voor de pr. Nederlandse journalisten vinden het interessanter als het in Amerika is opgenomen, daar krijg ik meer publiciteit mee – ik zou het ook liever anders willen.'

'Zeg maar dat je niet kunt.'

'Maar de studioruimte is al gehuurd, dat kost klauwen met geld.'

'Dat is pech voor hen. Je kunt niet, want je hebt een gezin en een werkende vrouw.'

'Echt veel werk je op het moment niet, toch?' Aan zijn blik is te zien dat hij meteen beseft dat het een verkeerde opmerking is.

Ze kijkt hem streng aan, ook al zou ze het liefst in tranen uitbarsten. 'Hoor je wat je zegt?' Ze staat op. 'Als jij een vrouw wilt die niks anders doet dan jouw stomme succesverhalen aanhoren, dan zoek je maar een ander.' Ze loopt de kamer uit.

'Manouk…'

Het is de zuchtende manier waarop hij haar naam uitspreekt die haar zo irriteert. Als een klein kind aapt ze de toon na: 'Michiel…' En verdwijnt naar boven. Straks zal ze kalmeren en zeggen dat hij natuurlijk moet gaan, dat goede opnames en publiciteit belangrijk zijn, dat ze hem alle succes en vooral alle geluk gunt. Straks, als ze de frustratie te boven is.

34

Het is nog steeds een drama om Ava op tijd op school te krijgen. Wanneer gaat een mens daar ooit aan wennen? Hoe doen andere vrouwen dat? Zou het kunnen dat het voor Manouk anders is omdat zij toevallig kunstenaar is en op sommige dagen, zoals vandaag, wakker wordt met een intens verlangen om een prachtig doek te schilderen? Nu ze net een prentenboek heeft afgerond, heeft ze er weer tijd voor.

Een eerbetoon aan de liefde wil ze maken, met een man en vrouw in een heerlijke, eindeloze omhelzing. Ineengestrengeld moeten ze zijn, ze stond in de supermarkt toen het idee opkwam, bij de kiwi's. De lange haren moeten golven zoals die van de beroemde *Geboorte van Venus* van Botticelli, de naakte vrouw in haar schelp. Het samenzijn moet ze alles doen vergeten, zoals in *De kus* van Klimt.

Hij staat achter haar en zij houdt haar armen zowel verleidelijk als kwetsbaar omhoog, haar handen verdwijnen achter zijn hals. Zijn vingers rusten losjes net onder haar borsten, waar ze het verlangen moeten oproepen om haar te betasten.

Op een tweede schilderij zou de man zich met gespreide armen tot een menigte richten, hij is als een sjabloon geheel in het zwart en heeft misschien zelfs een microfoon in de hand. Zijn vrouw staat achter hem, gedetailleerd uitgewerkt in kleur. Je ziet van haar een *medium-shot*, haar borst en gezicht. Op de plaats van haar hart staat die man in sjabloon.

Het kan zelfs een drieluik worden, waarbij ze tot slot samen naar de kinderen kijken. Alles in dezelfde, Klimt-achtige sfeer, maar dan zonder goud. Ze denkt meer aan lichtblauw en zilverstrepen met veel wit. Als een zomerbriesje moet het zijn, dit drieluik over de liefde. Hun liefde. Van Michiel en Manouk, want daar is het uiteindelijk op gebaseerd.

Vroeger zou ze na zo'n ideeënstorm vijf dagen het huis niet uit zijn gegaan. Ze zou doeken opspannen en eerste schetsen aanzetten. Ze zou nauwelijks eten en 's nachts met een rosé of biertje in de hand doorwerken. In deze roes van adrenaline en slaaptekort zou ze haar nieuwe werk creëren. Misschien kon ze er haar eerste officiële expositie mee openen.

In plaats daarvan zit Manouk in Ava's klas, groep 2, bij juf Saskia, een prentenboekje voor te lezen voordat school begint. Op het plein dwarrelen goudgele blaadjes in de wind. Aan de wand hangen spinnenwebben van kastanjes en wol. De herfsttafels staan weer te pronken op school.

Lieve onderzoekt intussen het lokaal. Manouk hoeft haar nauwelijks te vermaken, want dat doen de meisjes uit groep 2B al te graag. Ze pakken haar handje en helpen haar met lopen. Ze praten met babystemmetjes: 'Wil je daarheen?' Of: 'Daar mag je niet aankomen.' Lieve lijkt overdonderd door alle aandacht, maar geniet er tegelijkertijd van.

Pas tegen negenen wandelt Manouk van het plein af. Naast Jacky heeft ze nog een paar andere moeders leren kennen, van wie enkelen nog haastig over het plein schieten. Ze groeten elkaar en zeggen korte dingen als 'wat wordt ze groot, hè' met een knik naar Lieve, of 'fijne dag' en 'tot straks'. Een enkele keer vraagt ze aan een moeder of die het niet zwaar vindt, dit regime van rennen en jachtig door de dagen gaan, en iedereen beaamt dat. Pff, het is geen doen. Toch lijken alle andere moeders het wel goed vol te houden. Dan moet Manouk het toch ook kunnen. Maar ja, hoe?

Ze loopt met Lieve naar huis. Ze hebben geen haast. Michiel kan ze niet bellen, want in Amerika is het nu drie uur 's nachts. Het gaat goed in de studio heeft hij gezegd. Als het zo doorgaat kan hij misschien wat eerder naar huis. Ze wou dat ze vol zat met plannetjes voor peuterdingen om met Lieve te doen vandaag, dat ze overliep van zin om te vingerverven en krantjes te scheuren. Maar het enige wat ze vurig wenst, is tijd om het eerste doek van het drieluik op te zetten. Ook al vindt ze het nog zo gezellig met de kleine kirrende dame. Eén dag per week, op donderdag, gaat Lieve naar de opvang, maar dat is niet vandaag.

Weet je wat ze doet: ze belt gewoon opa en oma Van Toledo weer eens een keertje. Ze zullen Michiel ook missen en willen haar misschien toch even steunen.

Ze wrijft in haar ogen. De huid rondom haar ogen wordt met de dag dunner. Wie weet kan ze wat hulp krijgen, ja, dat gaat ze doen, even haar schoonouders bellen. Ze gaapt en kijkt naar Lieve, die door haar knietjes zakt om naar een kiezelsteentje te kijken.

'Hai Conny,' zegt Manouk. 'Met Manouk.'

'Kind, wat bel je vroeg.'

'Je werkt toch 's ochtends in de winkel?'

'Natuurlijk doe ik dat. Daarom is het nog wel vroeg om te bellen.'

'Ja, ik vroeg me namelijk af of jullie vanmiddag gelegenheid hebben om een paar uurtjes op Lieve te passen.'

'Gottog, dat zouden we natuurlijk graag doen, maar we krijgen eters en moeten nog boodschappen halen.'

'O. Oké, veel plezier.'

'We willen graag helpen, hoor, maar dan moet je ruim van tevoren bellen zodat ik het in de agenda vrij kan houden.'

Manouk glimlacht zuur. Van tevoren bellen… Alsof een moeder drie weken eerder al weet dat ze juist op deze dag wat hulp kan gebruiken. Flexibel moet je zijn, flexibel! Maar ze hangt gewoon netjes op en belt haar eigen moeder.

'Mam?'

'Hai schat, ik moest zo aan je denken.'

'O ja?'

'Ik lees namelijk dat Yvon Jaspers een kinderboek wil maken.'

Ze laat haar schouders hangen. 'Mam, iederééń wil dat.' Het komt er onvriendelijker uit dan ze bedoelt.

'Dus jij weet er niet meer van?'

'Nee, mam.'

'Want jullie kennen haar toch?'

'We zien haar wel eens lopen bij evenementen, ja, maar dat is iets anders dan iemand kennen, mam.'

'Ja ja, dat begrijp ik.'

'Oei, Lieve loopt van me weg,' liegt ze. 'Ik dacht dat ik tijd had om even te bellen, maar het lukt toch niet. Ik bel je dit weekend, oké?'

'Ja schat, natuurlijk.'

Ze schuift haar mobiel in de zak van haar jas en wacht geduldig tot Lieve klaar is met het aanwijzen van kiezelsteentjes.

♥

'Wil je cappuccino of latte macchiato?' Jacky kijkt lachend naar Manouk. Ze grapt: 'Amaretto erbij, of liever een dessert van het huis?' Ze wijst het HEMA-assortiment aan alsof het om een luxe uitspatting gaat.

Manouk schiet in de lach. 'Doet u maar een dubbele decafé espresso met room en geschaafde amandel.' Ze pakt haar portemonnee en zegt: 'Ik ben blij dat je tijd had om even koffie met me te gaan drinken.'

Jacky knikt. 'Ik wil jou ook graag spreken, want ik heb iets leuks te vertellen.' Ze geeft Manouk een vrolijke elleboogstoot en tilt het dienblad van de band. 'Wil je bij het raam?'

Manouk knikt. 'We zijn al zo diep gezonken, het is niet eens erg meer als iemand ons hier ziet zitten.' Ze schuift een kinderstoel voor Lieve bij.

'Ha ha!' Jacky is opvallend vrolijk en haar stem klinkt opgewekt. Ze zet haar ellebogen op tafel en leunt samenzweerderig naar voren. Dan fluistert ze: 'Ik ben verliefd.'

Manouks mond valt open. Ze probeert niet in de verbazing te blijven hangen, en roept: 'Wat leuk! Ken ik hem?'

Jacky knikt heftig. 'Stefan. Het is Stefan! En hij is ook op mij!'

'Ah!' Opnieuw zit Manouk met een opengevallen mond. Moet ze

nou vertellen dat Stefan met haar zat te sjansen? Dat ze bijna met hem had gekust, dat ze elkaar op die manier hebben ontmoet?

Nee, waarom zou ze. Ze realiseert zich in deze *split second* dat ze het óf nu moet vertellen, óf nooit. Anders zou ze nog de indruk wekken dat ze dingen achterhield. Het wordt het laatste: nooit meer. Want als ze het meteen vertelt, dan zou ze misschien de indruk wekken dat ze Stefan en Jacky het geluk niet gunt.

'Dus jullie zijn nu een stel?'

Des te beter, ze is blij dat op deze manier de spanning uit haar omgang met Stefan verdwijnt. Eindelijk komt ze omhoog uit haar stoel om Jacky te omhelzen: 'Dat is geweldig nieuws, gefeliciteerd!'

35

'Dag lieverd, met je moeder.'

'Hai mam.' In haar handen houdt Manouk een berg schone was, de telefoon klemt ze tussen haar hoofd en schouder. Ze is alles aan het verdelen in vijf stapels: Manouk, Michiel, Ava, Lieve en de stapel met hand- plus vaatdoeken en beddengoed.

Een eeuwige klus, die was, ze voelt zich er altijd zo'n ouderwetse krulspeldenvrouw bij. Michiel wil het graag uitbesteden en er schijnen schoonmaaksters te zijn die ook de was willen doen, maar Manouk moet er niet aan denken dat iemand de remsporen van Michiel en Ava ziet, of de vieze onderbroeken die ze zelf achterlaat. O nee, een gruwel. Dan nog liever de lokken uit je gezicht puffen, de was vervloeken en op je tanden bijten.

'Heb je het druk?' vraagt haar moeder.

'Valt wel mee.'

'Omdat je me afgelopen weekend zou bellen, dus ik dacht...'

'Dat is waar ook, sorry mam, dat was ik alweer vergeten.'

'Het geeft niks, Noekie, maar ik vraag me af: gaat het wel goed met je? Met jullie?'

Manouk legt de berg kleding op de grond, en neemt de telefoon in haar hand. 'Ja, hoezo?'

'Nou ja, het is... Klopt het dat jullie huwelijksproblemen hebben? Het staat in de *Story*.'

'Wát?!'

'Had je dat nog niet gezien? Tante Els gaf het aan me. Ik koop dat soort bladen natuurlijk niet.'

'Wat staat er dan? Gaat het echt over ons?'

'Er staat zelfs een foto van jou bij. Ik moet zeggen, lieverd, dat ik ervan schrok. Je lijkt wel tien jaar ouder.'

'Dat zal wel gefotoshopt zijn.'

'Zoiets weet ik toch niet. Ik kijk ernaar en jij bent het echt.'

'Ja, natuurlijk.' Ze puft. 'Is het van deze week?'

'Ik kreeg hem net. Van tante Els.'

'We hebben namelijk het idee dat de werkster die we even hadden met foto's naar de bladen is gestapt. Wat heb jij in je hand? Is het de uitgave van deze week?'

'Dat weet ik niet. Kan ik dat ergens zien?'

'Laat maar, mam, bedankt voor je telefoontje. Ik ga even kijken in de winkel. We bellen later nog even, goed?'

'Ja, ik wil hem je ook wel brengen, maar het is wat lastig met de regen die ze hebben voorspeld.'

'Hoeft niet, mam. Ik ga al naar de winkel.'

In de supermarkt stijgt het schaamrood haar naar de kaken. Daar staat ze, ooo. Op zo'n ochtend dat ze zich al zo ontzettend onopgemaakt voelde, en slecht gekleed. Wat is ze grauw, wat is ze bleek, wat is ze oud.

Als versteend staat ze in het gangpad met het blad in haar handen. Ze leest de kop: HUWELIJK MICHIEL VAN TOLEDO IS UITPUTTINGS-SLAG.

"VAN DE REDACTIE. **Michiel van Toledo** veroverde alle vrouwen-harten met zijn succesnummers 'Wereldwonder' en 'Ik heb zin', maar intussen verkeert zijn huwelijk in zwaar weer. Zijn vrouw **Manouk van de Berg** kan het nauwelijks nog opbrengen om haar man te steunen. Vrienden, zoals zanger **Joost de Zanger,** proberen het stel te helpen waar ze kunnen, maar dat neemt niet weg dat prentenboekenschrijfster **Manouk** stukje bij beetje bezwijkt onder de druk. **Michiel** is nauwelijks nog thuis om voor zijn dochters te zorgen. **Manouk** vraagt zich daarom geregeld af: is zij wel het wereldwonder waarover hij zingt en van wie hij zo veel houdt? De roem zorgt voor scheuren in het ooit zo stevige huwelijk.

Een bekende van het stel vertelt *exclusief* aan *Story's* **Guido den Aantrekker** dat **Michiel** nu keihard moet werken om het succes vast te houden. Daardoor heeft hij nauwelijks gelegenheid om zijn twee dochtertjes **Avi en Lieke** te zien opgroeien. **"**

Manouk staat voor het tijdschriftenschap, met haar hand voor haar mond. Wat erg. Die foto, ze lijkt wel vijftig – en eerlijk gezegd voelde ze zich die ochtend ook zo. Hij is genomen bij het looppad, waar ze moest wachten toen Lieve eindeloos kiezelsteentjes wilde tellen. Op een kleinere inzet staat ze te gapen. Had ze dit geweten, dan had ze zich anders gedragen, maar ja, hoe moest ze het weten? Waar was die fotograaf? Wie is die 'bekende'? Met zo veel nieuwe kennissen op het schoolplein kan het iedereen wel zijn. Het zou zelfs opnieuw de werkster kunnen zijn, want die heeft zeker iets van hun ruzies over dit onderwerp kunnen opvangen toen ze bij hen werkte. Maar het kan net zo goed Jacky of Kim zijn. Manouk heeft geen idee, ze zou er nog paranoïde van worden.

Dat ze zo onflatteus in het blad met een miljoenenoplage staat, vindt ze nog het ergste. Daarnaast is het erg dat ze haar een schrijfster noemen in plaats van schilder, en dat ze de namen van haar dochters verkeerd hebben gespeld, de sukkels. Wat zal Michiel ervan zeggen als hij morgen thuiskomt?

Ze klemt het blad onder haar arm en pakt ook van de andere roddelbladen een exemplaar voor ze naar de kassa gaat.

'Dag mevrouw Van Toledo,' groet de kassière. Manouk schrikt ervan. 'Hoe gaat het nu allemaal?'

'Eh, ja.' Ze knikt wat onbenullig. 'Het gaat wel goed, hoor.'

'Gelukkig,' zegt de vrouw, terwijl ze de bladen over de scanner haalt.

Heeft ze het artikel gelezen of kennen ze elkaar ergens van? Manouk weet het niet.

'U ziet er ook weer een beetje beter uit. Alleen nog wat pips.'

'Die foto's zijn net op een rotmoment genomen.'

De kassière kijkt haar net iets te lang aan. 'Natuurlijk. Het is zeven euro tachtig.'

'Ik wou graag pinnen,' zegt ze.

'Dat kan.' De vrouw tikt wat op haar kassa en Manouk haalt haar pas door de automaat. 'Zijn uw dochters bij de opvang?'

'Eh, ja. Op school en de opvang.'

'Lekker.' Ze knikt Manouk moederlijk toe. 'Eindelijk een dagje voor jezelf. Goed uitrusten, hoor.'

♥

Vandaag komt Michiel thuis! Het werd tijd ook, want Manouk houdt het bijna niet meer vol. Als ze niet gauw even een middagje weg kan, dan barst ze uit elkaar, echt waar. Ze heeft hem bovendien erg gemist; zijn lieve grapjes en zijn lekkere geur. Ava vindt papa het grappigst als hij uit de douche komt, vertelde ze gisteren. Want dan probeert ze hem op zijn blote billen te slaan en dan springt hij zo grappig alle kanten op omdat het van hem niet mag. Toen ze dat zei, kreeg Manouk zowat de slappe lach, en Ava werd daar weer giechelig van. Ze begon jolig in het rond te springen tot Manouk zei dat het niet meer mocht omdat ze anders de plant zou omstoten.

Toen vroeg ze of Ava misschien nog een ander grappig moment met papa kon noemen, want ze kreeg het idee om een welkom-thuis-brief te schrijven. Ava zei dat ze zo veel leuk vond aan papa. Dat hij als hij 's nachts thuiskomt altijd een kusje komt brengen en dat hij denkt dat ze daar niet wakker van wordt, maar dat ze het heus altijd merkt. En dat hij een cadeautje meeneemt uit Amerika, want dat heeft hij over de telefoon beloofd. Ze vindt dat hij leuke kleren heeft en zo mooi zingt. Ava's gebabbel over Michiel bracht een verliefde lach op Manouks gezicht. Het heeft lang genoeg geduurd, ze zijn allemaal blij dat hij vanavond op Schiphol aankomt.

Ze hebben een berg prachtige tekeningen gemaakt, en met zijn drietjes ook een schilderij. Mooie kleurige strepen op een doek, dat uiteindelijk bijna één grote bruine klodder is geworden omdat de meisjes alle kleuren door elkaar bleven roeren. Op een vel papier heeft ze hun drie handen overgetrokken en WELKOM THUIS PAPA geschreven. Lieve vond dat maar een gek gevoel, die stift langs haar vingertjes, en ook Ava had er moeite mee om haar vingers op dezelfde plek te laten liggen.

Manouk heeft het grote bed speciaal verschoond en de 'ik hou van jou, welkom thuis'-brief op zijn kussen gelegd. Op tafel komt een bos rozen, die moeten ze nog even gaan kopen, net als de taart. Ze trekken allemaal hun jassen en schoenen aan om de deur uit te gaan, en omdat Manouk daar twintig minuten voor heeft uitgetrokken, gebeurt het gezellig en zonder stress.

Lachend gaan ze over straat, Lieve in de buggy en Ava op een *kiddyboard*, waarvan Manouk het bestaan pas veel te laat heeft ontdekt. Meteen toen ze het in een winkel zag, heeft ze een kiddyboard aangeschaft, en zo kan ze tenminste doorstappen. Het is beregezellig en stiekem gaat de gedachte door haar hoofd: nu ziet tenminste iedereen dat ik absoluut niet afgepeigerd ben, maar juist heel gelukkig.

Ze heeft helemaal geen zin om zich tegen een foto in een roddelblad te verdedigen. Toch hoort ze zichzelf in de taartenwinkel nadrukkelijk zeggen: 'We kiezen speciaal een extra lekker taartje voor papa, omdat we zo blij zijn dat hij thuiskomt.'

En bij de bloemist: 'Hij neemt allerlei cadeautjes mee en wij willen ook graag iets leuks doen voor hem, hè meisjes?'

Gelukkig zijn het nog geen pubers die hardop vragen waarom hun moeder in vredesnaam zulke rare dingen zegt. Ze zijn het nog met alles wat mama zegt eens en knikken lief.

36

Redelijk relaxed loopt Manouk met Lieve in de buggy en Ava op het kiddyboard richting panoramaterras, waar je de vliegtuigen kunt zien landen en stijgen. Schiphol blijft toch altijd bijzonder, met zijn enorme aankomsthallen en vele reizigers. Over een half uur komt Michiels vliegtuig aan. Met het ophalen van zijn bagage erbij opgeteld zal hij over drie kwartier ongeveer de aankomsthal binnenlopen. Er is tijd genoeg om een rustgevend kopje koffie te drinken en om heliumballonnen te kopen voor het feestelijke effect.

Het is een mooie dag. In de trein ging het eindelijk ook een keer goed: Manouk had kleurboeken bij zich, een ritselboekje voor Lieve, plus pakjes chocolademelk en voor iedereen een koek. Het enige wat ze hoefde te doen, was de associatie met kleurloze huismoeders van zich afschudden en met opgeheven hoofd het 'meegebrachte eten van thuis' uit de tas vissen. De hardcore mutsen die brood smeren voor ze op pad gaan, blijken zo gek nog niet, want meegebracht eten biedt dus rust in de chaos. Dat ze eerste klas reisde, scheelde overigens wel behoorlijk. Ze hadden een hele coupé voor zichzelf, en zo'n railrunner kost bijna niks.

Om voor zichzelf een cappuccino te halen in het panoramarestaurant is even zweten, want je kunt een buggy niet sturen met één hand. Ze heeft de meisjes daarom alvast bij een een tafeltje gezet, maar die tafel kun je niet zien als je bij de koffiebalie staat. Maar het lukt: ze komt met koffie terug bij de tafel en de meisjes zijn niet gevallen, ontvoerd of weggelopen. Zie je, over een half uurtje staan ze als fris gezinnetje hun man en vader welkom thuis te kussen.

En zo gaat het ook. Lieve heeft haar kleurige haarspeldje nog in en Ava's haar zit in twee mooie staartjes. Manouks eigen haren zijn geföhnd, haar ogen opgemaakt, haar lippen zijn gestift en haar wangen stomen niet van de verhitte frustratie. Aan de buggy zweeft een groot, rood heliumhart en Ava houdt het lint van een prachtige dolfijnballon vast.

'Is papa er al?'

'Bijna, schat.'

Ava staat met haar neus tegen het glas van de aankomsthal gedrukt. Elke keer als een groep mensen bij de bagageband arriveert, springt Manouks hart op. Het lijkt eindeloos te duren, maar dan loopt hij er eindelijk tussen. 'Ja. Ik zie hem!' Ze stoot Ava aan en gaat op haar hurken zitten wijzen. 'Daar, zie je hem ook?' Daarna springt ze op en begint te zwaaien. Ze blijft hupsen tot hij omkijkt, lacht breed naar hem en zwaait wild met haar armen. 'Zie je, Ava, kijk, Lieve, daar is papa, ja, papa!'

Wat ziet hij er goed uit. Zijn haren doen veel voor hem, maar hij heeft vooral iets in zijn houding wat hem onweerstaanbaar maakt. Michiel beweegt charmant en soepel en, ja, lekker. Zijn glimlach geeft haar vlinders in haar buik, en ze tilt Lieve uit de buggy om samen naar papa te zwaaien. Terwijl Michiel op zijn bagage wacht, drukt ook Ava haar neus tegen het glas en Lieve legt haar handjes op de ruit. Hij wandelt even naar ze toe, lacht, knipoogt naar Manouk en drukt een kusje voor haar op het glas.

Om hen heen stoten mensen elkaar aan. Sommigen sissen: 'Dat is Michiel van Toledo,' maar Manouk negeert het. Haar man is weer thuis, haar vriendje.

Als hij eenmaal langs de douane is en door de deuren naar buiten is gekomen, legt hij een arm om haar heen. 'Dag lieverd.' Ze vleit haar hoofd tegen zijn borst, ruikt zijn zachte geur en voelt hoe hij een kus op haar haren drukt. 'Ik heb jullie gemist.'

'Wij jou ook,' mompelt Manouk.

Michiel buigt door zijn knieën en tilt in elke arm een van zijn dochters op. 'Hoe is het met mijn schatjes?'

'Ik heb een lolly gekregen,' zegt Ava, en Lieve bauwt 'papa' voor ze hem in zijn gezicht slaat. Michiel en Manouk lachen.

'Kom,' knikt Manouk, 'laten we even ergens gaan zitten.' Ze gaat hem niet vertellen over het rotstuk in *Story*, daar heeft niemand nu iets aan. In plaats daarvan zal ze hem alles vragen over zijn reis en de opnames, en diep in zijn ogen kijken.

'Dat is goed, schat.' Hij rolt zijn koffer achter zich aan. 'Maar niet te lang, hoor, want ik ben kapot.'

'Papa stuk?' vraagt Lieve. Opnieuw schieten ze in de lach. Dat mensen hen nakijken en zelfs foto's maken met hun mobieltjes, kan haar niet schelen. Laat ze dít maar in hun stomme roddelbladen zetten, dan staat er tenminste een keer iets goeds in.

Die avond zit Manouk wat te zappen voor de tv. Ze had zich de thuiskomst eerlijk gezegd anders voorgesteld. De chateaubriand die ze had willen maken bij wijze van een diner voor twee, is vervangen door een pizzaatje, tot grote tevredenheid van haar dochters. Michiel is hun daarna op het grote bed een prentenboek gaan voorlezen en niet meer naar beneden gekomen. Het ziet er superschattig uit, zoals ze met zijn drietjes liggen te pitten, maar haar nieuwe rode lingerieset heeft Manouk mooi voor niks aangetrokken.

Op tv is ook niks en ze vraagt zich net af of ze het kan maken de deur uit te gaan – ze is al eeuwen niet meer bij Kim geweest – als haar telefoon gaat. Een onbekend nummer. 'Met Manouk,' zegt ze vragend.

Een man schraapt zijn stem. 'Hai, met Stefan.'

'Stefan.' Haar wangen verschieten van kleur. 'Wat een verrassing.'

'Ja? Is het een verrassing?'

'Nou ja, ik bedoel, ik verwacht toch niet dat jij belt. Hoe is het met je? Ik hoorde het goede nieuws over jou en Jacky.'

'Ja, hè.' Hij laat een pauze vallen. 'Ik vind het ook leuk, ze is echt leuk.'

Opnieuw een korte stilte. Dan vraagt Manouk: 'Is er iets wat ik kan doen? Heb je ergens hulp bij nodig?'

'Nee, nou ja. Het is misschien een beetje raar. Ik wilde gewoon je stem even horen.'

'Dat is een beetje raar, ja!' Ze giechelt onhandig.

'Ik, eh… Het is toch jammer dat er tussen ons nooit iets is gebeurd, vind je ook niet?'

Ze zit rechtop in haar loungebank. 'Ik heb een man, hoor.'

'Nou en?'

'Dan zeg je dit soort dingen toch niet!'

Hij kucht. 'Vind je dat niet kunnen?'

'Nou, nee, lijkt me niet, nee.'

'Ik mag toch zeggen dat ik het jammer vind? Ik had het gewoon leuk gevonden. Je bent een leuke vrouw.'

'Jacky is een leuke vrouw.'

'Ja, anders was ik niet met haar, ik vind haar hartstikke leuk. Ik had niet verwacht dat je zo aangebrand zou doen, zeg. Je was een heel ander soort vrouw toen ik je in Den Haag voor het eerst zag. Je leek niet iemand die er zo veel moeite mee zou hebben om van een andere man te horen dat hij haar leuk vindt.'

'Ik doe niet aangebrand.' Ze schuift ongemakkelijk over de bank. 'En ik vind het niet leuk.'

'Is dat zo? Weet je het wel zo zeker?'

'Ja. Nou. Nee. Weet ik veel, ik ben getrouwd en jij hebt een vriendin.'

'En jij?'

'Huh?'

'Of jij een vriendin hebt.'

Ze draait geïrriteerd met haar ogen. 'Waar slaat dat nou op!'

'Jullie sliepen toen met zijn tweetjes in één bed. Koen en ik hadden het erover dat het zo vreemd is dat Kim helemaal geen interesse in hem toont. Ze is altijd zo gericht op jou en je gezinnetje. Toen dachten we: zouden die twee soms samen…'

'Nou ja! Stefan!'

'Heeft ze nooit iets bij je geprobeerd?'

'Sorry, ik dacht dat ik je aardig vond, maar daar begin ik nu aan te twijfelen.'

'Het is toch een heel normale vraag?'

'Dat is het dus niet!' Ze had best zin in een gezellig gesprek, graag zelfs, maar dit lijkt inmiddels helemaal nergens meer naar.

'Laat maar, ik weet al genoeg.'

'Tsss.'

'Vergeet maar dat ik je heb gebeld. Nu ik met Jacky ben, is het toch een soort afscheid. Voortaan ben ik bezet.' Hij zucht. 'Al had ik niet gedacht dat je er zó moeilijk over zou doen.'

'Voortaan ben je bezet. Laten we het daarop houden.'

'Dus dit is inderdaad een afscheid?'

'Afscheid waarvan?' Ze vindt het een vreselijk gesprek waar ze tegelijkertijd lekker veel adrenaline van krijgt.

'Van ons. Het flirten.'

'Ik weet niet wat jij aan het doen was, maar ik was niet aan het flirten.'

'Ah.'

'Dus.'

Ze hangen op. Manouk zapt naar een ander kanaal – alsof ze nog zou kunnen volgen wat er wordt uitgezonden.

Moet ze nou boos zijn of gevleid? Het is wel hondsbrutaal om een getrouwde vrouw te bellen met zo'n verhaal, en bovendien ongelooflijk pijnlijk voor Jacky.

Een man die zich niets van Michiel aantrekt, dat is natuurlijk niet in de haak, ook al heeft Michiel officieel natuurlijk niets met hem te maken. Maar er zijn ook twee kinderen in het spel. Kan het hem niet schelen dat hij hun ouders uit elkaar zou drijven? Een man die zich nu al niet om het welbevinden van de meisjes bekommert, kan nooit een goede stiefvader worden, al is daar natuurlijk geen sprake van.

Ze zapt. Ze schuift. En zucht.

Aan de andere kant... Door zijn woorden voelt ze zich toch begeerd. Het is ineens minder treurig geworden dat ze mooie lingerie draagt en make-up. Een reden om sexy te zijn kan Manouk wel gebruiken. Ze is alleen nog maar moeder-van en vrouw-van.

Ze pakt de telefoon en toetst het nummer van Kim.

'Hai schat!'

'Het is alweer een tijdje geleden,' zegt Manouk.

'Geeft niks, lieverd, we zijn allebei druk. Hoe is het bij jullie?'

'Goed. Goed.'

'Michiel thuis?'

'Ja, vanmiddag.'

'Ah.'

'Hij ligt te pitten.'

Een gnuif door de hoorn. 'Ik dacht dat je vanuit Amerika naar Europa juist géén last had van jetlag.'

Manouk glimlacht de opmerking minzaam weg. Het begint haar steeds meer te ergeren dat Kim altijd zo veel commentaar heeft op Michiel. Het is een van de redenen dat ze de laatste tijd toch wat minder contact met haar heeft gezocht. Plus natuurlijk het feit dat het leven sowieso té druk is met een peuter en de hardvochtige schooltijden waaraan ze zich dient te onderwerpen. 'Moet je horen,' begint ze, 'Stefan belde me net.'

'O ja?'

'Hij wilde mijn stem even horen.'

'Pardon?'

'Ja!' Ze begint weer te lachen. 'Wat vind je daar nou van!'

'Jeetje.' Ook Kim lacht; het klinkt eindelijk weer eens vertrouwd tussen hen.

'En o ja, hij zei ook dat jij verliefd op mij bent.'

'Ik verliefd op jou? Ha ha HA HA, ik kom niet meer bij!'

'Dus het is niet waar?'

'Natuurlijk niet!'

'Ik ben anders wel een lekker ding, hoor.'

'Tuurlijk schat, dat weet ik toch.'

Manouk drukt gedachteloos op de knopjes van de afstandsbediening. 'Wat denk je, moet ik Jacky hierover bellen?'

'Nee joh!' Opnieuw zit Kim aan de andere kant te proesten, ze lacht zich een breuk!

'Wat ben jij vrolijk!' lacht Manouk. 'Dus jij vindt echt niet dat ik een slechte vriendin ben als ik het haar niet vertel?'

'Welnee, het blijft toch niet aan tussen die twee.'

'Denk je?'

'Zo kort nadat ze is verlaten? Nee joh, echt niet.'

'Mmm, daar zit wat in.'

'Weet je wat, lieverd, laat haar nog maar lekker even genieten, ze heeft vast al jaren geen goede seks gehad.'

Manouk loopt naar de keuken om een fles witte wijn te openen. 'Hoezo dat dan!'

'Weet je nog hoe stoffig ze erbij liep toen je voor het eerst met haar aan kwam zetten? Daar was echt in geen maanden iets gebeurd, hoor!'

'Dat zegt niks. Jij hebt niet eens een man.'

'Maar wie zegt dat ik geen seks heb?'

Manouks mond valt open. 'Echt? Met wie, met Koen?'

'Ik zeg niks.'

'Doe niet zo flauw.'

'Jij hoeft niet te weten wat ik uitspook en met wie.'

'Hè? Heb ik wel Kim van Beurden aan de lijn?'

'*That's me.*'

Met een vol glas wijn drapeert Manouk zichzelf weer op de bank. 'Als jij seks hebt, wil ik weten met wie!' Ze neemt een slok.

'Dit keer niet, mevrouwtje.'

Even wacht Manouk af, maar nee, Kim begint echt niet alsnog te vertellen. 'Zeker met Tarzan.' Ze lacht. 'Of ben je verliefd, dat je niks wilt zeggen?'

'Schat, als het echt wat wordt – maar dat denk ik niet – dan ben jij de eerste die ik bel, afgesproken?'

'Oké, beloofd.'

'Laat Jacky intussen maar in de waan dat ze een leuke nieuwe vriend heeft. Het gaat heus vanzelf uit en dan verdwijnt zowel Stefan als Koen geruisloos uit ons leven. Echt.'

'Als ze er ooit achterkomt dat Stefan zo met mij heeft geflirt, dan zeg ik dat ik van jou niks mocht zeggen, hoor.'

'Is goed. Ze komt er niet achter.'

Even later zit Manouk aan haar wijntje te nippen en nog steeds naar de tv te staren. Ze glimlacht. Die Kim, die heeft natuurlijk helemaal geen echte vriend, althans niet van vlees en bloed, de gluiperd.

Ze twijfelt of ze Ava in haar eigen bedje zal leggen zodat ze zelf naast Michiel kan kruipen, of dat ze beter in het kinderbed kan gaan liggen. Er is geen haast bij; eerst schenkt ze zichzelf nog een lekker glas in.

37

Op de voorkant van de *Privé*-bijlage van *De Telegraaf* staat een foto van Michiel, lachend met zijn fans. Dwars eroverheen de dikke kop:

MICHIEL, WEET JE WEL WAT JE VROUW DOET?

"In het populaire radioprogramma EVERS STAAT OP van radio 538 vertelde zanger Michiel van Toledo onlangs hoe verliefd hij is op tekenaar Manouk. Hij zong er live zijn nieuwe hit 'Ik heb zin', waarbij hij door Evers zelf werd begeleid op drums. Het was een sfeervolle ontmoeting en mede daardoor praatte Michiel vrijuit over zijn huwelijk.
Hij was helemaal in de wolken over het warme welkom dat zijn vrouw hem gaf toen hij thuiskwam na een zware periode van studiowerk in Amerika. Hij dweepte met hoe lief ze voor hem en zijn gezin zorgt, maar Michiel: is dat wel zo? Niet zo lang geleden betrapte *Privé* **haar bij een innige ontmoeting met een onbekende man. Ze gingen zo in elkaar op, dat ze geen oog meer hadden voor wat er om hen heen gebeurde...**"

Manouk wordt ter plekke misselijk. Ze staat op de foto met Koen, en het ziet er inderdaad heel innig uit. Hoe kan dat nou. Ze pijnigt haar hersens, maar dat valt niet mee tijdens de opkomst van een paniekaanval. Het is het leuke lunchtentje waar ze geregeld komt. Koen vertelt haar op deze foto dat hij verliefd was op Kim. Er klopt dus niks van dit artikel. Mogen ze dit zomaar schrijven?

Ze bladert verder door het roddelkatern en ziet stukken over Yolanthe Cabau van Kasbergen en Wesley Sneijder, prinses Maxima en kroonprins Willem-Alexander, Gordon, Linda, Patricia Paay, Dries Roelvink, Bastiaan en Tooske Ragas, Lieke van Lexmond en Sylvie van der Vaart. De koppen boven de artikelen gaan over sterfgevallen, geldzorgen, ontluikende liefdes of juist relatieproblemen. Hoe houden die mensen het vol om zo in de bladen te staan?

Dat Manouk met Koen aan de koffie zat, is al zo lang geleden. Heeft iemand hen toen echt op de foto gezet en al die tijd gewacht op een geschikt moment om er iets mee te doen? Van alle momenten waarop ze haar best had gedaan om er mooi en gelukkig uit te zien, is nooit een foto gepubliceerd, geen enkele. Maar de dagen waarop ze moe was of even niet wist hoe het allemaal verder moest...

Ze klopt op de slaapkamerdeur. 'Schat?'

Michiel kreunt iets onverstaanbaars terwijl hij zich omdraait.

Bedremmeld staat Manouk met het blaadje in de deuropening. 'Schat, ik moet je echt even iets laten zien, voor iemand anders...'

Michiel kijkt op. Zijn haren staan alle kanten uit. 'Hm?'

'Hier staat iets in wat ik je even moet uitleggen.'

Met een verkreukeld gezicht gaat hij rechtop zitten. Hij neemt het kopje koffie aan dat Manouk voor hem heeft meegenomen. Ze gaat bij hem zitten, op de rand van het bed en kijkt hem ernstig aan met een blik die een tikje vermoeid en een tikje schuldig is. 'Je moet weten dat er niks van klopt.'

Hij knikt.

'Er klopt niks van, dat weet je dus nu, hè?'

'Oké.'

Dan geeft ze hem de *Privé*. 'Hier.'

'O?' zegt Michiel. Hij klinkt kwetsbaar in de ochtend. 'Wie is dat?'

'Dat is Koen.'

'Ik ken geen Koen.'

'Die heb ik leren kennen en dat heb ik wel gezegd, maar jij was te druk.'

Michiel zet zijn koffie weg en kijkt haar aan. 'Hoe goed ken jij hem?'

'Een beetje.' Ze slikt. 'Vrij goed.' Dan voegt ze er haastig aan toe: 'Maar niet zó goed. Hij is verliefd op Kim.'

Zijn ogen scannen het artikel. 'Ik heb nog nooit gehoord van een Koen.'

'Ik heb het wel verteld, hoor, misschien niet uitdrukkelijk, maar dat is omdat er belangrijker dingen waren om over te praten. Je wist het wel, je had over hem kunnen weten.' Manouk mompelt erachteraan: 'Maar jij luistert nooit meer naar mij.'

'Wat zeg je?'

'Dat je zo druk bent. We hebben ze leren kennen toen we in Kijkduin waren.'

'Ze?'

'Ja, Koen. En Stefan.' Ze begint te blozen.

'Dus er is nog een andere man.'

'Er is geen andere man, we zijn gewoon bevriend met ze geraakt toen we gingen stappen in Den Haag. Jij hebt het zo druk, we doen nooit meer iets samen.'

'En dus ben jij met Stefan geweest?'

'Doe niet zo idioot, Michiel, hij is met Jacky.'

'Is dat die vriendin die in scheiding ligt?'

'Ja.' Manouk wil de *Privé* uit zijn handen nemen, maar hij klemt het blad tussen zijn vingers.

'Dus je hebt wel tijd gehad om mij over Jacky te vertellen, maar niet dat je twee mannen hebt ontmoet. Twee.'

Manouk zucht. Ze moet toegeven dat het op deze manier toch verdacht overkomt, maar ze komt het toch netjes laten zien en uitleggen? Waarom doet hij eigenlijk zo achterdochtig. Heeft hij dan he-le-maal niet in de gaten hoe eenzaam ze op veel momenten is geweest? Verongelijkt zegt ze: 'Ik ben anders blij dat er tenminste mannen zijn die nog interesse in me tonen!'

Hij fronst zijn wenkbrauwen. 'Zit je hier nou zielig te doen terwijl jij degene bent die met een andere vent op de foto staat?'

'Als je zo stom reageert, ga ik weer weg, hoor.'

'Mijn vrouw spreekt achter mijn rug met andere mannen af!'

Ze voelt dat ze boos wordt en bitst: 'Het is anders lang zo erg niet als toen jij met die redactrice naar de Style Awards was.'

'Dat is een eeuw geleden!'

'Zo lang is het dus ook geleden dat ik met Kim in Kijkduin was. Weet je nog wel dat toen ik zo boos was?'

'Dus je hebt alle tijd gehad om mij te vertellen over andere mannen in je leven.'

Ze praten niet langer, ze schreeuwen: 'Zo lang luister je dus al niet meer naar mij, zó lang, anders had je het heus wel geweten!'

Michiel gooit het dekbed van zich af en loopt boos de kamer uit.

Manouk werpt haar handen in de lucht. 'Wat ga jij nou weer doen!'

'Douchen. Ik heb een meeting.'

'Dus zelfs nu ga je ervandoor?! Zelfs nu?!'

♥

Anderhalf uur later gaat de telefoon. 'Hoi, met mij.'

'Ja. Hoi.'

'Ik, eh, zit bij een pr-bureau.'

'Hmm.'

'Ze zeggen hier dat ze van *Privé* een stuk over jou hebben bedacht omdat ik te ver weg zat in Amerika.'

'Hmm.'

'Ze wilden iets over mij schrijven, begrijp je. Als ik niet in de studio was geweest, dan hadden ze misschien iets over mij gevonden, of verzonnen, waar jij pissig om geworden zou zijn.'

'Hmm.'

'Manouk?'

'Ja.'

'Ze, eh, zeggen hier dat we misschien een persmoment kunnen houden met het hele gezin. Om te laten zien hoe leuk we het samen hebben.' Hij laat een stilte vallen, maar Manouk reageert niet. 'Zou, eh, je dat willen doen, denk je?'

'Regel het maar.'

'Oké, schat, dat gaan we doen.'

Als Kim die middag langskomt, blijkt ook zij er het hare van te denken. Ze is met Storm op visite en ze drinken thee terwijl de kinderen samen spelen, of beter gezegd: op speelgoed rammen. Vol ongeloof bladert Kim door de *Privé*. 'Sjeez,' mompelt ze.

'Bizar toch?'

'En je weet zeker dat je niks met hem hebt gedaan?'

'Nou ja, Kim!'

Kim kijkt haar aan met een mengeling van plezier en achterdocht. 'Ja, nou ja, het is dat ik in Den Haag op tijd tussenbeide kwam, want anders was je heus wel met Stefan...'

'Kim!' Geschrokken kijkt Manouk de woonkamer rond. Het is te hopen dat Michiel druk in gesprek is in zijn werkkamer en deze rare opmerking niet hoort. Gelukkig gaat de telefoon. Manouk werpt voordat ze opneemt een strenge blik op haar vriendin.

Het is haar moeder. 'Och ja, mam, hai, natuurlijk.'

'Schat, dit ziet er toch vreemd uit, hoor.'

'Het is niks, mam. Ze hebben iets over mij geschreven omdat Michiel in Amerika zat. Op het moment is hij gewoon *hot*, ze móéten iets over hem plaatsen. En als ze hem niet zelf hebben, dan pakken ze iets wat dicht bij hem staat. Dat begrijp je toch wel? Bij premières komen mensen ook altijd met mij praten als Michiel te druk in gesprek is met anderen.'

Ze heeft het net zo goed tegen Kim als tegen haar moeder.

'Maar wie is die man dan?'

'Mam, dat is iemand die verliefd is op Kim.' Terwijl Manouk het zegt, draait Kim met haar ogen, gnuivend. 'Hij vroeg raad aan mij, daarom ziet het er zo vertrouwelijk uit.'

Mopperig voegt Kim toe: 'Ja, maar kennelijk weet Michiel hier ook niks van, dus zo onschuldig was het blijkbaar niet.'

Manouk kijkt Kim pissig aan en zegt tegen haar moeder dat ze later zal terugbellen. Ze hangt op en vraagt aan Kim: 'Wat is er toch met jou?'

'Niks.' Kim wiebelt geïrriteerd met haar benen. Ze maakt een wegwerpgebaar. 'Ach, het moet gewoon altijd over jou gaan. Jij hebt werk als tekenaar, jij hebt een succesvolle man, jij wordt in vertrouwen genomen door Koen. Denk maar niet dat hij mij ooit zo heeft aangekeken, hoor.'

'Wat is dít nou weer – het ging juist om jou!'

'Nee, Manouk.' Kim staat op. 'Het gaat om jou. Jij doet altijd alles goed en ik doe altijd alles fout. En nu jij eindelijk een keer de lul bent, schreeuw je moord en brand.'

Manouk kijkt naar Kim alsof ze water ziet branden. Is dit háár Kim die zo gefrustreerd en jaloers doet?

'Kom, Storm, we gaan,' zegt Kim. En tegen Manouk: 'Sorry, ik trek het even niet, ik spreek je later wel, oké?'

'Nou ja,' sputtert Manouk, maar ze heeft weinig keus en bovendien geen puf om tegen Kim in te gaan. Moet ze nou gaan kijven met Kim, nota bene waar de kinderen bij zijn? Schreeuwende ruzie maak je misschien met je vriendin als je tiener bent, of student. Maar ze is getrouwd, een moeder van twee kinderen. Ze maakt geen ruzie meer met vriendinnen, daar heeft ze gewoonweg de energie niet meer voor. Dus zegt ze Kim gedag en sluit zuchtend de deur achter haar.

Michiel loopt de gang in met de telefoon in zijn hand. 'Ik heb een redacteur van *Jensen* aan de lijn, daar mogen we komen!'

'Prima,' knikt Manouk.

'Over twee weken, is dat oké?'

Ze knikt weer. Het eerste wat door haar hoofd schiet, is welke jurk ze naar de opnames zal aantrekken. Michiel omhelst en kust haar, hij lijkt niet te merken dat Kim boos met Storm is vertrokken.

38

Op het schoolplein staan de moeders in dikke winterjassen, en ook een paar vaders, te wachten tot de juf met hun kroost naar buiten komt, waarna de kinderen zich als een olievlek over het plein verspreiden in de armen van hun ouders.

Manouk staat meestal in dezelfde hoek van het plein, en Ava dribbelt automatisch haar kant op. Huilend. Geschrokken stapt Manouk op haar af. 'Wat is er?' Hoe dichterbij Ava komt, hoe harder het brullen wordt, tot ze zich uiteindelijk luid snikkend in Manouks armen werpt. 'Wat is er, meisie, wat is er?'

Ze wrijft over het smalle ruggetje, ze kijkt in haar verdrietige gezicht, veegt de tranen van Ava's wangen, maar laat het snotgootje zitten omdat ze zo gauw geen zakdoek heeft. Ze kijkt om zich heen, op zoek naar een antwoord, of steun, maar alle moeders zijn druk met hun eigen kinderen. Een kusje op haar hoofd. En op haar wang. 'Lieverd, wat is er gebeurd?'

Hikkend gooit Ava het eruit. 'Ga jij papa in de zak van Sinterklaas stoppen? Moet hij met de Pieten mee? De grote kinderen zeggen dat ik een andere papa krijg.' Meteen werpt ze zich weer in Manouks armen – die probeert niet aan de snotvlek te denken die nu ongetwijfeld ter hoogte van haar schouder zit.

'De… wat?' Geschokt aait ze haar Ava over de armen. Sinterklaas gebruiken om kleutertjes te pesten, denkt ze boos, wat zijn dat voor rotkinderen…

'Dat is niet zo, lieverd, hoe komen ze erbij.' Ze legt haar handen op Ava's kleine wangen en zegt: 'Het is niet zo, echt niet. Papa is toch heel lief? Die krijgt juist veel cadeautjes van Sinterklaas omdat hij zo veel mensen blij heeft gemaakt dit jaar. Ava, hoor je wat ik zeg?' Haar dochter knikt sniffend.

'We vinden papa toch lief?' vraagt Manouk.

Opnieuw zo'n zielige knik.

'Natuurlijk blijft hij bij ons. Wij houden van hem. Die grote kinderen snappen er helemaal niks van.'

Net als ze denkt dat haar woorden misschien effect hebben, breekt er een nieuwe golf tranen los. 'Ze hebben mijn nieuwe papa aan me laten zien. Het is echt waar.'

'Wat… Hoezo hebben ze een andere papa laten zien? Wie zijn die kinderen?' Ze kijkt over Ava's schouder naar de juf, die bij de deur van de school staat en niet speciaal op haar let. Een moeder loopt met haar kind aan de hand langs Manouk en Ava. Ze knikt begripvol en glimlacht met een blik die zegt dat ze dergelijke situaties met haar eigen kinderen ook wel kent. Tenminste, dat is wat Manouk erin leest. Misschien glimlacht ze juist omdat ze weet van het 'vreemdgaan' en ze het sneu vindt voor Ava dat haar ouders er zo'n potje van maken.

Manouk neemt Ava bij de hand. 'Weet juf Saskia ervan?' vraagt ze.

Ava haalt haar schouders op.

'Kom maar, we gaan het even vragen.'

Samen lopen ze over het plein. Met dat handje in haar hand realiseert Manouk zich hoe klein Ava nog is. Vergeleken met haar peuterzusje is ze al zo groot, maar ze moest nog vier worden toen Lieve werd geboren en sindsdien heeft ze al zo veel zelf gedaan. Heeft ze Ava wel voldoende begeleiding gegeven? Ze is zo druk geweest met de baby en zichzelf. Het inzicht geeft haar buikpijn.

'Saskia?' zegt ze.

'Hmm?'

Juf Saskia en Manouk hebben dit schooljaar nog niet veel gelegenheid gehad om elkaar te leren kennen. Het is elke ochtend te druk voor een gesprekje en zolang Ava het naar haar zin heeft in groep 2 laat Manouk het lekker op z'n beloop. Saskia kijkt niet speciaal geïnteresseerd naar haar, ze is afgeleid door de drukte op het plein.

'Ava kwam net huilend naar me toe. Heb jij iets gemerkt vandaag?'

Juf Saskia zakt door haar knieën. 'Wat is er, Ava?'

Ava houdt haar moeders hand stevig vast en trekt een pruillip, maar zegt niets.

'Ze, eh, zegt dat kinderen haar vertellen dat ze een andere vader krijgt.'

'Och. Ja.' Zuchtend komt Astrid overeind. 'Er liepen wat kinderen met een *Privé*. Het duurde even voor we in de gaten hadden wat erin stond.' Ze richt zich tot Ava: 'Maar we hebben toch gezegd dat er vast niks aan de hand was?'

'Dat is er ook niet.' Manouk kijkt juf Saskia indringend aan.

'Zie je?' zegt de juf tegen haar verdrietige leerling. Ze glimlacht kort, lijkt even te twijfelen, maar zegt dan: 'Al vroegen wij ons eerlijk gezegd wel af hoe zo'n foto gemaakt kan worden.' Ze trekt er een grote glimlach bij, maar dat helpt niet erg.

'Pardon?' Manouk voelt de aarde even trillen onder haar voeten.

'Nou ja.' Juf Saskia haalt haar schouders op, spiedt over het plein zoals ze gewend is te doen. 'Als er niks aan de hand is…'

'Er is niks gebeurd, hoor,' sputtert Manouk.

'Gelukkig maar.' Saskia knikt haar jufferig toe.

'Kom Ava, we gaan,' zegt Manouk.

Op de terugweg voelt de school ineens niet meer zo vertrouwd. Ze loopt over een ander plein dan normaal, dit plein is haar vreemd. Ze voelt geen bewonderende blikken omdat ze de vrouw-van is. Het zijn beschuldigende ogen geworden die haar nakijken, en ogen van besmuikt lachende moeders. Er is niks om trots op te zijn. Wat een rotgevoel.

En dan Ava… Als dochter van een beroemde zanger bood zijn roem haar misschien enige bescherming. Ergens ging Manouk ervan uit dat kinderen om die reden graag vriendinnen met haar zouden worden. Maar nu wordt pijnlijk duidelijk dat ze óók erg zichtbaar is, en dat iedereen haar weet te vinden als ze een rotgrap willen uithalen. 'De grote kinderen', wat is dat, groep 8, of 7? En Ava is pas vijf jaar, de arme kleine meid…

Gelukkig ziet ze Jacky en Lola nog aan de rand van het plein staan, een beetje aarzelend. Bij hen kan ze even stoom afblazen, en wie weet heeft Jacky tijd voor een kopje koffie, dan zouden de meisjes zelfs nog even kunnen spelen.

'Hai, Jack,' lacht Manouk.

Maar Jacky verstart en zegt 'O.'

Manouk trekt haar wenkbrauwen op. Als er iemand is die precies weet hoe het zit, dan is zij het wel. 'Is er iets?'

Zenuwachtig friemelt Jacky aan de hengsels van Lola's schooltas. 'Nou, ik, eh.' Manouk heeft er altijd een ontzettende hekel aan als vrouwen zich bijeen moeten rapen voordat ze hun onvrede durven te uiten – kom op, zeg! Gelukkig duurt het niet al te lang, en dan schrikt Manouk toch van wat ze zegt: 'Waarom heb je me niet verteld van jou en Stefan?'

Manouks mond valt open. 'Hoe weet jij dat!'

Haar hoofd wiegelt lichtjes, zoals dat gebeurt bij mensen die hun boosheid inhouden. Dat gewiegel geeft Manouk óók de zenuwen. 'Kim heeft me gebeld.'

'O!' Manouk flapt het eruit voor ze er erg in heeft. Ze weet niet of ze eerst pissig moet zijn over Kim, of verontschuldigend tegen Jacky. 'Zij was juist degene die vond dat ik niks moest zeggen!' roept ze dan maar. 'Er is niks gebeurd. Echt niet!'

Lola en Ava zijn hand in hand naar de zandbak vertrokken en lijken niets te merken van hun ruziënde moeders. Waarschijnlijk verwachten ze niet eens dat het kán, moeders met ruzie. En Manouk is het daar mee eens, dit kán toch niet? 'Wat een rotstreek,' spuugt ze. 'Ik dacht dat ze mijn vriendin was.'

'Ik dacht dat jij míjn vriendin was.'

'Sorry, dames?' Eén van de schoolmoeders staat met een idiote grijns bij hen. Ze houdt een map voor haar buik. Geïrriteerd kijkt Manouk haar aan. Wat heeft ze gehoord?

'Ik hoop dat ik niet stoor?' vraagt de vrouw vervelend opgewekt. Manouk wordt woest van die kleurloze huismus. Het is een raadsel hoe dit mens ooit een man heeft gevonden die zelfs kinderen met haar wilde maken. 'We kunnen namelijk extra overblijfhulp gebruiken, en we waren benieuwd of een van jullie misschien af en toe kan bijspringen?'

Manouk zou het liefst in de lach schieten als ze Jacky daarmee niet zou beledigen.

Jacky antwoordt op een overvriendelijke toon dat ze helaas echt niet kan. Daarna draait ze zich resoluut om en loopt naar Lola.

Manouk staat nog te knipperen met haar ogen. Ze zegt iets als 'ik weet het niet' en ziet hoe Jacky met Lola het plein af loopt. Het liefst zou ze in tranen uitbarsten, gewoon, om alles er eens uit te gooien.

'Mag ik dan toch je naam noteren om het gewoon eens te kunnen vragen als we omhoog zitten?' dringt de vrouw aan, terwijl ze de map al openslaat.

Langzaam loopt Manouk ook naar de zandbak. Ze moeten naar huis.

'Jij bent toch Manouk? De vrouw van Michiel van Toledo toch?' Ze bevestigt haar eigen suggestie met een knik en noteert Manouks naam. 'Wat leuk, zeg.'

♥

Is nu iedereen boos op Manouk? Jacky reageert niet op haar telefoon-tjes, en nu de telefoon ging en ze dacht dat ze tóch terugbelde, blijkt het haar uitgeefster te zijn. Het lijkt even of Liesbeth van Staal uit me-dedogen belt. Ze vraagt hoe Manouk zich voelt en of Michiel erg boos op haar is. Haar stem klinkt zacht en meelevend.

Maar nu Manouk eindelijk weer een beetje tot bedaren komt (ze bedacht nog hoe bijzonder de band tussen uitgever en tekenaar wel is), komt de aap uit de mouw. Liesbeth schraapt haar keel en zegt: 'Ik maak me toch wat zorgen om de reactie van de boekhandelaren. Ze hebben recht van retour op *De knappe danseres*, en als ze jouw boeken niet meer willen verkopen...' Ze laat een pauze vallen, maar Manouk gebruikt die niet om iets te zeggen. Uiteindelijk gaat Liesbeth verder: 'Ik, eh, hoop dat je dat beseft?'

'Ja, ja.' Manouk wrijft met haar vingers over haar voorhoofd. 'Ik besef het. Ik kan er alleen niks aan doen. Ik heb niks met die man, ik heb er geen grip op.'

'O, aha.'

Ze weten het allebei: als kinderboekenmaker moet je roomser zijn dan de Paus. Er mag geen scheldwoord in een boek te ontdekken zijn en al helemaal geen woord dat in de verte kan neigen naar een vloekje. Dat raakt de kinderharten op een manier die kennelijk diepere wonden slaat dan de taal die ze op tv – of thuis – moeten aanhoren, pijnlijker dan de taal die ze elkaar toevoegen op hun schoolpleinen. Dat geldt niet alleen voor de teksten en de tekeningen, maar ook voor het gedrag van de makers. Manouk hoort bijvoorbeeld commerciële televisie te verafschuwen en moet zich gedragen als het braafste meisje uit de klas. Dan is het niet erg handig als er bladen zijn die dat beeld wreed verstoren.

'En als de winkels de boeken gaan terugsturen…'

'Michiel heeft geregeld dat we bij *Jensen* komen. Hebben we daar wat aan?'

'Wat goed!' Liesbeths bezorgdheid slaat direct om naar een wat al te groot enthousiasme, maar Manouk is allang blij.

Als ze hebben opgehangen, loopt Manouk naar Michiels werkkamer. 'Moet je horen,' zegt ze, maar hij legt zijn vinger op zijn lippen. Hij wuift iets met zijn handen, iets wat zoveel betekent als stil zijn en wegwezen. Manouk voelt de moed in haar schoenen zakken: is dit hoe ze tegenwoordig wordt behandeld?

'Ja, nee, dat begrijp ik,' zegt Michiel in zijn mobiel. 'Het was een vriend die haar om raad vroeg.' Stilte. 'Tuurlijk wist ik dat.' Hij steekt zijn tong naar haar uit, en draait zich dan om. 'Er is niks aan de hand, echt niet. Ja, slechte publiciteit is ook publiciteit, daarom. Maar echt leuk is het natuurlijk niet.'

Manouk druipt af. Haar telefoon gaat. In de hoop dat het Jacky is vanaf een onbekend thuisnummer, neemt ze op. Maar het is Stefan.

Ze roept op fluistertoon: 'Jezus, jij hebt lef!'

'Hoezo? Ik hoorde over de *Privé* en Jacky vertelde me hoe pissig ze op je is. Toen dacht ik dat je misschien wel een vriend kon gebruiken.'

Manouk laat haar schouders hangen. Ja, een vriend kan ze zeker wel gebruiken, maar deze vriend is een minder goed idee.

'Is Michiel boos?'

'Nee.' Het klinkt kortaf en ongeloofwaardig. Ze voelt het verdriet weer op haar borst drukken. Wat zou het toch heerlijk zijn als ze een potje zou kunnen janken.

'Ja dus.'

'Nee. Hij begrijpt alleen niet zo goed waarom hij Koen niet heeft ontmoet.'

'Heb je hem niet over ons verteld?'

'Tuurlijk wel, maar niet heel uitgebreid want hij is overal te druk voor.' Meteen heeft ze spijt van haar woorden.

Stefan laat een korte stilte vallen. Zegt dan: 'Als je wilt, dan kan ik wel ergens met je afspreken.'

'Doe normaal.'

'Luister, ik heb echt niks vreemds tegen je gezegd, hoor. Ja, dat ik je een leuke meid vind, nou, *sue me*.'

Ze glimlacht. Voelt haar ogen prikken. Wrijft over haar voorhoofd.

'Misschien kan ik je helpen,' zegt Stefan. 'Jacky heeft je duidelijk verkeerd begrepen, en die Kim…'

'Snap jij dat nou?' vraagt Manouk oprecht.

'We drinken een kopje thee. Bij mij thuis zodat niemand je op de foto kan zetten. Verder niks. Kun jij je hart luchten en kan ik goedmaken wat ik laatst kennelijk verkeerd heb gedaan. Iedereen is toch al boos, wat kan het voor kwaad?'

Ja, daar zit natuurlijk wat in. Zelfs als hij geen goede vriend is, kan ze zijn luisterend oor wel gebruiken. Ze besluit in te stemmen met een afspraak en noteert zijn adres. Ze kan gemakkelijk zeggen dat ze nog even naar de extra koopavond wil, vanwege Sinterklaas. Dat ze wel een broodje zal eten in de stad en dat hij de kinderen maar even naar bed moet brengen. Michiel is allang blij dat het wordt geregeld, die zal er niks niets van denken.

39

Natuurlijk is het niet de bedoeling, natuurlijk niet. Maar het gaat helemaal verkeerd, aan alle kanten. De thee werd een glaasje amaretto en nog één, op een lege maag... De kaarsjes doofden en de sfeer werd prettig beladen. Zo begripvol als Stefan heeft geluisterd, zo veel aandacht heeft Manouk niet meer gekregen sinds... Ava.

Sinds de geboorte van haar eerste is ze aan het zorgen geweest, en na 'Wereldwonder' en de komst van Lieve is ze zo'n beetje verdwenen in de drukte.

Nu vlamt er een verlangen in haar op waar ze geen vermoeden meer van had. Het is lang geleden dat een man haar zo diep in de ogen keek als Stefan nu doet. Zijn vingers gaan 'per ongeluk' door haar haren, zogenaamd om een lok uit haar ogen te halen, maar hij doet het zo lief, Manouk bezwijkt haast van verlangen. Zie je, het gaat niet om de grote gebaren, ze hoeft geen dure etentjes of designerkleding. Het gaat om de twinkel in zijn ogen als hij naar haar kijkt, de krul van plezier om zijn mond als hij naar haar luistert. Stefans ogen tasten stiekem haar lichaam af, het is een verlegen soort bewondering die ze sinds haar studentenjaren heeft moeten missen.

Michiel schroomt niet meer om haar aan te raken. Of ze nou staat te stofzuigen, een boekje leest of zelfs aan het werk is; hij grijpt haar gewoon bij de borsten, pardon, bij de tieten, en zegt dat hij zin in haar heeft. En daar moet zij dan kennelijk plotselinge opwinding bij voelen, want als ze na zo'n gebaar geen seks wil, dan is hij teleurgesteld.

Manouk heeft altijd gehouden van het heerlijke spel van aftasten en aantrekken. Zelfs als ze al lang het verlangen in de man zag gloeien, zag ze hoe hij nog zijn best deed om te imponeren, om interesse te tonen, want hij was nog nergens zeker van. Voorzichtig probeerde hij of hij haar mocht aanraken en zo ja, wáár dan wel.

Een arm om haar schouder, een wijsvinger strijkt langs haar decolleté, zij knijpt bemoedigend in zijn heup…

Wat een verschil met een getrouwde man, die druk is en haast heeft – en bovendien nog lichtjes riekt naar vermoeidheid. De tactieken waarvan de echtgenoot zich bedient: een graai naar de tieten. De klacht (van achter de krant, met broodkruimels op zijn kraag) dat hij al te lang geen seks heeft 'gekregen'. Een hand in haar kruis en de vraag of ze 'al' wil. En het ergste: die vermoeide zucht als ze probeert uit te leggen dat wanneer ze boven dit niveau van gegraai uitstijgen, er misschien iets van zin bij haar kan ontstaan.

Hoe ging het toch vroeger, toen ze er plezier in hadden om samen naakt te zijn? Toen kon ze hem nog *teasen* met haar lichaam zonder het risico te lopen direct onder zijn gewicht te verdwijnen. 'Ja, wil je nou of niet!'

Langzaam is het erin geslopen. Pas nu merkt ze het, nu ze tegenover een man zit die graag wil, maar toch niets doet. Nog even niet, er is ruimte om te genieten van een vooruitzicht. Heerlijk. Ze glimlacht bedeesd, voelt zich licht als een veertje.

'Ik weet niet of dit zo'n goed idee is,' liegt ze.

'Het is een slecht idee,' glimlacht hij en hij kust haar. De vreemde lippen schrikken haar niet af, daarvoor verlangt ze te veel naar een zoete omhelzing die haar de alledaagse sleur zal doen vergeten. Zijn tong is zacht en zijn mond smaakt naar de amaretto die ze zo gezellig hebben gedronken. Ze voelt zich niet schuldig, ze voelt zich zíélig, en hier is eindelijk iemand die haar hoort en helpt. En kust.

Een man die niet in de verdediging schiet als zij zich beklaagt, wat een genot. Uren hebben ze gesproken en er is geen enkele wanklank gevallen. Stefan kijkt haar aan. En knipoogt. En dan schrikt ze plotseling op. Die knipoog, die hoort van Michiel te komen. Wat is ze eigenlijk aan het doen?

'Dit… is geen goed idee,' zegt ze.

'Het is een superidee,' lacht Stefan, en dan spreekt hij de vreselijke woorden: 'Die Michiel van Toledo met zijn "Wereldwonder". Nou, toevallig zit ik mooi hier met zijn vrouw.' Zelfgenoegzaam verstevigt hij zijn grip om haar schouder. De kamer die net nog zo aangenaam was, voelt ineens koud.

Manouk veert op. 'Is het je om Michiel te doen?' Haar harde stem verbreekt de romantiek.

'Natuurlijk niet, vooral niet omdat ik hem duidelijk kan verslaan.' Stefan grinnikt. 'Dat zal hem leren de held uit te hangen met zijn kut-liedjes.'

Geschokt staat ze op en houdt de knoopjes van haar blouse bij el-kaar. Net voelden zijn vingers over haar borst nog vlinderzacht, maar nu schaamt ze zich. Ze staat erbij als een overspelige slet met een laag-bij-de-grondse kerel.

Het is niet uit te leggen hoe dezelfde man in dezelfde kamer er in een fractie van een seconde zó anders uit kan zien. Dit is geen lekkere char-meur, het is een overspelig varken. Waar is het hem om te doen? Om te bewijzen dat hij de vrouw van een BN'er weet te verleiden? Waarschijn-lijk. Er zijn ook vrouwen die lijstjes afwerken van BN'ers waar ze per se seks mee willen hebben. Daar gaat het om de roem en niet om de klik tussen twee mensen.

Stefan zingt zelf geen liedjes en weet geen popzaal te vermaken, dus wat denkt hij te bewijzen. Dat beroemde zangers ook maar gewone mannen zijn? Of dat hij net zo bijzonder is omdat hij met dezelfde vrouwen slaapt?

Manouk kan wel door de grond zakken. Nota bene de vriend van haar vriendin. Wat maakt dat van haar? Dit kan niet; ze heeft een man en twee dochters!

Ze grijpt onhandig haar tas van de stoel en trekt vlug haar pumps aan. 'Ik moet gaan.' Wat is er toch met haar aan de hand? Ze heeft een gezin en moet er niet aan denken dat kwijt te raken. Ja, het is nu even zwaar, maar daar zal ze toch doorheen moeten. Dat kan ze heus wel! En terwijl ze de deur achter zich dichttrekt besluit ze om zich weer vol overgave op het gezinsleven te storten.

Op het schoolplein komt Jacky naar haar toe. Geschrokken gluurt Manouk om zich heen, wild zoekend naar een goede vluchtplek. Hoeveel ouders staan vlak naast haar op het plein, wie gaan alle smerige details horen – wie belt daarna de *Weekend* of *Privé*... Misschien belangrijker: wie komt er tussenbeiden als Jacky haar werkelijk bespringt voor een serieuze *catfight*?

'Hai,' knikt Jacky.

'Hoi.'

Jacky gaat voorzichting naast Manouk staan, die, ondanks een hartslag van tweehonderd slagen per minuut, probeert te doen alsof haar neus bloedt.

'Ik, eh, wil je mijn excuses aanbieden.'

Verrast kijkt Manouk haar aan. 'Excuses?'

Jacky knikt. 'Stefan heeft alles uitgelegd en ik begrijp ook wel dat Kim dit niet erg handig heeft aangepakt.'

'Ik weet niet wat er is met haar,' zegt Manouk. 'Ineens is ze woedend op me en heb ik kennelijk alles altijd al verkeerd gedaan. Maar jij hoeft je niet te verontschuldigen, ben je gek.'

'Jawel, ik was te boos terwijl ik nog wel zo veel aan je te danken heb.'

Ze heeft het idee dat haar schuldgevoel overal waar ze loopt een modderspoor achterlaat. De schuld steekt in haar maag, en ze is misselijk. Ze begrijpt niet hoe ze ooit deze onbetrouwbare vrouw is geworden.

Jacky stoot Manouk zachtjes aan. Begint dan te lachen en fluistert: 'Hij heeft me ten huwelijk gevraagd.'

'WAT?'

'Sst!'

'En ik heb nog meer leuk nieuws...'

'Als je me vertelt dat je zwanger bent, dan val ik flauw.'

'Nee joh, ha ha!' Jacky lacht zo hard dat ze van haar eigen geluid lijkt te schrikken, en achter haar hand grinnikt ze besmuikt verder. Haar vrolijkheid werkt aanstekelijk, het liefst zou Manouk zich net zo gelukkig en licht voelen als haar schoolpleinvriendin.

'Gefeliciteerd,' zegt ze daarom. Ook al gaat ze trouwen met een eikel, er hoort toch een felicitatie bij.

'Om het goed te maken met jou, en omdat ik toch veel aan je te danken heb, wil ik je graag een schilderopdracht geven. Niet te duur, hoor!'

Jacky lacht lief, Manouk lacht mee. 'Zou jij panelen willen beschilderen als achtergrond voor de zaal waar het burgerlijk huwelijk gaat plaatsvinden? Dat is altijd een wens van me geweest. De panelen zet ik als een decor neer en zo maken we een romantische plek van het zaaltje.'

Manouks schuldgevoel maakt plaats voor gretigheid naar deze leuke opdracht. 'Dat lijkt me superleuk. Heb je dat zelf bedacht? Wat bijzonder!'

Jacky knikt enthousiast.

'De panelen kun je meeverhuizen naar je receptie – hou je een receptie? Die kleden we dan aan in de stijl van de panelen. Met wit en lichtblauw en zilver, ik zie het al helemaal voor me…'

'Leuk, dus je wilt het doen?'

'Heel graag.' Ze twijfelt even en zegt dan: 'Je hoeft me niets te betalen, het wordt mijn cadeau aan jou. Aan jullie.'

'Wat leuk, bedankt!'

Pfoe, zo is hun ruzie gelukkig bijgelegd en staat Manouk weer tevreden op het schoolplein. Af en toe is het net alsof je zelf teruggaat in de tijd en op een school terechtkomt, waar het afwachten is wie je vriendjes worden en wie niet. Ruzies, verbondjes, roddel en achterklap…

Vanwege al dat gekonkel was Manouk blij dat haar schooltijd achter de rug was. Maar de leerkrachten hadden haar bij de diploma-uitreiking wel mogen vertellen dat als je ging nadenken over 'je toekomst' en het maken van goede keuzes, je ook rekening moest houden met het feit dat je waarschijnlijk kinderen krijgt, en dus helemaal opnieuw je tijd om een school doorbrengt. Minstens acht jaar per kind.

Op de terugweg naar huis belt ze Stefan. 'Ik hoor dat je gaat trouwen.'

'Goed hè.' Een korte stilte. 'Je hoeft niks meer bij te dragen, hoor, mijn vrijgezellenfeestje heb ik al min of meer met jou gevierd.'

'Als je ooit nog op zo'n manier contact met me zoekt, dan vertel ik alles aan Jacky.'

'En dan?'

'En dan is je huwelijk kapot.'

'Hmm. Dan maak ik jóúw huwelijk kapot en jullie beider carrières. Goeie deal?'

'Je bent een zak.'

'Dag, Manouk.'

Met haar pissigheid kan ze nergens heen. Hij heeft gelijk, hij kan haar meer schade toebrengen dan zij hem. Fuck.

40

In gedachten verzonken zit Manouk te schetsen. Nu de kinderen een tikje groter worden, lukt het om af en toe wat te werken. Ava kan met haar vriendinnetje al lekker samen spelen. Manouk hoeft niet meer te helpen billen vegen en geen politieagentje te spelen. Lieve stoot niet meer de hele tijd alles om en houdt zowaar langer dan een halve seconde haar aandacht bij een speeltje.

Er is geen deadline die op haar drukt, ze heeft gewoon een houtskooltje gepakt en een blanco papier. Een vrouw heeft ze geschetst, met korte rok en bloot hemdje. Ze kust een man, en accepteert zijn hand die onder haar rokje schuift. Hoewel ze voorover leunt in de richting van de man, houdt ze haar mobiel juist uit de omhelzing, ver van hem af. Haar duim beweegt over de toetsen, dat kun je zien aan de losse lijntjes die beweging suggereren. Manouk houdt haar hand onder haar kin terwijl ze gedachteloos een titel toevoegt: 'Sorry schat'. Ze streept hem door. 'Ik ook van jou.' Opnieuw een streep: 'Ben ff later.'

Ach, het maakt ook niet uit of er een goede titel bij komt; deze schets hoeft niet als basis te dienen voor een serieuze prent, en hij hoeft niet te worden verkocht. Ze is gewoon bezig op de manier waarop ze als studente ook graag bezig was: tekenen om de tijd te verdrijven.

Als Ava haar atelier/bijkeuken in stapt, moffelt ze de schets snel weg. Ze schuift hem in een stapel papieren en trekt een uitgescheurde foto van een olifant tevoorschijn, die ze heeft gebruikt als studie voor *De knappe danseres*.

'Mama, Fleur gelooft niet dat we op tv komen.'

Manouk glimlacht naar haar dochter. 'Het is echt zo, zeg maar dat het klopt.'

'Jij moet het doen. Ze gelooft mij niet.' Ze ondersteunt haar woorden met een opgeheven handje, waar Manouk acuut warm van wordt.

'Ik loop wel even met je mee, lieverd.'

Ava neemt Manouks hand aan en legt haar hoofdje ertegen. 'Je bent de liefste mama van de wereld.'

Manouk perst haar lippen op elkaar. Wrijft over Ava's bolletje. 'En jij bent de liefste dochter.'

'Liever dan Lieve?'

'Lieve is ook de liefste. Ik heb de twee liefste dochters van de wereld.'

'En wij de liefste mama en de liefste papa.'

'Ja.'

Zo lopen ze door de kamer naar Ava's vriendinnetje. Het is verbazingwekkend hoe loyaal kinderen zijn aan hun ouders. Met hun hele hebben en houden vertrouwen ze op je, en dan ook echt. Jij bent de beste, liefste, leukste. Daar zou nog eens een prentenboek in kunnen zitten, bedenkt Manouk, over een moeder die veel fouten maakt, alles verkeerd doet, maar als ze thuiskomt houden haar kinderen vol dat ze toch de liefste moeder van de wereld is. Hmm, het is dan niet echt meer een boek voor kinderen, maar hoeveel moeders zouden geen behoefte hebben aan zo'n verhaal? Aan het einde van de dag hebben ze dan ook iets om zichzelf voor te lezen en tevreden in slaap te vallen. In plaats van naar bed te gaan vol frustratie, of met het gevoel tekort te schieten.

Ava's hoge stemmetje klinkt streng tegen haar vriendin: 'Het is wel zo, hoor, Fleur, mijn moeder zegt het ook.'

Als tegenwicht glimlacht Manouk haar liefste, moederlijkste lach en knikt. 'Ze heeft gelijk, we komen op televisie. Ava en Lieve ook.'

Ava zet haar handjes parmantig in haar zij.

Manouk legt haar hand op Fleurs schouder en geeft toe dat het ook best wel ongeloofwaardig klinkt. 'Normaal komen er geen mensen die je kent op tv, hè?'

Fleur schudt van nee.

'Lusten jullie een snoepje?' Met deze toverzin heeft Manouk de spanning alweer uit de lucht gehaald. Fleur en Ava juichen en terwijl de meisjes eindeloos de tijd nodig hebben om precies het goede snoepje te kiezen – want natuurlijk moeten ze wel exact hetzelfde hebben – komt Lieve aangewaggeld met haar poppenwagentje. 'Noep!'

'Ja, schat, ook voor jou,' knikt Manouk. De telefoon gaat en hoewel het een onhandig moment is, neemt ze toch meteen op.

'Hoi hoi, met Liesbeth.'

'Hai. Ik geef net de kinderen een snoepje.'

'Mooi, dan kan ik je even rustig spreken terwijl ze het opeten.'

'Precies.'

Het is een slechtnieuwsgesprek. De verkoopcijfers van *De knappe danseres* zijn van erg goed omgeslagen naar heel slecht; bijna alle winkeliers sturen hun exemplaren retour. Kennelijk volgen boekhandelaren de boulevardjournalistiek meer dan ze zouden toegeven en vinden ze Manouk geen leuke illustrator meer als ze een slecht imago heeft. Liesbeth onderstreept het belang van het zuiveren van haar naam en Manouk heeft haar verzekerd dat het interview doorgaat. Als ze goed heeft begrepen hoe het werkt, dan zou het betekenen dat wat ze bij *Jensen!* zeggen in de weken erna weer in de roddelbladen zal opduiken. Hopelijk kan dat het tij keren.

Toch raakt ze niet meer in paniek, niet meer zo erg. Er is inmiddels zo veel om bezorgd over te zijn dus ja, wat kan ze doen?

♥

Zijn visagistes altijd zo aardig? Deze vrouw, Janine, glimlacht aan één stuk door met haar roze gestifte lippen. Ze complimenteert Manouk met haar 'prachtige jukbeenderen' en vraagt of ze er bezwaar tegen heeft als ze haar wenkbrauwen wat bijscheert.

'Nee, hoor,' stamelt Manouk en denkt: jeetjemina, dat moet dus óók nog!

'Gelukkig,' puft Janine. 'Sommigen willen het niet, maar ik kan nu niet gaan epileren, want dan zit je misschien met knalrode ogen op tv, en dat willen we niet.'

'Nee.'

Janine beweegt energiek om Manouks stoel heen. Elke keer als ze voorover bukt voor wat oogschaduw, een toefje blusher, of matterende poeder over de foundation, komen er wolkjes van haar zoete parfum vrij. Alles ruikt lekker aan Janine en haar spulletjes: de haarlak, de lipgloss, de poeders... Dit kennen ze in kinderboekenland toch echt niet. Daar spuiten ze nog net wat deodorant op voor het Kinderboekenbal en dat was het wel – nee, nu overdrijft ze. Manouk glimlacht om zichzelf en haar gedachten.

Lieve en Ava hebben dezelfde jurkjes aan. Dat heeft Manouk afgekeken van prinses Maxima en kroonprins Willem-Alexander: de prinsesjes Amalia, Alexia en Ariane zien er altijd zo schattig uit in dezelfde kleding. En Michiel is onweerstaanbaar als altijd. Hij begroet Janine met een kus en vraagt naar haar kinderen. Ze blijken elkaar vaker te hebben gezien achter de schermen. Ook de koffiemachine weet Michiel feilloos te vinden, hij kent zijn weg in de studio inmiddels goed. Hij maakt ontspannen praatjes met diverse redacteuren en technici, is duidelijk op zijn gemak, en komt zo nu en dan buurten bij de make-up. Dan vraagt hij Manouk of ze lekker zit en zegt dat ze er prachtig uitziet. Hij is, kortom, geknipt voor de rol van ideale man.

Voor het interview heeft Manouk een nieuwe jurk gekocht, niet omdat ze niks in haar kast had hangen, maar gewoon omdat ze er zin in had. Met bijpassende handtas en pumps. O ja, en een nieuwe set lingerie, maar dat hoeft verder niemand te weten. Straks, als ze thuiskomen, zal ze op internet parfum aanschaffen en een haarpincetje, plus eindelijk wat nieuwe oogschaduw – Janine heeft haar de seizoenskleuren van Dior laten zien: prachtig.

Robert Jensen is al aanwezig. Hij heeft hen de hand geschud en Michiel vriendschappelijk op zijn schouder geslagen.

'Hebben jullie er zin in?' vroeg hij aan Manouk en haar dochters, en toen werd hij alweer weggeroepen voor een laatste redactievergadering.

Michiel begeleidt Manouk nu naar de vloer, waar een rode driezitsbank haaks op een groot bureau staat. Een schok van herkenning gaat door Manouks buik. Deze setting heeft ze zo vaak op tv gezien. Tegenover de bank staan wat tribunes, maar lang niet zo veel als ze thuis altijd dacht dat er zouden staan. Lieve en Ava houden hun handjes stevig in die van hun ouders. De meisjes zijn lief en beleefd en ongelooflijk schattig. Vandaag is het gezin Van Toledo een modelgezin.

'Wat ben je mooi, schat,' knipoogt Michiel en Manouk glimlacht terug dat ze er zin in heeft.

Tijdens de opnames wachten ze achter de schermen tot ze aan de beurt zijn, maar ondanks alle voorbereidingstijd voelt het toch nog vrij onverwacht als ze Jensen horen zeggen: 'Wat een kanjer is die Michiel van Toledo, hè, mensen. Michiel van Toledo, die kennen we toch allemaal, hè. Hij zingt de sterren van de hemel, alleen jammer dat hij zo veel van huis is. En dan vraag je je op een gegeven moment toch af wat er in de tussentijd eigenlijk gebeurt in zijn huis. Want ja, als de kat van huis is… Vandaag is hij hier, met zijn vrouw en kinderen, om antwoord te geven op deze vraag. Geef ze een hartelijk applaus, het hele gezin Van Toledo!'

Robert Jensen begroet het gezin hartelijk, alsof hij ze voor het eerst ziet. Hij zakt voor Ava even op zijn hurken en neemt Lieve zelfs even op de arm. 'Ga lekker zitten,' zegt hij dan, en hij neemt zelf plaats achter het bureau.

In de camera zegt hij: 'We kennen jou van de megahit 'Ik heb zin'. Nou, we geloven meteen dat jij zin hebt, Michiel, en het lijkt erop dat iedereen bij jou wel zin heeft.' Er klinkt een ingeblikte lach. 'We stellen jullie even voor aan de mensen thuis,' vervolgt Jensen.

Er wordt een filmpje gestart. Op de grond staan twee monitoren waarop Michiel en zij kunnen meekijken naar wat de mensen thuis ook zien, namelijk een foto van een kasteel met een balkon. Er komt een uitgeknipte foto van Michiel in beeld, die op een stokje is geplakt en zijn hoofd is geanimeerd zodat die kan bewegen en praten.

'Michiel' zegt, natuurlijk met de verdraaide stem van Jensen zelf: 'Daar is mijn thuis, met mijn schatje. Ik ga speciaal voor haar zingen. Ik heb zin, ja, ik heb zin, in een wip met jou…'

Ava draait haar hoofd om naar Manouk: een wip? Gelukkig is ze nog te klein om er iets schunnigs achter te zoeken. Ze vindt het juist heel grappig dat de meneer de tekst verkeerd heeft. En dat hij zin heeft om samen te wipwappen.

Manouk glimlacht terug naar Ava en trekt Lieve tegen zich aan.

Op het balkon verschijnt nu een poppetje van Manouk, geknipt uit de *Privé* waar ze met Koen in staat. De nep-Manouk zegt: 'O nee, daar is mijn man weer terug, gauw, zorg dat je wegkomt!'

En terwijl de nep-Michiel doorzingt, zie je uit het torenraampje allerlei mannen naar buiten komen en via de regenpijp naar beneden klimmen. Niet alleen Koens hoofd is op een lichaam gemonteerd, maar ook dat van Xander de Buisonjé, John Ewbank, Adam Curry – alle mannen die eerder met vreemdgaan zijn geassocieerd.

Het publiek ligt in een deuk en Michiel lacht sportief mee, maar het kost Manouk enige moeite om haar mond in een vriendelijke plooi te houden. Ze vraagt zich af of het wel echt zo'n goed idee was van Michiels pr-bureau om ook de kinderen mee te nemen naar deze opnames.

Janine loopt tijdens het filmpje gauw het decor in om de kraag van Robert Jensen recht te trekken. Boven de hoofden van Manouk, Lieve en Ava spuit ze nog wat haarlak. Verbaasd ziet Manouk hoe iedereen uit zijn rol valt; de regisseur loopt te gebaren bij de cameramannen en een redactrice komt notities doornemen met Jensen.

'Laat je niet gek maken,' fluistert Michiel zachtjes tegen Manouk. 'Het kan er hard aan toegaan als je eenmaal bekend bent.'

Robert Jensen: 'Maar toch lijkt het alsof in jullie grote geluk wat barstjes zijn gekomen. Want Manouk… jij wordt ervan beschuldigd dat je met andere mannen afspreekt, hè?'

Haar keel is droog. Haar hart slaat over. Ze raapt zichzelf bij elkaar en zegt: 'Ja, maar daar klopt niets van. De man in *Privé* zit mij daar om raad te vragen.'

Hoe klonk ze, hoe ging dat? Als een kraai, als een nachtegaaltje? Maar ze moet zich niet laten afleiden door onzekerheid; koppie erbij, focussen op het gesprek.

Michiel voegt toe: 'Hij was verliefd op een vriendin van Manouk.'

Robert Jensen buigt zich over zijn desk en vraagt: 'Hóé privé waren de vragen van die man dan, Manouk?' Hij lacht naar haar en zegt: 'Jaha, probeer mij maar niets wijs te maken! Want wat zijn eigenlijk jullie ideeën over de liefde, welke normen en waarden houden jullie erop na? Vertel dat maar eens aan ome Robert.'

De mensen vinden het allemaal heel lollig, en eerlijk gezegd ziet Manouk wel waarom: hij doet het nou eenmaal heel grappig. Maar zij moet zichzelf nu wel door een mijnenveld loodsen.

Terwijl Manouk nog zit te zweten op een mogelijk antwoord, zegt Michiel zoveel als: 'We gaan samen het leven aan en willen dat graag monogaam doen, maar we hebben ook begrip voor sommige uitspattingen. Ja, het leven is lang en soms ook zwaar.' (*korte glimlach*) 'Onze dochters willen we een stabiele en veilige thuisbasis geven.'

Het klinkt goed en betrouwbaar, het klinkt als een fantastische man en een heerlijk gezin. Goh. Opnieuw kijkt ze naar hem op, met liefde in haar ogen.

Robert Jensen knikt en zegt: 'Toch houden we je in de gaten, Manouk van de Berg. Want waarom gebruik je eigenlijk zijn achternaam niet?'

Manouk antwoordt: 'Dat komt doordat ik…' maar ze krijgt de kans niet om de rest van haar zin – 'al boeken publiceerde onder mijn eigen naam' – uit te spreken, omdat Jensen al door haar heen praat. 'Ik vind het verdacht, als je het maar weet.'

Hij werpt zijn pen omhoog en vangt hem weer op. Dan vraagt hij aan Manouk: 'En ben jij dan eigenlijk nooit bang dat al die andere vrouwen hém van je zullen afpakken?'

Ze hoort zichzelf zeggen: 'Nee, eigenlijk niet,' maar ze weet dat het een leugen is. Want waar is Michiel op al die dagen dat hij niet thuis is? Al die managers en agenten, dat zijn toch niet stiekem vrouwen en aanbidders met wie hij afspreekt?

Robert Jensen zegt: 'Graag wil ik jullie bedanken voor dit openhartige gesprek. Ik denk dat Nederland jullie een stuk beter heeft leren kennen, en weer een stukje meer in zijn hart heeft gesloten. En, eh, Manouk, niet meer met vreemde mannen meegaan, hè, je weet wat je moeder daarover heeft gezegd!'

Michiel en Jensen steken tegelijk hun hand uit en bedanken elkaar. Manouk volgt Michiels voorbeeld, en aait opgelucht haar dochters over de bol. Die hebben het echt goed volgehouden en zijn fantastisch lief blijven zitten. Terwijl alle medewerkers het decor in lopen en er over en weer complimenten worden gegeven, vraagt Manouk zich af waarom ze eigenlijk niet scherper in de gaten heeft gehouden wat Michiel allemaal uitspookt – ze is vooral met haar eigen frustraties bezig geweest. Thuis geeft ze hem niet bepaald het warme onthaal waar mannen op hopen. Wat doe je dan, als regelrechte droom voor vele vrouwen?

De meisjes liggen op bed en Michiel is nog even in zijn werkkamer. Manouk is naar de hal van hun huis gegaan en staat bij het kastje waar ze altijd hun sleutels en portemonnees leggen. Ze heeft die van Michiel gepakt en doorzoekt de vakjes. Ze weet niet precies wat ze zoekt. Ergens hoopt ze ook dat ze niets zal vinden.

Er zitten bonnen in. Voornamelijk van restaurants en benzinestations. Veel benzine en veel drop heeft hij afgerekend. Ze glimlacht. Een paar bonnen van nieuwe overhemden zitten erin, en een stapel visitekaartjes – hij mag het ding wel eens legen, want het zit bomvol.

Ze krijgt het warm als ze de namen op de visitekaartjes begint te lezen. *Dutch Artists Management*, leest ze, DAM. Het volgende is een kaartje van een dame die 'marketingstrateeg' is, wat het ook mag zijn. Twee freelance journalistes zitten erbij. Zou hij daarmee… Hij heeft een galeriehouder ontmoet (maar niet naar Manouk doorverwezen) en een redacteur van een uitgeverij, zo te zien.

Ze besluit de portemonnee te laten voor wat die is, en grabbelt in de zakken van zijn colbert, dat aan de kapstok hangt. Drie keelsnoepjes en een verfrommeld bonnetje van twee kopjes koffie.

'Manouk, je moet echt even… Wat sta je nou te doen?'

Ze wordt rood. 'Niks.'

'Ik heb eerste samples binnen via de mail. Kom je luisteren?'

Beschaamd loopt ze naar hem toe. 'Ga je een boek schrijven?'

vraagt ze. Eigenlijk wilde ze niks zeggen, maar haar nieuwsgierigheid is groter.

'Weet ik niet, hoezo?'

'Gewoon, ik had... iemand aan de lijn van een uitgeverij.'

'Ik weet niet of ik dat doe, schat, in ieder geval niet zonder overleg met jou.'

'Dus het is je wel gevraagd?'

Hij lacht: 'Een kinderboek, ja, of ik dat zou willen doen.'

Ze lacht met hem mee terwijl ze een scheut ergernis onderdrukt. Bij zijn computer staat ze naast hem als een meisje dat naast haar vader staat. 'Het heet "Als het mag",' zegt Michiel. 'Komt-ie.' Ze hoort zijn stem:

> *En als ik het kiezen mag*
> *Kies ik jouw heerlijke lach*
> *Als ik het ze-he-ggen mag*
> *Hoor ik het liefste jouw lach...*

Haar lippen krullen vanzelf, ze smelt als ijs op een zonnige dag. 'Prachtig,' zegt ze.

'Ja, hè?' Zijn lokken deinen op zijn hoofd, zo enthousiast draait hij zijn hoofd van haar naar zijn scherm en weer terug. Hij slaat zijn armen om haar heupen en fluistert: 'Ik hoor ook het liefst jouw lach.'

Ze legt haar handen op zijn hoofd. 'En ik de jouwe.' Ze buigt zich voorover om hem te kussen en zegt: 'Was je eigenlijk wel alleen in Amerika?'

Acuut schiet Michiel in een hoestbui. 'Wat is dat nou weer voor een vraag!' Zijn gezicht loopt rood aan en Manouk gaat naar de keuken om een glaasje water te halen. Hoofdschuddend laat ze de kraan lopen. Heeft zij weer: een extreem verdachte reactie op een extreem slecht getimede vraag.

41

'Wat denk je, is het wat?' Jacky schuift een vuilniszak met oude dekens en kleren opzij en verontschuldigt zich voor de hoeveelheid emmers en oude potten verf.

Manouk staat in het midden van de schuur. 'Wat ben jij goed op orde!'

Langs de muur staan stellingkasten met keurige stapels spelletjes erin, en dozen wasmiddel, schoongemaakte vazen in een groepje bij elkaar, zwabbers en zelfs een hogedrukspuit. Op de vloer ligt nota bene een stuk tapijt en de muren zijn in een soort hoogglans grijs geschilderd.

'Het was een bende, maar Pierre heeft zo veel meegenomen dat ik de spullen die zijn overgebleven meteen maar heb geordend. Als we een plastic zeil over de kasten gooien, kun jij hier schilderen.'

Manouk kijkt haar ogen uit. Zelfs het knutselpapier ligt netjes op een stapel, met kwasten en flessen plakkaatverf ernaast. Het is er niet eens koud, ook al zitten ze midden in de kerstvakantie en ligt er buiten een klein laagje sneeuw.

'En je fiets dan?' vraagt Manouk verbluft.

'Die laat ik voorlopig onder het afdak staan. Als er sneeuw ligt fiets ik toch nauwelijks.'

'Het is ook maar voor een paar weken natuurlijk, hooguit twee maanden. Dan moet het echt af zijn voor het grote huwelijk.' Manouk knipoogt naar Jacky.

'De bruiloft wordt maar klein, hoor!' Jacky lacht. 'Lijkt het je wat?' Jacky doet alsof het mogelijk is dat Manouk de ruimte zou afwijzen. Ze beseft blijkbaar niet dat Manouk deze situatie helemaal niet gewend is. Een vriendin die zich bekommert om háár, en die een deel van haar eigen ruimte ter beschikking stelt als werkplaats.

Manouk heeft zich andersom juist altijd zorgzaam moeten opstellen voor vriendinnen als Kim, die overal een potje van maken. Kim die niet aan het werk kwam, die dronken naar huis moest worden gebracht, die een kind kreeg zonder man, die altijd boos was op de wereld en vooral op de vriendjes van Manouk. Maar ook Jacky, toen ze in de kreukels lag omdat haar man bij haar wegging. Ze had er helemaal niet op gerekend dat het ooit om zou draaien en dat de vriendschap gelijkwaardig zou worden.

'Het is... fantastisch!'

Ze had eigenlijk alleen maar hardop lopen nadenken toen ze zei dat de panelen niet in haar atelier/bijkeuken zouden passen, maar drie dagen later bood Jacky haar schuur aan. Manouk realiseert zich eigenlijk nu pas dat Kim al tijden een atelierruimte voor een spotprijsje huurt, maar haar nooit heeft aangeboden om er gebruik van te maken. Manouk zal de doeken plat op de grond beschilderen en ze op hun zij laten drogen. Het worden uiteindelijk drie staande panelen van een bij twee meter. Jacky staat erop om haar ervoor te betalen, dat is ook al zo ongebruikelijk, vooral omdat Manouk het juist als huwelijkscadeau wilde aanbieden. Manouk is er hartstikke blij mee, ze kan wel een echte opdracht gebruiken, het is de artistieke impuls die ze hard nodig heeft.

De panelen krijgen voornamelijk een mooie kleur en op ongeveer twee derde van de hoogte komt een romantische afbeelding. Valentijns-engelen op de buitenste panelen, en een moderne 'Kus' op de middelste. Manouk heeft veel zin in de klus, ook al is het voor het huwelijk van een onbetrouwbare man. Jacky is haar vriendin geworden en Manouk heeft besloten zich niet te bemoeien met haar mannenkeuze, dat lijkt haar wel zo volwassen.

'Kom, ik maak een cappuccino voor je,' zegt Jacky, en ze neemt Manouk mee naar haar huis.

In huis staat een grote kerstboom met lampjes in alle kleuren van de regenboog. Er hangen zuurstokjes in en zelfgeknutselde ballen, zelfs nog de kleuterwerkjes van haar grote zoon Sebastiaan, die Jacky heeft bewaard.

Vroeger zou Manouk nooit bevriend zijn geraakt met iemand als Jacky, ook al zou ze het misschien best hebben gewild. Jacky was een meisjesmeisje dat in vriendinnengroepjes opereerde, dat zie je zo. Terwijl Manouk een tomboy was met een grote mond. Duidelijk geen vriendinnencombi. Maar nu, als moeders op een schoolplein, komen ze elkaar tegen en schurkt Manouk maar al te graag dicht tegen Jacky's ordentelijkheid aan.

'Kun je geloven hoe snel het is gegaan?' vraagt Jacky terwijl ze melk klopt. 'Amper een jaar geleden was ik het zielige vrouwtje dat op het punt stond te worden verlaten door haar overspelige man, en nu ben ik de bruid.'

Manouk knikt. Ze kijkt hoe Jacky met de garde in het pannetje roert en vraagt: 'Het gaat wel erg snel, hè? Ik kan me ook voorstellen dat je even zou willen wachten.'

Jacky kijkt om. 'Waarom? Nee hoor, ik ben allang blij dat er weer een man in huis komt. En Lola ook. Anders zijn we maar zo alleen.'

Manouk bijt haar tong er zowat af. 'Als jij gelukkig bent, dan ben ik het ook.'

'Wil je een koekje?'

'Graag.'

Jacky neemt een koektrommel uit de kast en zet die op tafel. 'Na alle ellende heb ik wel zin in een feestje. Stefan heeft een prachtige feestruimte gehuurd bij L'étappe.' Ze kijkt Manouk met grote ogen aan en herhaalt met een verbaasde blik: 'L'étappe!'

Voor Manouk is die dure tent zo'n beetje een synoniem geworden voor de ontsporing van haar huwelijk. Als ze daar die bewuste avond niet hadden gegeten, dan had ze Koen het nummer van Kim niet kunnen geven en hadden de mannen nooit bij haar op visite kunnen gaan en was er nooit een foto van Manouk met Koen gemaakt en natuurlijk had ze in dat geval nooit, maar dan ook nooit met Stefan... 'Chic,' knikt ze.

'Mijn ouders zullen het prachtig vinden om daar eens binnen te komen. En weet je waar we elkaar het ja-woord gaan geven?'

Jacky kijkt haar aan alsof er maar één antwoord mogelijk is, maar Manouk zou echt niet weten waar ze het over heeft. Geeft niet, want Jacky kan niet wachten om zelf het antwoord te noemen: 'De Burgh! Hoe vind je die, helemaal geweldig, toch?'

De Burgh is een klein kasteeltje, eigenlijk meer een toren, aan de rand van de stad. Midden in de bossen staat het, en het ziet er ongelooflijk romantisch uit. 'Kun je daar trouwen?'

Jacky knik-knik-knikkert haar hoofd er bijna af. Ze zet de cappuccino's op tafel en ze gaan zitten. Ze pakken een koekje uit de trommel.

'En jij, hoe is het met jou?'

Manouk haalt haar schouders op. 'Ben veel alleen.'

'Nog steeds?'

'Hij moet zo veel, zó veel. Steeds als ik denk dat hij een dagje vrij is, dan belt er wel weer iemand dat hij naar een of andere meeting of opname moet komen.' Ze knabbelt aan haar zandkoek, het is niet de bedoeling dat ze hier gaat zitten grienen.

'Het is voor hem misschien nog steeds wennen,' zegt Jacky. 'Misschien is hij na anderhalf jaar doorrennen bekaf en weet hij niet meer hoe hij nee tegen dingen moet zeggen?'

'Tja.'

'Hij zal uiteindelijk toch uitnodigingen moeten gaan afslaan als hij ooit ook met jullie wil zijn.'

Manouk zucht. 'Soms… vraag ik me af of hij dat wel wil.' Haar ogen schieten vol, maar ze vermant zich. 'Overal wordt hij onthaald als een bijzondere man, en thuis is hij natuurlijk maar gewoon Michiel.'

'God, ja.' Jacky roert in haar koffie. 'Daar sta je normaal niet bij stil, hè?'

Manouk glimlacht flauwtjes. 'Hij zegt dat hij overal op in moet gaan als hij een blijvertje wil zijn. Hij hoopt dankzij "Ik heb zin" in april een 3FM Award voor beste zanger of zelfs het beste lied te winnen. Die prijs wordt door de luisteraars bepaald, dus er is best een kans dat hij wint. Hij kan heel goed overweg met Giel Beelen en Sander Lantinga, en hoopt dat ze in hun programma's de luisteraar wat zullen enthousiasmeren om op hem te stemmen. Ik ken dat soort processen niet in mijn werk, een boekenmaker werkt juist alleen, maar Michiel moet aan de lopende band netwerken, en dat kost allemaal extra tijd.'

'Misschien is het ook wel zo.' Jacky steekt de laatste hap van haar koek in haar mond en veegt kruimels van tafel. 'Gelukkig is hij in ieder geval aanwezig op de bruiloft in maart, want ik had het echt jammer gevonden als hij op mijn trouwdag naar een gala of awardshow zou moeten.'

'Zo zit ik dus ook elke keer, maar voorlopig heeft hij er weinig grip op en sta ik er alleen voor met de meisjes.'

'Kijk daar maar mee uit,' zegt Jacky. 'Zo begon het met Pierre ook, en uiteindelijk zat ik als huisvrouw thuis. Nu heeft hij een inkomen voor zichzelf en ben ik blij dat er een man als Stefan is om mij te onderhouden.'

'Dat is toch niet de reden…'

'Natuurlijk niet!' Jacky wuift het onderwerp weg.

'Want als je nog niet wilt trouwen, dan hoeft het niet, hè?'

'Hoe kom je daar nou bij, ik wil het juist graag!'

Manouk besluit het antwoord te accepteren en verzucht: 'Gisteren riep Michiel ineens dat hij nou eenmaal het inkomen moet binnenhalen. Het inkomen. Toen werd ik pissig, joh! Ik zei: "Als dát een reden wordt, dan verkopen we het huis", want hij weet dat ik het 't allerbelangrijkste vind om mijn werk te kunnen doen, dat is altijd zo geweest. Mijn passie was juist de reden waarom hij voor me viel.' Ze kijkt Jacky aan en gaat verder: 'In de kunst weet je nou eenmaal niet waar je geld mee gaat verdienen en waarmee niet. Iedereen werkt even hard aan ieder boek en elke show. De een verdient gouden bergen en de ander moet sappelen. Dat is het risico, je weet het nou eenmaal niet.'

'Lastig lijkt me dat.'

'Maar je doet het omdat je het werk graag doet. Dan moet hij er niet mee aankomen dat ik maar voor de kinderen moet zorgen omdat hij meer verdient. Als mijn boek over de danseres toevallig een hit was geworden, dan had ik het hoogste inkomen gehad.'

'Wil je nog koffie?'

'Ja, graag.' Ze zucht. 'Vind je het raar om dit allemaal te horen?'

'Welnee! Je moet toch ergens je verhaal kwijt? Ik begrijp heus wel dat het niet allemaal koek en ei kan zijn, hoor, alleen maar omdat iemand beroemd is.'

'Ja.' Manouk voelt zich verdrietig, ook al heeft ze er geen reden voor. Misschien is het de vermoeidheid die zijn tol eist. Ze perst er een glimlach uit en zegt: 'Kim zou vinden dat zij als single het beste af is van ons allemaal, en misschien heeft ze nog gelijk ook.'

'Klopt het dat jullie elkaar niet meer zien?'

'Nee hoor, hoezo?' antwoordt Manouk. Maar de waarheid is dat ze elkaar inderdaad lijken te ontwijken. Manouk heeft haar nog niet geconfronteerd met de roddel waarmee ze naar Jacky is gestapt. Zo'n laag-bij-de-grondse actie vindt ze het. En ze had het veel te druk om achter Kim aan te gaan en uitleg te vragen. Bovendien zou dat als volwassene niet nodig moeten zijn. Manouk had het zelfs nog wel verzwegen op Kims aanraden.

♥

Er is iets. Misschien zijn het haar hormonen, maar misschien (waarschijnlijk) is het de té lang onderdrukte frustratie. Manouk ergert zich. De hele tijd. Aan Michiel en zijn afwezigheid, aan het stilzwijgen van Kim, aan de mierzoete kerst-cd die de hele dag klinkt, aan de kinderen die het haar onmogelijk maken om in een lekkere *flow* te komen voor de schets van de 'Kus'.

Het lukt haar niet. Ze wil haar vriendin eer aandoen en een prachtige vrouw op het doek zetten die aan Jacky doet denken. De man zal op de rug gezien worden, die refereert tenslotte aan Stefan en die verdient geen kunst. Maar Jacky wel. Ze heeft zo veel doorstaan; eerst een zoon na een zware bevalling, toen drie miskramen, daarna kwam Lola als verrassing, en vier jaar later wordt ze verlaten zonder normale alimentatie te krijgen – om dan te gaan trouwen met een volgende mislukking... De vraag of ze een stokje voor het huwelijk moet steken, helpt Manouk ook niet erg om zich beter te voelen. Maar ze wil geen dromen verstoren. Dat kan ze zichzelf toch niet toestaan, en bovendien zou het haar zeker de enige vriendin kosten die ze nog heeft.

Als Lieve haar atelier/bijkeuken in stapt, valt ze eerst over de drempel. Ze krabbelt omhoog en zegt: 'Mama, ik wil koek.' Normaal zou Manouk warm worden van binnen. Ze zou opstaan om Lieves snotgootje schoon te vegen en haar een kusje te geven. Ze zou haar wang tegen het bolle koppie drukken en haar neus zo diep mogelijk in het mollige wangetje begraven.

Maar vandaag zegt Manouk dat Lieve moet wachten. Als er iets is dat een peuter niet kan, dan is het natuurlijk wachten.

'Nu koek?' vraagt Lieve.

'Nee. Wachten, écht wachten. Ga maar even weg.'

'Ik wille koek. Lieve koek!'

'Schat!' In zichzelf telt Manouk tot tien. 'Ik wil echt even deze schets afmaken. Ga het anders maar aan Ava vragen.' Ava is vijfenhalf, die kan de la wel opentrekken voor een koek.

Lieve hobbelt weg en Manouk doet haar best om de opgevlamde irritatie weer van haar af te laten glijden. De schets. Ze twirlt een beetje met het staafje houtskool tussen haar vingers. Waar was ze ook alweer. Ze heeft lange tijd gedacht dat ze nooit zou terugverlangen naar de eenvoudige tijden waarin ze moederziel alleen niets anders deed dan tijd verdrijven, lijnen trekken op papier. Het is jammer dat ze toen niet in de toekomst kon kijken, dan had ze er meer van genoten. De vrouw, zal ze die lange golvende haren geven, of doet ze Jacky daarmee tekort met haar halflange 'net niks'-kapsel?

Ze probeert de engelachtige vrouw wat vlassige haren te geven, op een lengte waarbij je je kunt voorstellen dat ze ge-zelfkappert heeft. Zie je, er komt weer een glimlach op haar gezicht. Misschien moet deze zwevende godin dan ook maar een van Jacky's outfits dragen. Even zien: een spijkerbroek en een ruime trui. Met een ronde hals. En een lichtblauwe kleur die haar huid een vale glans geeft.

Misschien is het toch beter niet Jacky als uitgangspunt te nemen, maar haar fantasie te gebruiken, om te laten zien wat er allemaal mogelijk is. Jacky's figuur is vele malen beter dan dat van Manouk. Ze is slank van zichzelf en heeft tenminste een normale cupmaat, niet van die bolle borsten die hun eigen leven willen leiden, zoals Manouk ze heeft. Bij dergelijke vrouwen vraag je je af waarom ze zo'n prachtig lichaam niet wat meer vieren, en dan niet door meer bloot te showen, maar gewoon door er meer model en kleur op te hangen.

De man maakt ze echter niet mooier, die krijg stiekem een kalende plek op zijn achterhoofd en bovendien een beginnend buikje. Ze zet het moeiteloos in de schets. Gemeen, hè. Ze zal het zo onopvallend doen dat niemand kan aanwijzen waar het 'm in zit, maar iedereen zal het ermee eens zijn dat de vrouw vele malen beter – PATS! Het geluid van brekend glas knalt haar gedachten binnen. Meteen klinkt erachteraan: 'AumamaMAMAmaaamáááá!'

Ze springt op en rent de keuken in. Daar zit Ava met een rood hoofd te brullen. In één oogopslag ziet Manouk wat er is gebeurd: ze is op het aanrecht geklommen om glazen te pakken, maar ze is eraf gevallen en heeft een paar glazen in haar val meegenomen. Nu zit ze tussen de scherven, er zit bloed op de palm van haar hand en Lieve staat er jammerend naar te kijken.

'Ava kusje,' zegt Lieve en ze begint al in de richting van haar grote zus te bewegen, maar Manouk schreeuwt: 'Nee!' Manouk hapt naar adem en zegt zo moederlijk mogelijk: 'Ava, niet lopen, ik ga mijn schoenen aandoen en dan kom ik je optillen. Lieve, je mag niet naar Ava in je maillot, want dan kun je in de scherven stappen. Horen jullie me?'

Krijsend knikt Ava van 'ja', en Lieve doet de beweging van haar grote zus na. Voor de zekerheid herhaalt Manouk: 'Je moet luisteren. Je mag niet naar Ava toe lopen.' En rent naar de gang.

Vloekend trekt ze haar schoenen aan en ze pakt de stofzuiger uit de gangkast. Ze holt terug, tilt de huilende Ava op en zet haar neer op de bank in de woonkamer. 'Laat eens kijken, waar heb je pijn?'

Het sneetje in haar hand lijkt mee te vallen, maar er moet wel wat water overheen om te spoelen, plus een enorme prinsessenpleister natuurlijk.

Het zweet breekt haar uit. Fuck, wat moet ze nou als eerste doen?

'Lieve! Hier komen, voorzichtig, niet erdoorheen lopen.' En dan zegt ze toch: 'Ava, je moet echt stoppen met huilen, want ik krijg er hoofdpijn van.' Uit de schuur haalt ze veger en blik, en ze rapen de grote stukken op. Dan de stofzuiger eroverheen en daarna met de meisjes naar boven om Ava's handje te spoelen en haar kleren uit te kloppen. Goddank heeft ze prinsessenpleisters in huis en er liggen nog wat losse Mega Mindy-varianten in de EHBO-doos, mocht Ava die liever willen. Voor de zekerheid krijgt Ava schone kleding aan, en natuurlijk denkt Manouk eraan om te voelen of ze een bult op haar hoofd krijgt – wat gelukkig niet het geval is. Lieve een nieuw maillotje, want de scherven kunnen erg klein zijn en wel duizend kanten op zijn gevlogen.

Beneden stofzuigt ze voor de tweede keer. De meisjes rollen tijdens het spelen de hele tijd over de grond, ze moet er niet aan denken dat ze een glasscherf onder hun huid krijgen, waardoor die kan gaan ontsteken en zweren. Ze twijfelt of ze ook nog zal dweilen, en als ze besluit dat ze inderdaad de mop moet halen, voelt ze pas goed hoe pissig ze in de tussentijd is geworden.

Dat ze dit alleen staat te doen.

Dat Michiel niet eens wéét van deze stress, laat staan dat hij wat bijdraagt om de druk te verminderen.

De 3FM Awards kunnen haar inmiddels gestolen worden. Wat is zo'n prijs waard als het betekent dat je de liefde van je leven ervoor in de steek moet laten?

Die avond komt Michiel thuis bij een gezinnetje dat met zijn drieën al aan tafel zit.

'Zitten jullie al te eten?' vraagt hij.

Manouk knikt.

'Heb je niet even op mij gewacht?'

Ze haalt haar schouders op. 'Ik reken er niet meer op dat jij op tijd komt voor het eten.'

De donderwolk van haar humeur is zo groot dat hij hem waarschijnlijk kan voelen. Het zou haar niet eens verbazen als die bui daadwerkelijk zichtbaar was, zoals in een stripboek. Michiel besluit in ieder geval niet te zeggen dat het 'niet de bedoeling' is dat ze zo met hem omgaat en pakt een eigen bord uit de kast.

'Waar staat het eten?' vraagt hij zonder emotie

'In de koelkast. Je moet het nog even opwarmen.' Het kan haar niets schelen, hij zoekt het maar uit.

42

Buiten is het koud. Binnen zit de moeder van Manouk op de bank en ze snijdt haar favoriete onderwerp aan: BN'ers: 'Ik lees dat Wendy van Dijk nu misschien toch weer weggaat bij haar man, kom, die directeur van de omroep, hoe heet die ook alweer?'

'Erland Galjaard, mam.' Manouk draait met haar ogen en zucht. 'Wil je nog koffie?'

'Lekker. Misschien heeft ze maar weinig vertrouwen in mannen meer over na dat drama met die Xander. Maar Chris Zegers was hartstikke lief, ik kan me niet voorstellen dat die haar zou hebben bedrogen. Kijk jij uit dat Michiel niet vreemdgaat?' Yvonne praat door terwijl Manouk in de keuken koffie inschenkt en dus halve zinnen niet kan verstaan. 'Je hoort het zo vaak over beroemde mensen. Die krijgen natuurlijk ook zo veel aanbod.'

'Nou ja, zeg!' Manouk vindt de opmerking van haar moeder zo ongepast dat ze er gewoon vrolijk van wordt. 'Hij mag op zijn beurt ook wel uitkijken dat ík niet vreemdga: hij is nooit thuis!'

Haar moeder begint te gniffelen. 'Dat moet je niet doen, hoor. Het lijkt misschien modern, maar uiteindelijk worden ze altijd boos.'

'Modern? In jóúw tijd misschien, mam, maar nu is vreemdgaan weer gewoon viezerikengedrag hoor!'

Ze lachen allebei en ineens heeft Manouk een flashback van vroeger, toen ze als tiener aan de eettafel haar huiswerk deed en intussen klaagde over vriendjes. Haar vader was plotseling en veel te jong overleden aan een hartaanval. In de eerste twee jaar na zijn dood kwam Manouk elke middag meteen uit school naar huis. Haar moeder schilde de aardappels en betoogde dan als Manouk weer haar beklag deed dat ze maar één goeie tegen hoefde te komen, maar dat het nou eenmaal een berg verkeerde vriendjes kostte voordat die Ware eindelijk kwam. 'In de tussentijd verzamelen we grappige verhalen over hoe fout ze allemaal zijn.'

Samen waren ze sterk. Die gezamenlijke kracht lag ook in *the eye of the beholder*, want Manouk wílde vooral graag dat ze weer sterk zouden zijn. In die tijd riep ze nog wel eens dat haar moeder een nieuwe man voor zichzelf moest zoeken, dat ze te jong was om de rest van haar leven alleen te blijven. Pas later zag Manouk in dat zij dan misschien zelf wel de mogelijkheid en het talent had om haar dromen te verwezenlijken, maar dat haar moeder de energie om dromen na te jagen helaas niet had. Ook nu nog is ze van mening dat Yvonne wat beter haar best had moeten doen om liefde te vinden, maar ook andere dingen die haar leven rijker hadden kunnen maken. Aan de andere kant krijgt ze langzaamaan toch ook waardering voor de trouw die haar moeder toont aan haar overleden man.

'Lekker, schat.' Ze neemt de cappuccino aan.

'Wil je een stukje appeltaart?'

'Nee hoor, anders word ik zo dik.'

Manouk laat een pauze vallen, want ze weet precies wat er nu komt: 'Ach nou ja, geef ook maar, je leeft maar één keer.'

'Precies, mam.' Ze zet de punt neer, die ze al lang op een schoteltje had gelegd. Manouk neemt zelf ook een hap van de taart en laat de meisjes spelen tot die uit zichzelf hebben gezien dat er ook voor hen wat lekkers staat. Zo kan ze tenminste zelf nog even rustig genieten.

Nu Yvonne over BN'ers en vreemdgaan is begonnen, twijfelt Manouk of ze haar moeder zal inlichten over de zorgen die ze de laatste tijd heeft. Als Michiel wil, dan kan hij het inderdaad met gemak aanleggen met een andere vrouw. Wie zegt dat hij na optredens niet twee uur eerder thuis kan zijn? Dat weet ze niet, ze weet het gewoon niet.

Tot haar verrassing zegt Yvonne ineens: 'Ik weet wel dat hij thuis te weinig doet, maar ja, het is voor hem toch ook geen doen?'

'Huh?' zegt Manouk hardop.

'Ja, dat zie ik heus wel.' Triomfantelijk neemt haar moeder een grote hap taart en zegt met volle mond: 'Maar schat, hij doet echt zijn best, echt.'

'Ja, en ik dan?'

'Jij komt ook weer aan de beurt, je kunt niet alles tegelijk.'

'Maar hij wel zeker?'

'Hij ook niet, wat denk je, dat hij het opgroeien van zijn meiden niet mist? Geloof me, als hij had kunnen kiezen, dan had hij die hit óf eerder óf later gepland. Maar ja, je hebt het niet altijd voor het zeggen in het leven.'

Ze zwijgen. Manouk weet best dat Michiel er ook niets aan kan doen, maar er is ook zoiets als gevoel, en door de jaren heen is ze nou eenmaal geïrriteerd en bozig geworden. Als de bel gaat, komt ze maar traag overeind. Ze staat aan de grond genageld als ze Michiel voor de deur ziet staan, met een enorme bos bloemen in zijn hand een een cameraman achter zijn rug die zich zo verdekt mogelijk opstelt.

Haar mond valt open, haar lippen vormen een brede lach. Ze vergeet de camera en stamelt: 'Schat... Heb je dat voor míj gedaan?'

'Goed hè?' Michiel stapt naar voren en grijpt haar stevig vast. Manouk werpt zich in zijn omhelzing, die ze zo hard nodig heeft. Tranen biggelen over haar wangen, maar het zijn blije tranen, van de charmante vrouw die stilletjes heeft geleden en nu uit dat lijden wordt verlost. De dankbare prinses, zoiets.

'Papa!' Ava werpt haar armen in de lucht – en zwiert twee tellen later al boven de grond in de sterke armen van haar vader. Lieve komt aan de hand van oma de hal in.

'Goed hè,' lacht Yvonne, 'goed hè.'

'Wist jij ervan!'

Michiel legt zijn arm om zijn schoonmoeder. 'Hebben we samen geregeld,' zegt hij. De cameraman maakt schuifelend een bocht om de twee goed in beeld te krijgen. Manouk realiseert zich dat de beelden welhaast perfect zullen zijn. Michiel kon het vroeger al zo goed, en goddank heeft hij het weer eens geflikt: een superverrassing. Perfect getimed, want Manouk kón niet meer.

'We gaan samen op stap,' zegt Michiel, 'en Yvonne blijft bij de meisjes.'

'Gaat dat wel lukken?'

'Tuurlijk,' zegt haar moeder.

Manouk hoeft zich niet meer zo veel zorgen te maken over wie er oppast. Haar dochters geen kwetsbare kleintjes meer en Ava kan al goed vertellen wat zij en haar zusje willen.

'Oké, perfect,' lacht Manouk. 'Horen jullie dat? Oma komt oppassen.'

'Hoera!' Ava klemt zich liefhebbend om de benen van oma. Geen enkele terughoudendheid zit er in die kleine dame, alleen maar enthousiasme en zín. Manouk knikt goedkeurend. Zo zie je hoe kinderen als lijm kunnen werken tussen ouders en grootouders, denkt ze.

Michiel zegt dat ze rustig de tijd mag nemen om haar spullen te pakken en vraagt of zijn camera- en geluidsman koffie willen.

In een luxe Mercedes stretched limousine met chauffeur worden ze naar Scheveningen gereden voor een diner in het Kurhaus en aansluitend een bezoek aan het Circustheater. Op de achterbank houdt Michiel de hand van Manouk vast en vraagt of ze het een leuke verrassing vindt.

'Fantastisch,' knikt ze.

De cameraman heeft afscheid genomen, hij heeft voldoende beelden voor het portret dat hij moest schieten. Ze hebben namelijk gefilmd voor het programma *Gek op wielen* van Bavo Galema. Een van de vaste items is een portret van een autogek, en binnenkort is de beurt aan Michiel, met zijn liefde voor de Mercedes SLR McLaren. Voordat ze Manouk gingen ophalen, hebben ze al een kort interview gedaan. 'Ik mocht erin rijden, joh, woh!' glundert hij.

Dit tweede gedeelte van de dag zal worden gebruikt voor een mooi verhaal in *Vrouw*, het tijdschrift van *De Telegraaf*. Bovendien mogen een paar foto's worden afgedrukt in *Privé*, daar heeft Michiel toestemming voor gegeven.

'Het is een crossmediadeal met de Telegraaf Media Groep. Joris heeft het geregeld,' legt Michiel uit. Er was een telefonisch verzoek gekomen om mee te werken aan het programma en de tijdschriften, en toen heeft hij bedacht dat het leuk zou zijn om er een verrassingsactie van te maken. 'Ik dacht, je hebt wel iets leuks verdiend,' zegt Michiel. 'En het leek me handig om op deze manier werk en privé te kunnen combineren.'

'Zij betalen dus de hele dag?'

'Mercedes of de TMG, ik weet niet wie precies, maar alles wordt betaald, ja.' Michiel grinnikt.

'Maar het betekent niet dat ze nooit meer rotverhalen gaan schrijven?'

'Nee, dat niet.'

'Hmm.' Ze kijkt naar buiten, en ze schieten in de lach als ze zegt: 'Dan denk ik dat deze verrassingsdag ook bestaat uit het aanschaffen van een nieuwe jurk met pumps.'

43

Een paar weken later is iedereen druk in de weer om het kleine stads-
kasteel De Burgh om te toveren tot een ware romantische pracht. Ze
negeren de kans op een maartse bui en gaan voor een buitenfeest.
Want De Burgh staat zo mooi tussen de bomen, het doet denken aan
een sprookjesbos, ook door de vijver vol waterlelies. Een perfecte locatie is het. Je zou bijna gaan geloven dat het bruidspaar óók perfect
bij elkaar past.

Manouk is van plan om van De Burgh het prachtigste bruiloftspaleis
te maken dat je maar kunt bedenken. Het is een kans om haar creativiteit eindelijk ongestoord kwijt te kunnen. Kim is vandaag gekomen om
met de kinderen te spelen terwijl hun ouders de voorbereidingen treffen. Alleen Lola en Sebastiaan zijn er niet. Die zijn bij hun vader om een
speciale verrassing te maken. Ex-man Pierre ziet hier kennelijk een kans
om zijn schuldgevoel af te kopen, bedenkt Manouk, en hij laat die kans
niet liggen.

Jacky heeft de vrienden die ze na de scheiding overhield, gevraagd
of ze het leuk vinden om te helpen. Zo zijn er nog twee moeders die
Jacky heeft leren kennen op school en de kinderopvang, en een paar
mannen die sjouwen, onder wie Michiel; hij houdt zich bezig met het
opbouwen van een podium, vanwaar het bruidspaar toegesproken
kan worden.

Een vriend die Jacky nog uit haar jeugd kent, Martijn, loopt rond
als speciale bruiloftsfotograaf en maakt grapjes tegen de hardwerken-

de mannen dat hij helaas niet mee mag sjouwen omdat hij Jacky heeft beloofd alles vast te leggen van deze bijzondere gelegenheid. Koen is er ook, en die bespreekt met Stefan waar de eettafel moet komen en of er een tafelschikking is.

Omdat iedereen intensief meewerkt aan deze emotioneel geladen dag ontstaat er al een band tussen de gasten. Dat heeft Jacky slim bekeken, vindt Manouk, want doordat iedereen zo bij deze trouwdag is betrokken, raakt Pierre op de achtergrond in het collectieve geheugen en wordt het huwelijk echt een nieuwe start.

Het werken aan de voorbereidingen is zo fijn dat Manouks overtuiging dat Stefan geen goeie partij voor Jacky is, even wat minder vervelend overheerst. Een man die naar een vriendin van zijn toekomstige vrouw lonkt, is slecht nieuws. Bovendien: hertrouwen vlak nadat je op rottige wijze bent verlaten, betekent over het algemeen ook weinig goeds. Als je het Manouk vraagt kon Jacky zich beter toeleggen op zichzelf en genieten van haar leven met Lola en Sebastiaan. Lekker weer gaan werken, meidenuitjes plannen, al je gedachten aan jezelf spenderen als de kinderen bij hun vader zijn…

Maar vandaag doet dat er allemaal niet toe. In haar donkerblauwe overall, haar *all time* favoriete werkkloffie, vol verfstrepen, sjouwt Manouk de beschilderde panelen omhoog over een betonnen trap waar door de eeuwen heen miljoenen mensen over gelopen moeten hebben. Daar is een kleine ontvangstruimte die gebruikt gaat worden voor de ceremonie. Omdat het voor hen beiden een tweede huwelijk is, houden ze het gastenaantal laag, en dat is ook al zo'n slimme beslissing – wat dat betreft doen ze het wél heel goed. Ach, wie weet krijgt Manouk ongelijk en blijkt het toch te gaan werken, je weet maar nooit. Inderdaad heeft Stefan nog een diner bij L'étappe gereserveerd zoals hij een paar weken geleden had beloofd, maar het blijft natuurlijk de vraag of dat wel of niet veel goeds voorspelt voor het huwelijk.

De twee meter lange panelen hadden geen vijf centimeter hoger moeten zijn, maar Manouk bekijkt het positief: ze passen perfect. Bezweet van het beklimmen van de vele traptredes bekijkt Manouk het resultaat van haar inspanningen. Tevreden slaat ze haar armen over elkaar. Het is ronduit prachtig. Ze kijkt naar het werk van een kunstenaar die zich nodig eens op grote exposities zou moeten toeleggen – als ze eens lekker onbescheiden mag zijn. Ze zal die rare Martijn straks zeggen dat hij niet moet vergeten de mooie schilderingen goed in beeld te krijgen.

Nu ze min of meer klaar is, wordt het tijd om iets anders 'heldhaftigs' te doen: ze zal het gaan bijleggen met Kim. Ze hebben elkaar sinds het bitse afscheid niet meer echt gesproken, en hoewel Manouk echt boos is omdat Kim haar heeft zwartgemaakt bij Jacky, vindt ze ook dat één de wijste moet zijn. In het geval van Manouk versus Kim, weet ze (helaas) wel wie diegene is.

Waar zou Kim naartoe zijn met de kinderen? Zijn ze soms van het dijkje gaan rollen? Het zou wel echt iets voor haar zijn, volkomen onverantwoorde dikke pret voor de kinderen. 'Heb jij Kim gezien?' vraagt ze aan Koen. Maar die schudt zijn hoofd.

Buiten loopt Manouk zoekend tussen de bomen door. 'Kim?' Ze zijn vast verstoppertje aan het doen, of picknickje aan het spelen. Langzaam maar zeker raakt ze steeds verder verwijderd van de groep die zo actief de voorbereidingen treft voor het huwelijk, dat binnen zes uur – zes uur al! Wat gek… – gaat plaatsvinden.

Ah, daar komt Ava haar tegemoet! 'Schat, waar is Kim?' vraagt Manouk, en ze geeft haar een handje.

'Daar.' Ava wijst halfslachtig naar de achterkant van De Burgh. 'Met papa.'

'Met. Wie?' Haar hart stopt acuut met kloppen. Dat kan toch niet, nee, dat zal toch… Ongemerkt is ze gaan rennen, nog steeds met de hand van Ava stevig in de hare geklemd – die rent noodgedwongen mee. Hijgend van het rennen en de stress, sist ze: 'Waar was je, waar zijn jullie aan het spelen.' Ze duiken onder een laaghangende tak door en lopen met snelle stappen door het grind. Dan zien ze het. Hen.

Michiel leunt tegen de kerk. Kim leunt tegen Michiel. Zijn handen liggen om haar heupen. Haar armen om zijn nek. Michiel ziet Manouk en kijkt haar geschrokken aan, alsof ze een spook is.

'Wat is hier aan de hand!' Ze roept het scherp.

'Niks, hoezo?' vraagt Kim. De brutale blik in haar ogen snijdt Manouk door haar hart.

Michiel laat Kim los, alsof ze ineens een enge ziekte blijkt te hebben. 'Niks, er is niks!' Hij haast zich om te zeggen: 'Dit is een vergissing, er is niks, niks!'

'ZIJN JULLIE SOMS HELEMAAL GEK GEWORDEN?'

Kim vraagt brutaal: 'Hoezo vergissing, Michiel?'

Maar hij is al weggelopen, gevlucht, terug naar de werkende mensen, alsof hij terug in de tijd probeert te gaan en wil doen alsof ze nog gewoon bezig waren met de voorbereidingen. Niet met zoenen.

'Waar denk je nou voor weg te lopen?' Als het kon, spuugde ze vuur. Er komt rook uit haar oren, en bliksem uit haar haren. 'MICHIEL VAN TOLEDO!!' Ze rent achter hem aan. 'Ava, kom mee, jij moet even naar Jacky.'

Jacky's hele vriendenkring kijkt op van het werk, maar dat kan Manouk niet schelen. 'Denk je er met mijn vriendin vandoor te gaan, Michiel van Toledo? Meneer de beroemdheid die nooit eens thuis komt helpen, maar wel buiten de pot pist?'

Bij de woorden 'pot pist' vliegen de vlokken speeksel uit haar mond.

'Manouk...' Michiel kijkt angstig om zich heen.

'O, mag niemand soms weten dat je vreemd aan het gaan bent achter de kerk terwijl ik aan het huwelijk van een vriendin werk?'

De mensen beginnen met elkaar te smoezen. Van achter een hoek van de muur komt Kim tevoorschijn. Handen in de zij, arrogante blik op haar smoel.

'Verstoor ik soms je ideale plaatje, mevrouw Van de Berg? O, sorry: mevrouw Van Toledo? Ik kan het anders ook niet helpen dat een man als Michiel het leuker heeft met een vrouw als ik.'

Michiel schudt zijn hoofd van nee, maar zegt niks, waarschijnlijk om de situatie niet erger te maken dan die toch al is. Natuurlijk staat die irritante Martijn te fotograferen, maar dat is op dit moment de minste van hun zorgen.

'En jij hebt ook niks te klagen, Manouk.' Ze kijkt naar Koen en Stefan en dan weer naar Manouk en zegt: 'Want jij was zelf ook geen lieverdje toen je vreemdging met Stefan.'

Een daverende stilte valt over het terrein. Michiel trekt zijn wenkbrauwen op, hij is duidelijk in dubio. Manouk voelt vlekken opkomen in haar nek. Jacky, de bruid, is kennelijk op het lawaai afgekomen, en staat met haar hand voor de mond toe te kijken hoe haar mooiste dag wordt geruïneerd.

Stefan is degene die de stilte doorbreekt. Op lage toon, maar duidelijk hoorbaar, zegt hij: 'Ik dacht dat wij een afspraak hadden.'

En Manouk, in paniek door alle emoties, gilt tegen hem: 'Kim heeft het over onze ontmoeting, lul, ze weet niks van de kus!'

'O!' Niemand zegt het, en toch hoor je duidelijk dat de klank wordt uitgestoten: 'O!'

'Jij… TRUT!' Nijdig rent Manouk op Kim af – die schiet meteen weg, het kasteeltje in, maar Manouk rent de trap op; ze zal die bitch grijpen. Ze weet niets van vechten, heeft het nog nooit gedaan, maar ze zal dit wijf de haren uit het hoofd trekken. De ogen uit krabben en alles breken wat ze maar te pakken kan krijgen.

'Manouk!' roept Michiel, en rent erachteraan. Iedereen holt mee; natuurlijk Martijn, maar ook de twee huismoeders en alle mensen die nog jarenlang zullen vertellen hoe gênant het misging op de dag dat Jacky en Stefan gingen trouwen…

Iedereen, behalve Jacky. Zij heeft een tijdje met grote ogen naar Stefan gekeken. Toen maakte ze boze spleetoogjes, nu draait ze zich om en loopt weg. 'Ava, blijf hier op je ouders wachten, ga maar aan tafel zitten, want ik moet naar huis.' Stefan haast zich achter haar aan en laat het aan de rest van het gezelschap over om te aanschouwen hoe de ruzie verdergaat.

KIM: Als je me maar met één vinger aanraakt, snij
          ik je schilderijen kapot.
MANOUK: Jaloerse trut dat je bent, altijd al geweest!
KIM :   Wat kan jou dat nou schelen, mevrouw de prin-
          ses.
MICHIEL: We gaan naar huis, ik haal de kinderen.

Michiel verlaat de ruimte.

MARTIJN: *klikklik - flits — klikklik.*

MANOUK: Ik wist dat je laag was, maar zó laag had ik
            je niet ingeschat.

KIM :   (*Haalt haar schouders op.*) Als jij niet voor
            je vent zorgt, doe ik het.

MICHIEL: (*Staat hijgend in de deuropening.*) Manouk!
            Lieve, ik kan Lieve niet vinden!

Meteen duwt Manouk iedereen opzij en ze wurmt zich naar buiten.
'Lieve! Lieve!'

Ze rent de trap af. Niemand bestaat nog, zelfs zijzelf niet. Alleen
Lieve en de vraag waar ze is. 'Lieve!' Manouk krijst het, haar stem
klinkt rauw. 'Lieve!'

O god, laat het niet waar zijn. Waar is ze, waar kan ze zijn? Ze hijgt.
Rent langs de bomen, checkt de muren van het kasteel. Zelfs langs de
dijk, en langs het dak van De Burgh schieten haar ogen. 'Lieve!'

Ze snelt langs takken en duwt struiken opzij. Haar ergste vrees
komt steeds dichterbij. 'Lieve!' Ze holt naar de vijver, alsof ze wordt
gestuurd door iets wat groter is dan zijzelf. Dan gilt ze, zo hard dat de
merels uit de takken opvliegen. 'LIEVE!'

Daar ligt ze, in haar witte jurkje. Tussen de waterlelies. Ze drijft op
haar rug, maar haar gezicht is onder water. Haar ogen zijn open. Geen
angst, geen emotie. Alleen maar dat onder water drijven.

Manouk springt erin, klotst door het water en duwt de planten opzij. 'Lieve! Michiel!' Ze klauwt naar haar dochter en tilt haar eruit. Als
een lappenpop ligt Lieve in haar moeders armen, meteen begint Manouk haar meisje lucht in te blazen. Ze krijst de longen uit haar lijf:
'Bel een ambulance. SNEL!'

44

Huilend zitten ze bij het ziekenhuisbed op de kinderafdeling van de intensive care. Zo'n klein meisje van bijna twee jaar, en dan zo'n grote luchtslang in haar mond. Haar borst beweegt op en neer, dankzij de beademingsmachine. In haar smalle ruggetje zijn twee dikke naalden gestoken, zo krijgt ze sneller medicatie binnen. Manouk en Michiel hebben de handelingen van het verplegend personeel gelaten aanschouwd. Ava stelde alsmaar vragen die Manouk en Michiel geen van beiden beantwoordden, daarvoor stonden ze er te apathisch bij. Gelukkig heeft een verpleegkundige zich toen over Ava ontfermd en uitgelegd dat Lieve was gevallen en het zo koud kreeg dat ze haar nu weer lekker warm gaan maken. Met dat verhaal was Ava tevreden. Ze mocht van de verpleegkundige met haar mee voor wat limonade, zodat Manouk en Michiel hun totale aandacht op Lieve konden richten.

Het is warm in de kamer, de verwarming is speciaal hoger gezet zodat Lieves lichaamstemperatuur sneller normaal kan worden.

Michiel heeft zijn gezicht in de deken verstopt en huilt zacht, maar met schokkende schouders, terwijl hij Lieves hand vasthoudt.

Manouk houdt het andere handje vast en bijt op haar lip terwijl de tranen blijven stromen. Lieve kleine Lieve. Ze hebben elkaar niet aangekeken sinds ze hier zitten, maar toch begint Manouk snikkend te praten: 'Het spijt me, Michiel. Voor alles. Misschien wil ik te veel. Ik blijf voortaan thuis en ik stop met schilderen. Dit is het niet waard.' Al tijdens haar laatste woorden lukt het haar nauwelijks om verstaanbaar te praten. Michiel ligt nog steeds met zijn hoofd op het bed van Lieve.

Ze staat op omdat het lijkt alsof ze moet kotsen van verdriet. Ze vlucht de kamer uit en op de gang laat ze haar tranen de vrije loop. Met rode ogen en een nat gezicht loopt ze naar de koffieautomaat. De gangen zitten vol mensen, groot en klein, maar Manouk ziet ze niet, ze denkt maar aan één ding: het herstel van Lieve. En doet duizend schietgebedjes dat ze godzalmeliefhebben geen schade aan haar hart, hersenen of longen overhoudt.

'Daar ben je,' hoort ze achter zich. Ze draait zich om en kijkt in het trieste gezicht van haar moeder. Een oude vrouw is ze geworden, grauw van zorg en met grijzende haren. Yvonne steekt haar armen uit. Ze neemt Manouk in een omhelzing die zo stevig is dat er maar één ding is dat Manouk nog kan doen. Huilen. Met lange gierende uithalen.

Manouks hoofd ligt op de schouder van haar moeder. Net als vroeger, toen ze in een spijker was gestapt op het braakliggende terrein naast hun huis. Of toen ze in haar duim was gestoken door een wesp. En zelfs na haar eerste verbroken verkering, god ja. De kreten komen uit de krochten van haar ziel. Het enige dat op dit moment bestaat is haar bijna-verdronken dochtertje, haar vreemdeling van een man en haar troostende moeder.

Ava wordt door de verpleegkundige naar ze toe gebracht, en oma geeft haar niet-begrijpende kleindochter een lolly. 'Soms moeten grote mensen ook huilen,' knikt Yvonne tegen Ava. 'Dat geeft niks hoor, het komt weer helemaal goed. Mama mag ook huilen, hè?'

Ava knikt met glazige oogjes; ze vindt het maar gek, maar gelukkig laat ze het erbij en ze sabbelt op de lolly.

'Kom,' zegt Yvonne dan. Ze geeft Ava een hand en samen gaan ze naar de kamer. Zodra ze Lieve ziet liggen, slaat oma een hand voor haar mond en begint van het ene op andere moment te snikken. Ava legt haar armpjes om oma heen. 'Lieve heeft het koud, hè, mama?' zegt Ava.

Manouk aait Ava over haar bol.

Er is in de tussentijd een arts verschenen en Michiel luistert naar hem zoals een klein jongetje met een bloedende knie naar zijn voetbalcoach luistert: met grote ogen, ja-knikkend en tussendoor sniffend van de tranen.

'We houden haar nog een nacht op de intensive care en morgen willen we haar naar een normale kamer brengen. Omdat u meteen met mond-op-mondbeademing bent begonnen, hopen we dat ze niet te lang geen zuurstof heeft gehad.'

Ze staan allemaal te knikken. Oma, Manouk en Michiel. Behalve Ava, die loopt naar het bed waar haar kleine zusje in ligt en zegt dat Lieve wel met haar Baby Born mag spelen als ze het weer lekker warm heeft.

'Daar zijn jullie!' horen ze dan. Het is Conny van Toledo met haar man. 'Jongens toch.' Ze stuift naar binnen en begint haar zoon te omhelzen. Ze werpt een blik op Lieve: 'Gottog, och heden.' Ze kijkt naar Manouk, Ava en Yvonne en begint ze dan te kussen.

De arts komt tussenbeide: 'Het spijt me, u mag niet met zijn allen tegelijk op bezoek in deze kamer.'

'Dan gaan wij wel even weg,' zegt Manouk met een knik naar Michiel. Het was netter geweest als Conny zich had verontschuldigd, denkt ze nog, maar ze kan zich ook wel voorstellen dat die daar door alle schrik even niet aan denkt. Dus stappen moeder, dochter en kleindochter de gang op. Ze wachten.

Als Michiels ouders de kamer uit komen, met een bezorgd gezicht, zegt Conny dat ze Ava wel zal meenemen. 'Dan hebben jullie die zorg even niet,' zegt ze.

'Nee,' antwoordt Manouk. 'Ava gaat al met mijn moeder mee.' Ze geeft de sleutels van haar eigen huis aan haar moeder. 'Toe, mam.'

'Maar…'

'Toe nou gewoon,' dringt Manouk aan. 'Dat kun je best.'

'Komen jullie dan ook?' vraagt Ava bezorgd. Haar lipje trilt. 'Ik wil bij jullie blijven.'

Manouk kijkt haar grote, huilende dochter aan. Ze neemt haar moeder apart en fluistert: 'Mam, we hadden knallende ruzie toen Lieve in het water viel. Ava heeft alles gezien. Wil je haar alsjeblieft zeggen dat ouders soms ruzie maken en zeg maar iets als dat we nooit uit elkaar zullen gaan.'

Geschrokken fluistert Yvonne: 'Je gaat toch niet bij hem weg?'

'Hij deed dingen... die echt niet kunnen.'

'Nee toch!' Yvonne slaat een hand voor haar mond. 'Daar hadden we het pas nog over, daar waren we juist zo bang voor.'

'Mam...'

'Ja ja.' Yvonne draait zich om naar haar kleindochter en zegt tegen haar: 'Iedereen komt gauw naar huis en daarom moeten wij zorgen dat er genoeg te eten is voor iedereen. Dat kan oma toch niet alleen?'

Maar de tranen biggelen over Ava's wangen. 'Ik wil hier blijven!'

Oma zegt: 'We gaan pizza maken. Dan mag jij de chef zijn en ben ik jouw hulpje.'

Nu geeft Ava haar oma toch een hand. Ze snift: 'Oké.' Ze geeft papa en mama een kus en loopt dan lief met oma mee.

'Goed,' zegt Conny van Toledo. 'Dat is dus geregeld.'

♥

Manouk bestudeert de *Privé*-bijlage van de krant alsof het geen pijn doet. Over de hele pagina staat koeiengroot de kop: 'DE TWEE VROUWEN VAN MICHIEL.' Ja, zoiets viel te verwachten. Manouk denkt aan de journalist die dit heeft geschreven. Hoe zal die zich hebben gevoeld bij het intikken van dit stuk? Gewichtig, beschaamd, vol medelijden of verlekkerd? Misschien alleen maar gretig, misschien kreeg hij het gevoel heel professioneel te zijn.

Eigenlijk doet het er niet toe. Dat Manouk en Michiel voor het hele land te kijk staan, doet er niet meer toe. Lieve doet ertoe, en goddank lijkt ze geen blijvende schade aan het ongeluk over te houden. Ze is de nacht goed doorgekomen, en nu ligt ze lekker te slapen terwijl Manouk en Michiel in haar ziekenhuiskamertje over haar waken.

Michiel doet alsof hij niet in de gaten heeft wat Manouk leest, maar hij ziet het heus wel, want de koeienletters zijn niet te missen. En dan de foto's van die Martijn. Het was wel te verwachten dat hij die meteen zou verkopen...

Er zit een foto van Kim en Manouk bij, schreeuwend tegen elkaar als viswijven, in de trouwzaal van De Burgh. De engelen van Manouk prijken romantisch op de achtergrond, het contrast kan haast niet groter. In een inzetje zie je Kim peinzend weglopen; ze staat er hekserig op, als je het Manouk vraagt. Ineens ziet ze niet langer het gezicht van een jarenlange vriendin, maar dat van een jaloers secreet met een haakneus en gitzwarte haren die haar een nog scherper voorkomen geven. Zag ze er altijd al zo chagrijnig uit, of lijkt daar maar zo?

Ze heeft niets van zich laten horen – zou ze zich dan echt niet schuldig voelen? Niet alleen heeft ze slecht voor de kinderen gezorgd, maar nu heeft ze ook hun relatie… Manouk slikt woede weg, en verdriet. En frustratie.

Terwijl ze de krant zit te bestuderen, gaat haar telefoon. In het display ziet ze dat het Liesbeth is, en Manouk heeft geen moeite om te bedenken met welk slecht nieuws ze dit keer weer belt. Ze drukt haar uitgeefster weg en zet meteen haar mobiel uit vanwege de ziekenhuisregels.

De grootste foto is die van Manouk en Michiel samen op een première, ze stappen al naar binnen en Michiel heeft net zijn hand op haar rug gelegd. Misschien heeft ze al die tijd stiekem gewenst dat ze, als een ware prinses, in de bladen zou prijken naast haar man, maar nu schiet ze ongewild even in de lach. Kennelijk kun je vanzelf weer lachen als de omstandigheden maar erg genoeg zijn.

Het is een foto van haar eerste première, van *Mamma Mia!*. Ze weet nog goed hoe zenuwachtig ze was. Ze draagt een tropische jurk van Daite en extreem hoge hakken die ze in de *Elle* had gezien.

'Weet je nog dat Lieve een Hawaïaans bloemenmeisje was?' glimlacht ze tegen Michiel. Eigenlijk spreken ze niet met elkaar, niet echt, maar wissewasjes deelt ze gewoon met hem – tenslotte is hij in de kamer, en mooier kan ze de reden van het gesprek niet maken. 'Mijn borsten hadden gelekt, het was zo erg.'

Michiel grinnikt.

'Het was onze eerste première, weet je nog? Als "Wereldwonder" geen hit was geworden, dan waren we die middag waarschijnlijk gewoon in de dierentuin geweest.'

'Of thuis op de bank een filmpje aan het kijken,' zegt Michiel. Zijn stem klinkt schor.

'Ik heb Lieve op de toiletten van Tuschinski gevoed, weet je nog?' Michiel kijkt haar aan met een getergde, onpeilbare blik. Hij knikt en schiet dan hoofdschuddend in een verlegen lach.

Manouk praat door, ze mijmert hardop: 'Tijdens de zwangerschap waren we nog Michiel & Manouk, maar van de ene op de andere dag waren we Michiel van Toledo en zijn vrouw Manouk.'

Opnieuw knikt Michiel. Hij haalt sniffend zijn neus op.

'We hadden gedacht dat jij met Lieve zou spelen, paardjerijden of zo, en dat ik jullie zou schetsen omdat ik toch niet aan mijn deadline zou denken.' Ze lacht. 'Dan zou ik Ava van school halen en jij zou samen met Lieve pannenkoeken bakken, en Ava zou juichend roepen dat je de beste vader was.' Even valt er een stilte. Dan zegt ze: 'Je vraagt je bijna af in wat voor hysterische toestand we terecht zijn gekomen, vind je ook niet?'

Opeens barst Michiel in tranen uit. Niet een beetje, nee, hij stoot schokkende halen uit, met een diep, bijna loeiend geluid. 'Ik...' Hij verbergt zijn gezicht in zijn handen. Brult. 'Het spijt me zo,' huilt hij.

Manouk gaat bij hem zitten op de leuning van zijn stoel. Ze legt haar arm om hem heen.

'Ik heb jullie zo gemist.' Michiel werpt zich werkelijk in haar armen, hij voelt zwaar aan. Hij begraaft zijn gezicht in haar buik en jankt, jánkt. Zo heeft ze hem nog nooit gezien.

Manouk voelt dat haar ogen opnieuw volstromen, ze sust zo'n beetje en wrijft Michiel over zijn rug.

'Ik mis jou. En Ava. En Lieve,' zegt hij met een piepstem: 'Iedereen.' Eventjes maakt Manouk zich zorgen om het gesnotter op haar jurk, maar ach, na twee viezige peuters kan een jankende man er ook wel bij. 'Wat ik zo moeilijk vind... Als ze het niet had overleefd... had ik haar nauwelijks leren kennen.'

Samen zitten ze nu te huilen. Michiel met zijn gezicht op haar schoot, en Manouk sussend, huilend, haar hoofd omlaag, een klein kusje in zijn nek – maar niet te veel liefde, want als ze te veel geeft, voelt ze de boosheid over zijn onderonsje met Kim weer opvlammen.

45

Als Lieve eindelijk het ziekenhuis mag verlaten, is het hele huis door Ava en oma versierd met ballonnen en slingers. Aan het raam hangt een groot karton met de tekst: WELKOM THUIS, LIEVE LIEVE!!!' Ava heeft er harkfiguurtjes bij getekend met haar stiften, en oma heeft er hartjes bij geschilderd. Manouk stapt huilend over de drempel, met een blije Lieve aan haar hand.

'Ikke huis,' zegt ze.

'Ja schat, ja,' knikt Manouk vol tranen. Ze schiet elke keer weer vol als ze zich bedenkt hoe anders dit had kunnen aflopen… 'We zijn zo blij dat je weer thuis bent.'

'Wil je mijn Baby Born?' vraagt Ava, die daarvoor een dikke knuffel krijgt van haar moeder. 'We hebben speciaal voor jullie nog een keer pizza gemaakt, want Ava vond het heel leuk om te doen. Willen jullie een stukje?'

Omdat Ava zo trots is op wat ze gebakken heeft met oma, eten ze die dag om half vier hun avondeten. Pizza met cola en ranja. Over tweeënhalve week wordt Lieve twee jaar. Dit jaar zullen ze het met alleen hun eigen gezin vieren.

♥

Hoe bestaat het dat je in staat bent 's morgens een kind op school af te leveren terwijl je de hele nacht hebt liggen piekeren? Het enige positieve is dat ze door de vermoeidheid nauwelijks merkt hoe ze wordt nagekeken. Lieve is met haar mee, het kan niet anders. Michiel is nou eenmaal druk met zijn werk. Juf Saskia bewondert Lieve en vraagt bezorgd aan Manouk hoe het gaat, en het lukt haar om dat gesprekje emotieloos af te ronden.

In het ziekenhuis en ook thuis hebben Michiel en Manouk gesproken over zowel Kim als Stefan. Ze hebben geconcludeerd dat die twee hun energie niet waard zijn en dat ze allebei een ongeveer even stomme fout hebben gemaakt. (Stiekem vindt Manouk zíjn fout wat groter, maar dat laat ze maar even rusten.) Ze zijn allebei behoorlijk gekwetst, en de boosheid vlamt bij Manouk elke keer weer op als ze de omhelzing van Michiel met Kim weer op haar netvlies krijgt. Tegelijkertijd schrikt ze soms wakker van het beeld van haar dochtertje in het water... Ze heeft rust nodig. Het is zaak om de gemoederen te laten bedaren en te proberen weer tot elkaar te komen. Ze hebben geen idee hoe dat moet, maar ze hebben afgesproken dat ze alles op alles gaan zetten.

De afgelopen week is een uitputtingsslag geweest. Manouk vergeet zelfs om schichtig uit te kijken naar de komst van Jacky – die staat gewoon ineens achter haar en begint mee te lopen door de gangen van school. Manouk heeft geen puf om zich met een smoesje uit de voeten te maken. Ze is te moe om zenuwen te voelen voor wat komen gaat. Een scheldkanonnade waarschijnlijk. Misschien een klap in haar gezicht – zou Jacky daartoe in staat zijn? Ze zijn naar buiten gelopen. Als ze nu op het schoolplein gaat staan kijven, kunnen die foto's meteen door naar de roddelrubrieken. Misschien is het een idee om de mailadressen van dergelijke redacties op de schooldeuren te hangen.

Dan legt Jacky haar hand op Manouks schouder. 'Ik moet je bedanken,' zegt ze. Het is niet meteen duidelijk of ze het sarcastisch bedoelt. 'En ik ben blij om Lieve te zien rondlopen.'

'Ik moet jou feliciteren,' weet Manouk te antwoorden. 'Het spijt me dat de voorbereidingen niet zijn geworden wat we ervan hoopten.'

'Mij niet.' Jacky glimlacht gepijnigd. 'Het is niet doorgegaan. We zijn niet getrouwd.'

'Echt?' Manouk schuifelt met haar voeten. 'Ik hoop niet dat je om mij… Ik bedoel, het is vast een goed idee om het eventjes uit te stellen.'

Jacky schudt haar hoofd. 'Het was niet alleen te snel. Stefan is niet geschikt als trouwmateriaal. Tenminste, niet voor mij.'

Ze zijn het plein afgelopen aan een andere kant dan Manouk gewend is. Maar het gesprek is zo breekbaar dat ze niet de moed heeft om te zeggen dat ze de verkeerde kant op gaat.

'Weet je wat ik heb gedaan toen Kim en jij stonden te schreeuwen?' zegt Jacky. 'Ik ben naar huis gegaan. Ik was boos. Op jou. Ook op Stefan, maar vooral op jou. Alleen, toen ik op Teletekst las over Lieve vond ik het ineens niet meer belangrijk wie met wie had gekust.' Tranen wellen op in haar ogen en met trillende stem piept ze: 'Ik was zo bang dat die kleine meid het niet zou overleven.'

'Ik ook,' zegt Manouk, en ook bij haar rollen de tranen alweer over de wangen. Via een laantje zijn ze bij een grasveld uitgekomen waar een speeltuintje is.

'Mama, Lieve gommelen?' vraagt Lieve op een schattige toon.

Manouk knikt met een dichtgeschroefde keel naar haar dochter en loopt met haar mee. Jacky komt gelukkig ook nog steeds mee. Ze glimlachen naar elkaar omdat ze van elkaar merken dat ze niet willen huilen.

Manouk tilt Lieve in de peuterschommel en begint te duwen terwijl ze zegt: 'Het spijt me, dat kussen met Stefan sloeg nergens op. Ik was eenzaam en had zo'n behoefte aan iemand die eindelijk aandacht voor me had. Maar dat had hij niet eens, het ging hem erom de beroemde Michiel van Toledo af te troeven. Misschien scheelt het dat je dat weet.'

Jacky checkt of haar mascara is uitgelopen. Ze kucht en zegt hees: 'Ik was zo blij toen ik op tv hoorde dat alles goed zou komen. Ik weet niet eens meer in welk programma het werd gezegd. Ergens die avond realiseerde ik me dat ik óók boos was op mezelf. Lola en Sebastiaan mochten een nachtje langer bij Pierre blijven en 's nachts in mijn eentje in bed kwamen de tranen. Om het huwelijk dat niet doorging, maar ook om de scheiding, natuurlijk om Lieve en om mijn leven dat niet ging zoals ik het wilde…'

'O?'

Lieve besluit dat ze wil 'toppen' met 'gommelen' omdat ze van de glijbaan wil. Manouk tilt haar eruit en zegt dat ze voorzichtig moet zijn op de trap van de glijbaan.

'Ik bedacht me dat ik niet meteen opnieuw moet trouwen,' zegt Jacky, 'en dat ik eerst allerlei cursussen wil volgen. Mozaïeken bijvoorbeeld, met een hamer en stenen, dat lijkt me zo leuk. Meidenavonden moet ik nog houden, in de weekenden dat de kinderen bij hun vader zijn. Ik was lang getrouwd, hoor.' Ze glimlacht. 'Ineens vond ik het idee om vrijgezel te blijven eigenlijk wel... spannend.'

'Zo. Dit had ik niet verwacht, hoor.'

'Nee hè?' Jacky ziet er tevreden uit. Haar blik is open en haar lach stralend, wat een verschil met de Jacky van een, twee jaar geleden. Ze zegt: 'Stel je voor dat ik nu alweer een getrouwde vrouw was. Met iemand als Stefan. Dan was ik pas echt verpieterd!'

Manouk lacht. 'Gelijk heb je.'

Een half uurtje later zijn het de twee moeders die op de schommel zitten, terwijl Lieve grassprietjes plukt. Ze zitten rustig te praten, ook over Kim.

'Het spijt me dat ik niets over Stefan heb gezegd,' fluistert Manouk nogmaals schuldbewust. 'Ik... ik had echt het gevoel dat hij misbruik maakte van een zwak moment, maar natuurlijk was ik er zelf bij. Het spijt me, ik weet niet wat me bezielde.'

'Je hebt me iets bespaard, daar ben ik van overtuigd. Ook al was het allemaal niet de bedoeling.'

'Ik hoop het, dan is er tenminste íets goed geweest aan de hele situatie.' Ze kan ruiken dat de eerste bloemetjes ontluiken, het voorjaar hangt al echt in de lucht. 'Kim had me juist aangeraden om niks tegen jou te zeggen. Ze zei dat ik jou je pleziertjes moest gunnen. En voor ik het wist had ze het zélf verteld en was ik de *bad guy*. Ja, wat kon ik toen nog doen? En ineens ging je trouwen, ik wist gewoon niet meer wat het beste was!'

Jacky knikt. 'Ik weet niet of ik het had willen horen. Wat dat betreft had het misschien niet uitgemaakt.'

'Denk je dat ze ons tegen elkaar wilde uitspelen?'

Jacky haalt haar schouders op. 'Ik denk wel dat ze jaloers was.'

'Dat weet ik wel zeker.'

'En Michiel?'

Manouk haalt haar schouders op. 'Het lijkt erop dat Kim al een tijd achter hem aan zat. Vandaar dat ze niks van Koen moest weten, natuurlijk, de trut. Tegen mij was ze altijd negatief over Michiel, maar achter mijn rug om ging ze wel eens naar zijn shows. Hij dacht dat ik het wel wist, maar dat is dus niet zo. Via mij wist zij precies wanneer er iets bijzonders was en of ik er zou zijn of niet. Ze vroeg nota bene na een optreden of ze met hem mee naar huis kon rijden! Ja, het is dus wel gelukt; ze hebben het twee keer met elkaar gedaan. Michiel had het gevoel dat zij hem zo goed begreep, zegt hij, en ik heb hem gezegd dat-ie de grootste lul van het land is dat hij daarin is getrapt.' Ze laat haar hoofd hangen. 'Hij begrijpt nu tenminste dat bewonderende fans wel degelijk een gevaar voor onze relatie kunnen zijn.' Ze kijkt Jacky aan. 'We zullen wel zien of we hieruit komen. Ik was zelf natuurlijk ook verkeerd bezig, we waren elkáár gewoon aan het verliezen. Ik weet het niet. Het is in ieder geval geen feest bij ons thuis, dat niet, nee.' Ze staart naar het gras. 'Ik heb spijt dat ik het je niet heb verteld,' zegt Manouk dan, en kijkt haar aan. 'Het spijt me, Jacky.'

Opnieuw die gepijnigde blik van haar voordat ze zegt: 'En mij spijt het dat ik niet rustig ben gaan zitten om naar je te luisteren. Ik wist niet dat je je eenzaam voelde, ik was een slechte vriendin.'

'We wisten nog niet eens of we vriendinnen waren.'

'Wat dat betreft hebben we nu wel voldoende met elkaar meegemaakt, hè?'

Manouk lacht. 'Zie je, nu hebben we tenminste een geschiedenis samen, dat is ook veel waard!'

Jacky lacht mee. 'Had ik je beter gekend, dan had ik je misschien kunnen waarschuwen voor Kim. Of kunnen helpen met Michiel.'

Lieve komt een paar losgetrokken bloemblaadjes brengen. 'Mama, boem,' zegt ze. Manouk en Jacky bewonderen haar prachtbloem en vragen of ze er nog meer zal plukken. Op haar kleine beentjes dribbelt Lieve meteen weg. Terwijl Manouk haar nakijkt, beseft ze opnieuw wat een geluk ze heeft gehad.

'Er is trouwens nog iets wat ik je moet vertellen.'

'O?' Manouk kijkt Jacky vragend aan.

'Bij De Burgh is een verzoek binnengekomen, voor jou.'

'Echt waar?'

Jacky knikt: 'Of je ook voor het huwelijk van twee mensen, ik weet het niet uit mijn hoofd, rijke stinkerds, een paar romantische panelen wilt maken.'

'Dat meen je niet!'

'Goed hè? Ze staan ook prachtig op mijn slaapkamer.'

'Heb je ze meegenomen?'

'Zulk mooi werk? Wat denk jij dan!' Ze geeft Manouk een elleboogstoot. 'Het enige lastige is dat die mooie man de kop van Stefan heeft, maar daar verzin ik wel wat op.'

'Ik kom binnenkort met mijn kwasten en verf bij je langs, oké, dan maak ik de Adonis van je dromen.'

'Zie je, het wordt nog beter dan wanneer ik getrouwd was!'

Samen lachen ze besmuikt, omdat ze toch wel weten dat het eigenlijk geen situatie is om over te lachen – en dat maakt het juist zo leuk. Tevreden zit Manouk op de schommel. Een opdracht. Goh.

Misschien is het schijn, maar precies nu voelt Manouk een warm lentezonnetje doorbreken. En ook al is dat zonnetje misschien niet echt, ze sluit toch haar ogen om er even van te genieten.

46

Michiel en Manouk gaan op weg naar de Gashouder op het Wester-gasfabriekterrein in Amsterdam, waar vanavond de 3FM Awards worden uitgereikt. Hier heeft Michiel het hele jaar naar uitgezien, of nee: de afgelopen twéé jaar. Met een Award kan hij voorlopig meetellen, dan zou hij even een pauze durven nemen in de wetenschap dat hij erna ook weer door kan.

Manouk kan zoiets belangrijks natuurlijk niet afzeggen, al had ze dat misschien best gewild. De Awards zijn geweldig en duizelingwekkend om mee te maken, en natuurlijk vindt ze het spannend om Sander Lantinga, Giel Beelen en Annemieke Schollaardt te gaan ontmoeten. Maar toch zijn er ook belangrijker dingen aan de hand, zoals een huwelijk dat gered moet worden, om maar iets te noemen.

Toch heeft Michiel er niet in zijn eentje zo'n zootje van gemaakt, al is hij wel degene die is begonnen door haar zo weinig te steunen – maar genoeg erover, want anders wordt ze weer kwaad en dat helpt ook niet. Ze kan beter zo denken: hij heeft hier zo naar uitgezien en zo lang naartoe gewerkt. Hij heeft zich uitgeput in netwerken en bekendheid vergaren en daar flinke offers voor gebracht, zoals zijn huwelijk dat in het slop is geraakt en de babytijd van zijn dochter die hij heeft gemist en… nee, niet weer bozig gaan denken, Manouk, dat is niet fair! Het is een probleem dat ze samen moeten oplossen, en dat zal nou eenmaal tijd vergen. Intussen geldt: *the show must go on.*

Vanavond is ze vrouw-van. Een tevréden vrouw-van. Hij wint een

Award, of niet, en zij zal hoe dan ook glimlachen. Hij heeft nominaties voor de Beste Zanger, de Beste Nieuwkomer en maakt kans op een Serious Talent Award. Hartstikke gaaf dus, en ze hoopt echt dat hij er eentje zal krijgen. Daarna zal ze alle collega's met onmetelijke interesse tegemoet treden, en zal ze zijn fans – mooie vrouwen met leuke cadeaus en pure liefde voor hem – met een ruim hart en zonder jaloezie voorrang geven.

Vanavond zal ze geen spatje kritiek leveren. Niet op zijn gebrek aan aandacht als ze in haar eentje een wijntje staat te bestellen – ho ho, daar gaat ze weer. Ze ademt diep in. Ze zal hem steunen en dat wil ze ook. Maar het was gemakkelijker geweest als ze niet overal de foto van hem met Kim was tegengekomen, en zich niet elke keer opnieuw diep beledigd en gekrenkt had gevoeld.

'Ben je er klaar voor?' vraagt hij liefjes.

'Ja, ik ben klaar. Jij ook?'

'Ik ook.' Hij glimlacht zijn onweerstaanbare lach.

'Je ziet er goed uit,' zegt ze welwillend. 'Ik weet zeker dat je gaat winnen.'

'Ik hoop het. Kom, de auto is er.'

Ze worden opgehaald door een Mercedes met chauffeur die door 3FM is geregeld. Het wordt straks natuurlijk een helse entree op die rode, zwarte, groene of desnoods pimpelpaarse loper – welke kleur ze ook hebben bedacht. Ze zal in haar gezicht worden geflitst en als het even kan, dan schuift iemand een foto van Kim onder haar neus. Ze zullen vragen stellen als 'Ze was toch jouw vriendin?' en misschien stelt iemand de smakeloze vraag waarom ze Michiel geen trio gunt. Manouk zal glimlachend moeten antwoorden, hoe diep ze de pijn ook zal voelen. Ze zullen vragen of ze gaan scheiden en zij zal zonder tranen moeten beweren dat het allang weer 'hartstikke goed' tussen hen gaat, ook al zou ze hem het liefste nog naast het vuilnis op de stoep zetten. Het is dat Michiel lijkt te begrijpen hoe bijzonder het is dat ze hem ondanks alles steunt op deze avond, want o wee, wat zal hij hierna nog lang bloemen (en sieraden) moeten meenemen naar huis!

Ze geven Ava en Lieve een heleboel kusjes en voor een laatste keer mogen de meisjes de mooie hanger aan Manouks ketting bewonderen.

'Je lijkt wel een prinses,' vindt Ava.

'En jij bent er een,' glimlacht Manouk voor ze de deur uit gaat. Vanavond past oma Yvonne op.

Op de stoep kijken ze zo'n beetje om zich heen alsof ze zeer tevreden zijn voor het geval er een paparazzo in de bosjes ligt. Dan vertrekken ze. Michiel houdt het portier voor haar open en gaat naast haar zitten op de achterbank, zijn hand zoekt de hare, maar ze spreken niet veel.

Ze zijn al enige tijd onderweg als de chauffeur vanaf de Ring Amsterdam een afslag naar de A2 neemt, in de richting van Abcoude en Breukelen. Manouk trekt haar wenkbrauwen op. Ze kijkt Michiel bevreemd aan en fluistert: 'Hij gaat niet goed; de Westergasfabriek ligt bij Haarlem, bij de Haarlemmerweg. Dit is niet goed.'

'Jawel.' Michiel legt zijn hand op haar knie. 'Hij zal toch de weg wel weten?'

'Schat, de 3FM Awards zijn in de Gasfabriek, maar wij rijden nu naar Utrecht.'

'Goh.'

Manouk schuift over de leren achterbank en besluit toch de chauffeur aan te spreken. 'Meneer, gaat u zo wel goed?'

'Volgens mij wel, mevrouw.'

'We moeten naar het Westergasfabriekterrein, hè.'

'Dat begrijp ik.'

Even is ze stil. 'Maar ik heb het idee dat u Amsterdam uit rijdt.'

'Dat klopt.'

Pas als ze geschrokken omkijkt, ziet ze Michiel grinniken. Zijn ogen glinsteren en hij kijkt haar met een guitige, jongensachtige blik aan. 'Vraag maar eens waar we naartoe gaan.'

'Hoezo?' Ze lacht. 'Wat heb je geregeld, Michiel?'

Hij legt zijn arm om haar heen. 'Wacht maar, lieverd, wacht maar rustig af.'

Ze laat zijn arm om haar schouders liggen. Ruikt zijn zachte geur en voelt zelfs even zijn warmte. Dan zegt ze: 'Maar de 3FM Awards dan? Daar hoop je al twee jaar op. Je bent nog wel genomineerd!'

Hij haalt lachend zijn schouders op.

'Maar schat…' Ze lacht, is ongelovig en een traan rolt over haar wang – alles tegelijk. 'Daar heb je zo hard voor gewerkt!'

'Ja,' zegt hij zacht. 'En ik laat het nu allemaal schieten. Voor jou.'

'Voor mij? Dat moet je toch niet doen!' Ze probeert een gezonde afweging te maken: moet ze dit wel aannemen, mág ze dit wel aannemen? Ze kan nauwelijks helder denken. Het enige wat door haar hoofd schiet is dat hij zijn belangrijke avond opoffert, voor haar.

'Ik dacht dat succes belangrijk was en dat vind ik het ook,' zegt Michiel. 'Maar er is iets nóg belangrijker, en dat is mijn gezin. Jij en de meisjes, jullie zijn de basis van mijn bestaan.'

Manouk zou graag iets liefs en memorabels terugzeggen, maar haar keel zit dichtgeknepen en tranen biggelen over haar wangen. Ze knikt. Ze slikt. Uiteindelijk weet ze eruit te persen: 'En jij bent dat voor ons.'

De chauffeur gaat de snelweg af bij Loenen en rijdt in de richting van de Loosdrechtse Plassen. Michiel drukt een kus op Manouks haren. En op haar wang. Niet op haar mond, kennelijk is hij toch bang dat ze hem nog zal afwijzen.

Het duurt nog even, maar dan doemt een schitterend pand op. De chauffeur parkeert aan de zijkant en de eigenaresse komt Michiel met gespreide armen tegemoet. 'Fijn dat jullie er zijn,' zegt ze hartelijk. De vrouw begroet Manouk door haar beide handen om de uitgestoken hand van Manouk te vouwen. 'Fijn om je te ontmoeten,' knikt ze alsof ze alles weet van het huwelijk en zijn drama's. Ze gaat Michiel en Manouk voor, via de keuken, naar een prachtig ruim privéterras.

'Ik heb de terrasverwarmers voor jullie aangezet,' zegt ze. Manouk heeft haar naam niet eens gehoord en ze is zo overrompeld dat ze niet eens meer weet hoe het restaurant heet. De vlonders van het terras lopen door tot in het water van de Loosdrechtse plassen. Als het hoogzomer is kun je hier pootjebadend dineren. Vele tuinfakkels en olielampen maken het geheel oneindig romantisch.

'Blijven we hier?' vraagt Manouk.

Michiel knikt. 'Mooi?'

'Mooi.' Ze twijfelt. 'Maar het lijkt me niet goed als jij je carrière zo op het spel zet, uiteindelijk zal je me dat kwalijk nemen, en ik verlang het niet eens van je.'

Zijn mobiel piept. Hij pakt hem en laat Manouk de sms zien: 'Chiel, ben je er al? Giel.'

Manouk snapt er niets meer van en Michiel zegt: 'Dat is van Giel Beelen.'

'Weet hij ervan?'

Michiel knikt. 'Heel Nederland weet ervan. Ik kwam Giel tegen bij een manifestatie en hij had natuurlijk over onze problemen gelezen en gehoord. Toen kwamen we op het idee om voor de liveshow een romantische rubriek te maken onder de titel "Van Toledo scoort punten".' Michiel grinnikt. 'Als je het goed vindt, dan houden we een lijn open naar de show en vertellen wij zo nu en dan over de stand van zaken bij ons. Ik dacht, we hebben toch al geen privéleven meer, dan kunnen we er net zo goed van profiteren. Op deze manier hebben wij een avondje samen én ben ik toch bij mijn werk betrokken. Hopelijk vind je het een goed compromis?' Hij kijkt haar afwachtend aan. 'Het gaat alleen door als jij het ermee eens bent.'

'Hoe wil je dat doen?'

Michiel duwt met zijn volle gewicht een taxushaag gedeeltelijk opzij en daarachter komt een cameraman tevoorschijn. De camera ligt op een tafeltje te wachten en de man zit in afwachting een sjekkie te roken. Hij wiebelt ter begroeting met zijn vingers en Manouk schiet prompt in de lach. 'Emile en Martin mogen óók lekker dineren vanavond,' zegt Michiel.

Het hoofd van een geluidsman komt boven de struik uit: 'Hoi.'

'Het is de bedoeling dat ze ons ieder uur vijf minuutjes filmen. Maar als jij het niet wilt, dan stuur ik ze weer weg,' zegt Michiel. 'Eerlijk zeggen als je deze verrassing niet leuk vindt.' Achter de haag ziet Manouk andere gasten zitten; het restaurant loopt aardig vol.

Michiel kijkt haar aan met die twinkel in zijn ogen en Manouk herkent de studentikoze man op wie ze ooit verliefd werd. Ze knikt: 'Ik vind het briljant bedacht. We doen het.'

Het plan loopt gesmeerd. Een redacteur kondigt via sms aan wanneer ze in de show een kleine update willen van de stand van zaken. Dan belt Michiel haar terug en verbindt zij hem door met Giel, Sander of Annemieke. De kleine crew filmt hen tijdens dat telefoontje – ook wat er op hun borden ligt, maar Manouk is inmiddels wel erger gewend, dus het stoort haar niet. Sterker nog: het is eigenlijk wel gezellig, al die activiteit. De feestelijke sfeer van de 3FM Awards kunnen ze goed gebruiken aan tafel.

De dj's praten met hun vrolijk makende stemmen. Sander Lantinga zegt: 'Michiel, gefeliciteerd met je nominaties, waaronder die voor Beste Zanger. Ik zeg net tegen de mensen dat je vanwege huwelijksproblemen niet aanwezig kunt zijn. Je bent het aan het goedmaken, hè, in een prachtig restaurant. Zit je daar lekker samen?'

Michiel kijkt Manouk diep in de ogen en antwoordt: 'Ik zit hier heerlijk, met mijn grote liefde.'

'Oei,' reageert Lantinga gevat. 'Weet je vrouw daarvan?'

Michiel kan niet anders dan lachen, zelfs Manouk lacht hoofdschuddend mee.

Giel Beelen grijpt in en zegt: 'Maak het nou niet erger dan het al is, Sander. Michiel, we wensen je veel succes en komen straks bij je terug.'

Buiten het filmen om lukt het Michiel en Manouk zowaar om een intiem gesprek te hebben, over zichzelf, elkaar en hun huwelijk. Hij is te diep in zijn succes gedoken en zij heeft te weinig geduld gehad tot hij dat zou inzien, dat is een van de conclusies.

Michiel heeft chateaubriand met stroganoffsaus voor hen beiden besteld, het gezamenlijke gerecht verhoogt de sfeer. Ze drinken rustig hun wijn en laten af en toe stiltes vallen, gewoon, om ervan te genieten. Hoe lang is het geleden dat ze een hele avond samen konden tafelen…

Manouk pikt een frietje uit de schaal – die friet hebben ze speciaal bijbesteld, want anders is een diner voor Manouk niet af. Ze zegt: 'Eigenlijk moet je het werk voortaan zo zien te verdelen dat je gewoon naar een belangrijke avond als de 3FM Awards kunt gaan zonder dat onze relatie ontspoort. Je moet gaan kiezen tussen al het aanbod:

sommige dingen doe je wel en andere dingen gaan helaas niet, zodat je ook zo nu en dan thuis kunt zijn.'

Michiel knikt en zucht. 'God, wat heb ik jou toch gemist de afgelopen twee jaar.' Schiet hij vol, begint hij te huilen?

Emile en Martin komen omhoog en maken zich klaar om alweer te filmen. Het maakt niet uit, al kijkt heel Nederland mee. Vanavond zijn ze met z'n tweetjes. De ober komt bij hun tafeltje staan met een fles rode wijn. 'Beste meneer Van Toledo,' zegt hij plechtig en nerveus. 'Graag willen we u deze fles aanbieden van het huis, als felicitatie voor uw Award.'

'Award?' vraagt Michiel. Hij glimlacht en begint vriendelijk uit te leggen hoe het zit. 'We zijn aan het filmen voor de 3FM Awards, maar ik heb niet gewonnen, hoor.'

Van achter de taxushaag stijgt geroezemoes op. Iemand is daar jarig, of er gebeurt iets dat ze niet kan zien. Maar dan loert iemand nieuwsgierig over de heg en gilt Manouk: 'Het is Jacqueline van Krezip, je hebt gewonnen!'

Lachend stapt Jacqueline Govaert het privégedeelte van het terras op. Ze kijkt naar de tuinfakkels en het uitzicht over het water en knikt goedkeurend.

'Hai,' zegt Michiel en staat op.

De jonge bediende blijft er wat onwennig bij staan en Manouk twijfelt wat ze moet doen: opstaan? Blijven zitten? In ieder geval blijft ze glimlachen, dat is sowieso goed.

Jacqueline Govaert houdt een Award achter haar rug, zoveel is wel duidelijk.

'Beste Michiel van Toledo,' zegt ze lachend. Emile en Martin staan er bovenop voor het beeld en geluid. 'Het is mij een grote eer om jou als eerste te mogen feliciteren met je Award voor Beste Zanger!' Meteen kust ze hem hartelijk. Michiel neemt het ding verlegen aan.

Op tafel ligt zijn telefoon; de piepjes van binnenkomende sms'jes vliegen als een minivuurwerk door de lucht. Manouk klapt trots in haar handen terwijl ze alweer volschiet. Het is hem gelukt, hij heeft het 'm geflikt!

'Ik heb hem!' roept Michiel hardop naar de camera, en als de andere gasten al niet omkeken naar de commotie, dan doen ze dat nu wel. Het geroezemoes zwelt aan tot een gejuich. Bij alle tafeltjes staan mensen op en ze applaudisseren – Manouk doet met ze mee.

'Je hebt hem!' fluistert Manouk als zijn blik zich in haar ogen priemt en ze omhelst haar man, dwars over tafel, haar jurk hangt in de jus maar dat kan haar niet schelen.

Jacqueline Govaert is geïnstrueerd om zijn mobiel te pakken en houdt die aan zijn oor.

'Ja, geweldig, man,' roept Michiel blij tegen een van de presenterende dj's. 'Bedankt jongens, het is hier geweldig.' Hij lacht schalks om een opmerking en kijkt met een schuin oog naar Manouk terwijl hij antwoordt: 'Misschien wel ja, ik hoop het nu wel.'

Mobieltjes komen tevoorschijn om foto's te maken van dit bijzondere moment. Michiel kust zijn vrouw. Tranen rollen over zijn wangen. 'Een echte Award, mensen,' zegt hij. 'En mijn vrouw!' Hij neemt haar gezicht tussen zijn handen en kijkt haar indringend aan. 'Jíj bent mijn echte wonder, Noek, ik hou zo veel van jou.'

'Ik ook van jou,' zegt Manouk, en kust hem. 'En dit heb je perfect opgelost.'

'Ja, hè!

Ze lachen. En kussen. En lachen…

Aan de fans van mijn man...

Er zijn zo veel mensen die ik graag wil bedanken dat het me begint te duizelen: mijn uitgevers, het team van Boekerij (Ilse Arkesteijn, Femke Meijer, Maaike le Noble, Chris Kooi, Jorien de Vries en Marjolein Wetzels), mijn familie, collega-auteurs, journalisten, mijn componisten, televisie-collega's, mijn lieve vriend(inn)en en natuurlijk onze geweldige oppassen Martina en Lisette, die zo veel voor ons mogelijk hebben gemaakt...

Maar als eerste bedank ik natuurlijk mijn man, cabaretier Silvester Zwaneveld. Vanwege zijn input in alles wat ik doe: het meedenken, het enthousiasme en de praktische ondersteuning. Ik bedank hem ook omdat het hem simpelweg lukt om met mij samen te leven en mij lief te hebben. Hij heeft van mij een gelukkige vrouw gemaakt.

De basis voor *Bitter en glamour* is gelegd in de periode waarin Silvester hoogtij vierde met zijn succesvolle cabaretduo 'Arie & Silvester'. Zij trokken altijd uitverkochte zalen, van Carré tot het Circustheater en groeiden uit tot halve BN'ers. Intussen werden thuis onze prachtige kinderen Lisa-Renee en Tijmen geboren. Het was, zoals in elk gezin met baby's en kleuters, een redelijke strijd om er mooi vorm aan te geven. De periode heeft ons twee heerlijke kinderen bezorgd én ons dichter tot elkaar gebracht én heeft uiteindelijk ook deze roman opgeleverd.

Nu is het zo dat Silvester op het podium graag over zijn vrouw praat. De ene keer is dat een afgeleide van de waarheid, de andere keer (meestal) een totaal verzinsel. Hoe langer de tournee van zijn debuut-solo 'Silvester Alone' duurde, hoe vaker mensen aan me kwamen vragen wat ík nou vond van alles wat hij over zijn vrouw zei…

Het gaat daarbij om grove onwaarheden in anekdotes als: 'Van de week nog. We gingen samen lingerie kopen. We komen die lingeriewinkel binnen en mijn vriendin zegt: "Nu mag jij iets aanwijzen waar je echt opgewonden van wordt." Ja, dan is het niet handig om de verkoopster aan te wijzen…'

Misschien is het dan zo dat hij deze grap bedacht toen ik met hem in een lingeriewinkel was en hij zich niet per se zo romantisch gedroeg als ik misschien hoopte. Maar net als bijna elke als 'waar' gebrachte anekdote is ook dit, deze grap, dus mooi nooit ECHT gebeurd!

Tot ziens! ;-)

Liefs,
Nanda Roep

Een kinderboek van
NANDA ROEP

Plaza Patatta is: lezen, muziek,
knutselen en koken. Voor iedereen
die smult van een spannend verhaal!

Net als Manouk is schrijfster Nanda Roep in het dagelijks leven kinderboekenmaker. Ze heeft 50 kinderboeken gepubliceerd en wordt jaarlijks 200.000 keer gelezen. Daarnaast is ze bedenker en presentatrice van het KRO Kindertijd-programma *Mijn eigen boek*.
Sinds kort is Nanda Roep tevens eigenaar van Uitgeverij Nanda, die speciaal voor haar geliefde serie Plaza Patatta is opgericht. De prachtige illustraties worden verzorgd door haar man, cabaretier Silvester.

Gratis kleuren en knutselen doe je via
www.nandaroep.nl en www.plazapatatta.hyves.nl.

Nanda Roep is actief op Hyves, Facebook, LinkedIn en Twitter.

Download 'Wereldwonder' nu via iTunes!

Zang: Silvester
Tekst & muziek: Stijn van der Loo
Tekstbewerking: Nanda Roep
Backing vocals: Nanda Roep

Stijn van der Loo geniet faam als componist, onder andere in samenwerking met Huub Oosterhuis en met Nanda Roep. Hij is daarnaast Querido-auteur en kreeg diverse prijzen en nominaties voor zijn boeken.

Silvester is succesvol cabaretier en tekenaar. Zijn veelzijdigheid is opmerkelijk – al moeten we toegeven dat hij 'Wereldwonder' met de moed der wanhoop heeft ingezongen. ;-)